NF文庫
ノンフィクション

戦艦「武蔵」

武蔵は沈まない。私はそう信じて戦った！

朝倉豊次ほか

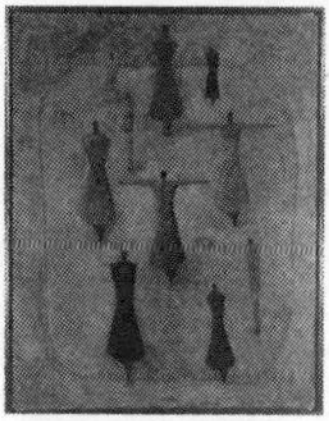

潮書房光人新社

戦艦「武蔵」—— 目次

写真提供／各関係者・遺家族・「丸」編集部・米国立公文書館

戦艦「武蔵」

武蔵は沈まない。私はそう信じて戦った！

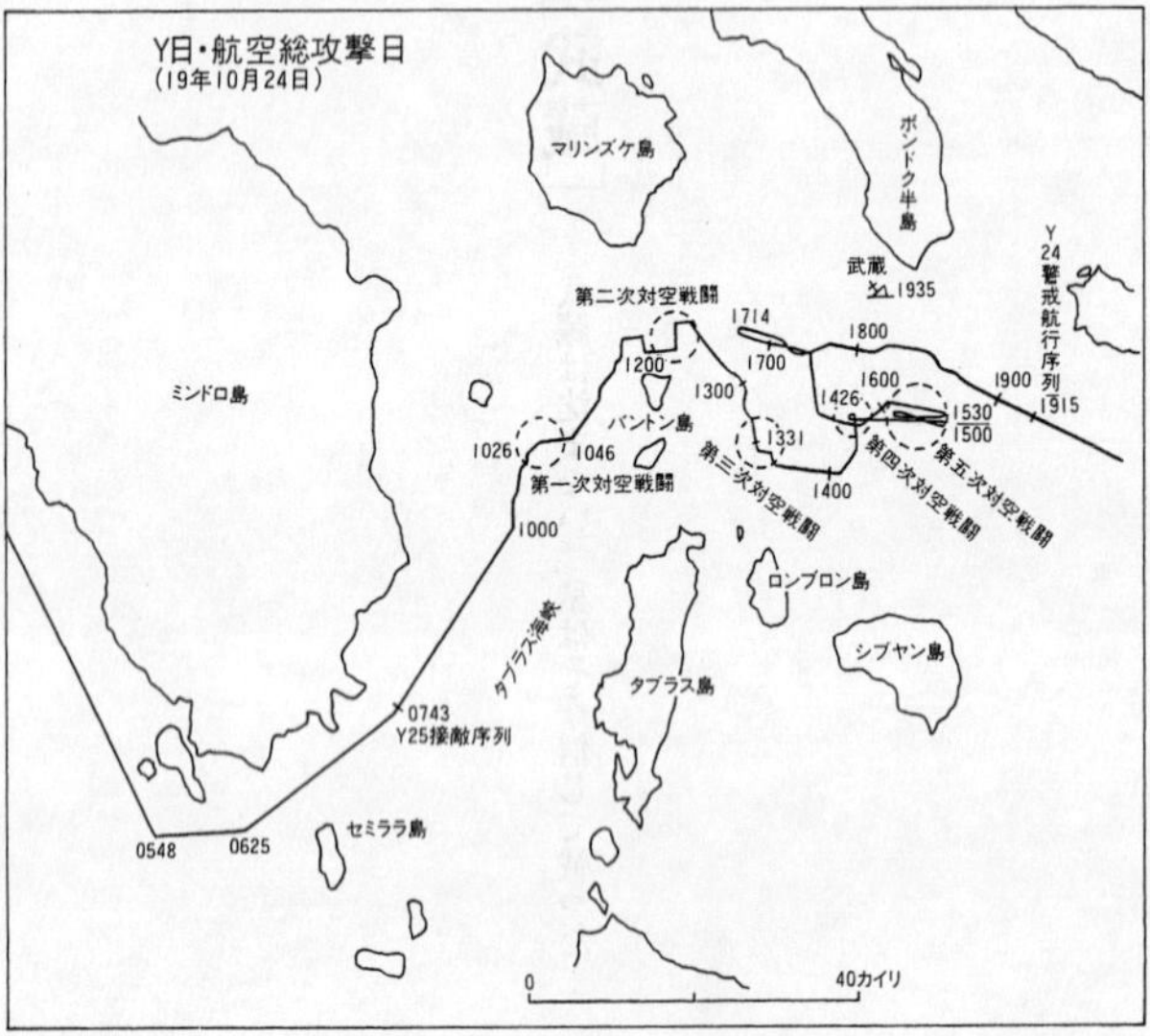

Y日・航空総攻撃日
(19年10月24日)
マリンズケ島
ポンドク半島
ミンドロ島
武蔵
1935
Y24警戒航行序列
第二次対空戦闘
1714
1800
1200
1700
1300
1600
1900
1426
1915
バントン島
1530
1500
1026
1046
1331
第一次対空戦闘
第三次対空戦闘
第四次対空戦闘
第五次対空戦闘
1400
1000
ロンブロン島
シブヤン島
タブラス海峡
タブラス島
0743
Y25接敵序列
セミララ島
0548
0625
0
40カイリ

不沈戦艦「武蔵」三代目艦長の回想

武蔵は絶対に沈まない。乗員たちは自信を深めていた

当時「武蔵」三代目艦長・海軍少将　朝倉豊次

　戦艦武蔵《むさし》がパラオ港外でうけた敵潜水艦からの一発の命中魚雷が、連合艦隊旗艦としての栄光の座を去り、昭和十八年二月十一日以来、その檣頭《しょうとう》高くひるがえっていた将旗を永久に引きおろして、これを陸上にかかげ、かつ連合艦隊の抜本《ばっぽん》的《てき》な編成替えの直接的な転機をつくり、また山本五十六大将のあとをついだ二代目長官の古賀峯一大将殉職の原因ともなったことと、私は信じている。

朝倉豊次少将

　この一文はその真相を述べて、被雷時に壮烈な戦死をとげられた七名の将兵と、シブヤンの海底に艦と運命を共にした猪口《いのぐち》艦長をはじめ一〇四六名の尊い英霊に対して、つつしんで哀悼の意を表するとともに、ご遺族のみなさまに対する報告にかえさせていただきたい。

　私が武蔵の艦長を拝命して乗艦したのは、昭和十八年十二月五日であった。当時、連合艦

隊はトラック環礁内に停泊して、会敵の機をうかがいつつ訓練のさなかにあった。

ここえて第二次大戦の第四年目をむかえた昭和十九年は、戦局はいよいよ逼迫《ひっぱく》し、その様相は各戦域ともますます苛烈《かれつ》の度をくわえ、緊迫感のうちにも乾坤《けんこん》一擲の決戦を夢見つつ、術力の錬磨に精魂をかたむけていた。

二月も中旬を迎えたとたんに、南洋の空には特有の入道雲のほかに、めずらしく断雲が点在して、上空の視界がさまたげられていた昼さがりであったろうか、突然けたたましい警報を合図に、全艦は対空戦闘の配置についた。敵のB24偵察機二機の姿が、雲間をぬって見え隠れに、わが艦隊を射程外からたくみに偵察をおこない、ゆうゆうと東方に去っていった。

いよいよ来るべきものが来た、という感をふかくしたのは、ひとり私だけではなかったであろう。連合艦隊が前年の八月はじめに、このトラックに歩をすすめて以来、わずか十日間前後にわたるブラウン、ウェーキ方面へ敵をもとめての出撃以外には、この日までじつに七ヵ月間、会敵のチャンスもなかった。

長期にわたる単調な停泊訓練のため、ともすれば停滞しがちであった艦内の空気も、にわかに緊張の度をくわえ、腕を撫《ぶ》する乗員の姿は、たのもしくさえ見えた。

敵機を目の当たりにしながら、ほどこす術《すべ》もなく、将兵は切歯《せっし》すれどもいかんともしがたいというのが、当時のわが艦隊の現実の姿であった。しかし、七ヵ月間にわたるトラックでの停泊によって、マーシャル群島以西の、西太平洋の制海権を保持していたという、作戦上の意義と価値を無視してはならない。

敵は、武蔵をはじめわが艦隊の全貌を知った以上、「敵機動部隊のトラック大空襲ちかし」とは、全将兵がひとしく直感したところであった。当時すでに「転進作戦」という、新しい戦略用語が陸上作戦方面からたびたび耳にした。これは、軍隊の士気をおもんぱかってもちいられた「後退作戦」であり、また「戦略的退却」の別名であったことはいうまでもない。

そして、この転進作戦は陸上戦線にかぎらず、わが連合艦隊においても、現実として採用されなければならない第一歩を、踏みだすにいたったのである。

すなわち、泊地で空襲をうければ、航空機をもたない艦隊は全滅のほかはない。出撃して、敵をもとめて〝決戦〟するか、それとも〝転進〟するかの岐路《きろ》に立ったわが方は、すでに航空兵力を減耗し艦隊上空の傘《かさ》を失った以上、欲《ほっ》すると欲せざるとにかかわらず、後者をとらねばならぬことは、理の当然であった。

艦隊乗員の多くは「艦隊転進」の目的地として、マリアナ列島のウルシー環礁を想像した。それは艦隊泊地としての必須条件として、敵潜に対して安全であること、またマーシャル群島方面のわが方の情勢からして、もはやこの方面には隠れ家もなしという状態であったからである。

トラックでの思い出

それは第一次大戦の結果、日本に統治を委任された南洋群島の東端にちかいトラックから、西端のパラオまでの、じつに二四〇〇カイリを越える大転進であった。トラック環礁内での停泊は、そうとう長期間だったことは前述したが、この間において根をおろしたトラック島生活には、じつに深い思い出があった。

湾内での出動訓練もたびたび実施した。武蔵は連合艦隊の旗艦として、陸上との通信連絡の迅速を期するため、陸上からケーブルつきの浮標に繋留していた。この浮標からの出港、そして入港時の繋留《けいりゅう》には私自身がその操艦にあたった。

七万トンの巨体が、あらかじめ示された運動性能そのままの動きをもって、僚艦にさきんじて繋留完了を報ずる「整備旗一ぱい」などは、かぎりなき武蔵への愛着として残っている。操舵能力の絶大な威力と、その卓越した造艦技術には、驚嘆と敬意を禁じえないものがあった。

出動中（対潜警戒上、環礁内の出動）は、対空実弾射撃訓練のほかに、世界最大、最強をほこる四六センチ主砲の、演習弾ではあるが徹甲弾と同型、同量の対水上目標（曳航標的）射撃訓練もおこなった。

また、一発の重量一五〇〇キロ、三連装砲塔三基、九門の一斉射撃における主砲発射時の爆風は、強烈なこと想像を絶するものがあった。針《はり》ネズミのような対空機銃の兵員は主砲の爆風がおこると、銃側にいることは許されなかった。また探照灯を爆風からまもることも、射撃前における重要な準備作業の一つであった。

偉容をほこる前檣楼も、主砲発射の一瞬は大地震のような振動を感じた。また着弾点における水柱の大きなことと、その水柱が消えるまでの時間のかかったことも、驚嘆のはかなかった。水柱の高さと幅は、いずれも二百数十メートルにまでおよんだ。

また水柱が消えるまでには、数分間を要したのである。敵艦にたいしての発射では、それが至近弾の場合はその間、つぎの直接照準が不可能となり、発令所の射撃盤による間接照準射撃となり、弾着観測機にたよることがたびたびであった。

内地回航で空襲を免がれる

さて、敵偵察機がトラック島のわが艦隊泊地上空に飛来して去った翌日の二月十日、旗艦武蔵は横須賀への回航を命ぜられた。それは艦隊司令部が、大本営と作戦の打ち合わせのためであることは明らかであった。そして、作戦が重大な転機に直面していることを思わせた。

横須賀は乗員にとっては母港であり、その回航があまりにも突然であって、夢かとうたがう者すらあった。母港への帰投には、前日まで会敵ちかしと意気込んだ気持とは別の心の動きが乗員にただよっていた。深刻さと暗い影を思わせる直面した戦局と、僚艦や戦友にたいする心づかいからしても、乗員の心理には複雑微妙なものがあった。

常夏《とこなつ》のトラック群島には、夏島をはじめ春島、秋島、冬島などがあり、これらの島々が、はるか後方にかすむころにも艦内ではまだ、母港への道をいそぐという実感がわいていないらしい。

秋島に門柱の表札もあざやかに残した「武蔵農園」の収穫の思い出に花を咲かしている乗

員の一部が、陸上の農作業に、あるいは倉庫づくりに、さては土工作業にまでかり出されたことが、遠いむかしのように胸中に去来した。

これらの作業が、巨砲の威力発揮に生命をかけた武蔵乗員の、たんなる艦内生活の一場面として見るには、あまりにも不調和の感を禁じえないものがあった。しかしこれは、海上決戦様式が航空決戦主義に変わった、自然の反映とみるべきであろう。

はたせるかな、トラックは敵機の反復する大空襲によって、海陸とも完膚なきまでに打ちのめされて、在泊艦船三十数隻を一挙に失って、壊滅にちかい悲運に遭遇した。そのころ、わが武蔵は横須賀への航海を急ぎつつあり、洋上でその報に接したと記憶している。

トラックに在泊中、乗員たち（小艦艇の乗員たちも）にとって、まったくのオアシスとして親《した》しまれた給糧艦、ひと口のアイスクリーム、一本のラムネ、わずかの生野菜や豆腐《とうふ》に、英気《えいき》をとりもどしてくれたあの給糧艦、そして一滴《てき》の重油は一滴の血にひとしいという給油艦、あるいは局地防衛の、あらゆる艦艇の悲運の最期には、ただわれわれは切歯《せっし》扼腕《やくわん》するのみであった。

武蔵の横須賀入港は二月十五日であり、艦隊の転進先であるパラオにむけて横須賀を出港したのは二十四日だった。母港を出るときには、口さがないもののなかには、運送艦武蔵と笑ったものすらあったほど、大量の輸送品を搭載した。

敵潜の跳梁《ちょうりょう》と、敵機の一方的な活躍によって、作戦全域におけるわが海上輸送は、ほとんどマヒ状態になっていた当時としては、前線にたいする補給の能否は戦争継続のカギをにぎるものとして、不沈艦武蔵をこの好機に利用したことは、やむをえなかったことである。

陸軍一個大隊、海軍特別陸戦隊一個大隊の軍需品のすべてのほかに、前線基地への輸送品をくわえて、武蔵の出港時の吃水からみて七万四千トンの排水量と計算され、私が艦長在任中における最大の排水量であったことはいうまでもないことである。

暴風下でみせた巨艦の貫禄

主要港湾にたいする敵潜水艦の常套《じょうとう》戦法にかんがみて対潜警戒を厳重にするなかを、本邦沿岸から無事にはなれることができたと思うまもなく、自然の脅威《きょうい》である暴風に出会ってしまった。

暴風と激浪にほんろうされる警戒駆逐艦からは、怒濤《どとう》による船体の破損をうったえる悲鳴が、しきりに傍受された。これにこたえて武蔵は、しだいに減速して十二ノットとし、ついで九ノット、さらに六ノット、ついには四ノットとして、最後には一軸をもってする最微速力運転をとって、かろうじて駆逐艦ともども大きな被害もなく、まる一日にわたった暴風を切りぬけることができた。

同乗する陸海軍将兵が、彼らの従軍全期間を通じて、武蔵に乗っているときほど〝親《おや》ぶね〟に乗っているという安らぎをおぼえたことはなかったという述懐には、真実のひびきがあった。

このようなはげしい怒濤のなかにあっても、武蔵の巨体はほとんど動揺もなく、泰然自若《たいぜんじじゃく》の航行をつづけている光景は、あたかも海底に横たわる大磐石《だいばんじゃく》にぶつかる怒濤にも似て、私には足摺《あしずり》岬や室戸《むろと》岬の絶壁に打ちくだける激浪を想起せしめるものがあった。

かくしてパラオへの航行中は、敵潜を水中探知し、これに追われることもたびたびあったが、無事にパラオ島のコロール泊地の奥深くに投錨したのは、二月二十九日のことであった。在泊各艦の将兵は、ふたたび旗艦武蔵の檣頭にひるがえる将旗をあおぎ見て、安堵《あんど》の胸をなでおろしたことであろう。

パラオ島での約一ヵ月は、おおむねトラック在泊時と同じような訓練と作業がつづいた。乗員の一部を交代で、おくれていた陸上戦備の強化に協力させた。戦局はすでに、海上決戦の中核として練成された旗艦の乗員といえども、例外としてあつかわれることを許されないという、緊迫した情勢にまで追い込まれて来ていたのである。

空襲を避けて外洋へ

三月(昭和十九年)も終わりにならんとする二十七日、「敵機動部隊はニューギニア北方を西進中」との情報をキャッチした。ここにふたたびトラックの二の舞いを予想した艦隊司令部では、今度は〝転進〟ではなく、艦隊の外洋避退の作戦をとったのである。

三月二十九日のパラオは、じつに快晴であった。熱帯圏内にあるパラオは、陸上ではものすごい暑さであったが、艦上では微風をともなう海洋性の、さわやかな気候であった。

正午ちかくであったろうか、連合艦隊参謀長福留《ふくとめ》繁中将から、後甲板にいた私に、

「艦隊は一応、外洋に出て、敵の空襲を避退させる。そして司令部は陸上にあがって指揮をとる。敵の空襲は南東ないし南からと判断されるから、艦隊はパラオの北方ないし北西百七〜八十カイリ付近まで回避すれば大丈夫だろう。敵が去ったらパラオに帰って、司令部はふたたび武蔵に復帰する」

と、口頭によって指令されたのである。

吃水十二メートル、転舵による回頭初動の鈍重な巨体が通峡できるのは、西水道しかなかった。西水道といえども、つねに通過できるわけではなかった。北上して直角ちかく西方に左折しなければならないこの難所は、航海長池田《いけだ》貞枝中佐の研究によって、満潮時にだけかろうじて通過できるということを聞かされていた。

この日は、満潮時まであと二時間ぐらいではあるまいか。汽罐の準備、陸上作業員の収容、短艇の揚収など、あわただしいひとときもすぎて、司令部用艦載水雷艇に古賀長官、福留参謀長をはじめ司令部要員を舷門に見送り、将旗の降下を命じて、そのまま戦闘艦橋に上がったときは、すでに出港ギリギリの時刻だった。

私は出撃のたびに、全乗組員を集合させて訓示することをつねとしていた。それにはいつも後甲板にある、三番主砲塔の付近がえらばれた。敵情の判断、友軍の状況、作戦の目的、戦闘の方法、そして本艦のもつ任務について説明した。いかなる事態に遭遇しても、最後の一兵にいたるまで適確な判断のもとに、不沈を信じた巨艦武蔵にあたえられた、重大な使命を十分に発揮することを期待したからにほかならなかったのである。

眼をかがやかせながら、一言一句をもらさじと聞き入る二千数百名の、かたい決意のほどがうかがわれて、じつにこころづよいかぎりであった。

しかしこの日は、武蔵なるがゆえに制約をうけた水道通過時刻のために、出撃前の総員集合の余裕はなかった。乗員のほとんどは、対空兵装強化の訓令工事施行のための、呉への回航と判断したらしい。

武蔵は、外洋に避退する部隊指揮官からの出撃命令を待つまもなく、「われ出港す」の信号をかかげつつ急遽、抜錨したのであった。

悲運の魚雷一本命中

西水道通過と同時に、対潜警戒駆逐艦四隻の護衛のもとに針路を北方にとり、二十一ノットをもって「之」字運動をおこないつつあったそのとき、突如「魚雷音を探知す」との警報が鳴った。

見ると左舷後方に三本の雷跡が、紺碧の海面に大量の気泡《きほう》もあざやかに、わが武蔵をはさむように迫ってくるではないか。とっさに、艦を少し右方に向けたいと思ったのと同時に、いやそれは違うぞ、これ以上、右方にむけると、艦の致命部、すなわち舵と推進器が思うようにならず、「面舵《おもかじ》」の発令ができなくなると判断した。

もはや運を天にまかせるより仕方がなかった。敵の魚雷が艦の左舷側をかわさんとするとき、私は眼をつぶって、艦の無事を神に祈った。しかし、神はわれに味方してはくれなかった。ついに左舷の一番砲塔の前方水面下に、大きな水柱が上がった。命中したのだ。

　このため、七名の尊い犠牲者を出してしまった。警戒の駆逐艦が、機を逃さず敵潜の制圧攻撃をかけたが、なんの手ごたえもなかったらしい。

　開戦以来、彼我の潜水艦作戦のあとをふりかえってみるとき、はとんど敵に主導権をうばわれ、ときにわが方の、ハワイ周辺の状況のごときは、まったく手も足も出ないという、作戦全般にかんする誤算は、わが海軍の敗因の一つとしてあげねばならない。

　大和型戦艦の第三番艦信濃《しなの》（のち空母に改装）の紀州沖における沈没、また「あ」号作戦における小沢機動艦隊旗艦大鳳《たいほう》の、それぞれ敵潜による沈没のごときは、これを立証した例であろう。

　きわめて旧式な敵の空気魚雷にくらべれば、航跡もなく威力の大きい酸素魚雷をもつわが海軍は、列国の脅威と羨望《せんぼう》のマトではあったが、しかしこれを運《はこ》んで敵艦を奇襲する潜水艦においては、潜水艦の生命ともいうべき電波探知《ソナー》に、大きく差をつけられていた。

　夜戦をお家芸とするわが海軍が、索敵にはもっぱら光学兵器をもちいて、敵の電波兵器に対抗したということは、今になり、慄然《りつぜん》たるものがあった。

　終戦と同時に連合軍が、この酸素魚雷と十八センチ大型望遠鏡を戦利品として押収したことをみても、いかにその威力が大であったかわかるであろう。

　わが武蔵が被雷時、艦の傾斜もなく、また速力の減退もなく、僚艦はもちろん武蔵の乗員ですら被雷に気がつかなかったものが多かった事実は、いよいよ武蔵が、不沈艦であるという自信を深めたものであった。

これによって連合艦隊司令部では、武蔵の護衛として駆逐艦浦風、磯風の二隻をあてて呉に回航し、修復するよう命ぜられたのである。そして呉入港後まもなくして、古賀峯一長官戦死の悲報に接したが、われわれは驚きのあまり、口にする何の言葉も知らなかった。

古賀長官以下司令部職員が、防暑服のまま舷梯《げんてい》を去っていったその姿が、いまもなお私の瞼《まぶた》にやきついてはなれない。これが古賀長官との最後の別れになろうとは、神ならぬ身の知るよしもなかった。

GFの将旗を陸上へ

武蔵・大和の、その巨砲の本質的な用法からして、艦隊司令部の所在問題にたいして、抜本的な対策がとられることはまちがいなかったが、武蔵の被雷は、その時期を決定的とし、かつまた古賀長官戦死の一因となったことは否定できないことである。

武蔵・大和はこのときまで、連合艦隊の主力として第一戦隊に所属していたが、武蔵の被雷を契機としておこなわれた抜本的な艦隊編成替え、すなわち航空決戦態勢によって、前線の決戦兵力をすべて第一機動艦隊に属させると同時に、わが武蔵はその邀撃部隊に入り、主として航空部隊の中核として、その強大なる威力の発揮につとめることとなった。

かくして連合艦隊の将旗は、ついに陸上にうつされて、軽巡大淀《おおよど》を補助旗艦として柱島沖に停泊せしめて、わずかに〝指揮官先頭〟の、わが海軍の伝統の一端《たん》をとどめることとなったのである。

呉における損傷の修理および対空兵装強化の工事を終わった武蔵が、ボルネオ北東岸沖のタウイタウイ泊地にいた第一機動艦隊（小沢中将麾下）に復帰したのは、五月十六日であった。

当時すでに、サイパン島の救援、急をつげるものがあった。六月上旬、第一機動艦隊の全力はタウイタウイ泊地を出撃して「あ」号作戦に歩をすすめた。武蔵は、新編成によって宇垣纒中将指揮の第一戦隊二番艦として行動することになった。

作戦行動中は対空、対潜警戒を厳重にしたことは当然であるが、この「あ」号作戦こそまさに、武蔵の実力を発揮すべき願ってもない好機であることを信じ、連日、猛訓練をくりかえした。乗員の士気いよいよあがり、とくに僚艦大和を仮想敵とする砲戦訓練においては、血湧《わ》き肉おどるの思いがするほどであった。

大和・武蔵の持ち味

ここで、私がとっていた戦闘指揮の一端を述べて、用兵者から見た巨艦武蔵の威力についてお話しよう。

作戦行動中の艦長の所在位置は、戦闘艦橋であることは当然である。この戦闘艦橋の上には防空指揮所があって、マンホールを通って昇降ができるようになっている。また対空戦闘には、艦長みずから防空指揮所で指揮をとった。そして防空指揮所の上には十五メートル測距儀があり、その上には主砲方位盤が装備されていた。
出撃中は、艦長は一日中、戦闘艦橋にいることをつねとした。戦闘艦橋にいれば、いかなる事態にも即応できるからである（しかし艦橋便所に入っているときは、いい知れぬ不安にかられた）。

さて、武蔵の戦闘艦橋から視認できる水平線までの距離は、約一万八千メートルほどであったと記憶している。もしその延長線上に、武蔵と同型艦がいるとすると、三万六千メートルていどで、たがいに檣頭を発見できることになる。

しかし、主砲の最大射程は四万二千メートルであったから、艦上からは目標の敵艦を視認できない距離から射撃を開始して、武蔵・大和の持ち味であるアウトレンジ戦法の妙味を発揮して、主力艦の劣勢をおぎなうという期待にこたえねばならなかったのである。当時、米英の最新戦艦が四〇センチ砲で三万六千メートルの射程距離であったから、武蔵と六千メートルほどの差があったのである。

視界外の敵艦に、わが射弾をあびせるためには、搭載した零式水上観測機を現場にむかわせて、練達の飛行長・佐久間武大尉指揮のもとに、艦長から指示された敵艦と武蔵との、一直線上に位置した瞬間を電波によって通報し、方位盤に照準方向を決定させ、べつにあらかじめ測定して通報した敵艦の針路、速力、温度、湿度、上層気流、弾道各層の気圧、風向、風力、そして弾丸飛翔中にうける地球の自転の影響など、命中を左右すると認められるあらゆる要素をふくんだ射撃盤の計算によって、照準を確保する間接射撃によることであった。

左舷後方から見た武蔵の前檣楼。頂部の15メートル測距儀上に対空用21号電探のアンテナがある。また、右側の煙突下部には、九六式150cm探照灯や12.7cm連装高角砲などが見えている

主砲の最大射程は、真空内では四十五度の仰角時であるが、大気中では空気の抵抗のため、武蔵の主砲では仰角五十五度ていどであった。この場合の弾道の頂点は、富士山の二倍を越えた。したがってこれが落下するときは、ほとんど真上からであって、弾丸は横に飛ぶものという一般的通念は、戦艦の遠距離射撃にかんするかぎり、それは誤りであった。

電探による射撃装置の装備

戦艦の防御力が主砲の貫徹力を基準にして設計されたことは、列国海軍の造艦上の常識であった。とすれば扶桑、金剛クラスの一四インチ砲の弾量は四五〇キロであり、長門の一六インチ砲の弾量は一千キロであり、一四インチに比して口径わずかに二インチの差が弾量を一躍、二倍強に増しているのである。

武蔵の一八インチの弾量は一五〇〇キロであって、これもまた口径二インチの差が弾量を増加しているのである。

したがって武蔵の砲塔、舷側甲鈑その他、艦の致命部は一八インチ砲弾の貫徹力を基準として防御されていたから、一六インチを最大主砲とする米英のどの戦艦の主砲も、武蔵の致命部には歯がたたないはずであり、水面下の防御区画構造の精巧と相まって、武蔵の強靭《きょうじん》性には確たる自信がもたれた。

一八インチ砲弾の弾着点には、高さと幅ともに、二百数十メートルの水柱が立ち、かつ消散の所要時間もながく、低空飛行の飛行機がこの水柱にぶつかって、墜落するということもあるほどである。またその近弾も、弾道の延長線を走る、いわゆる水中有効弾としての特殊性能は、わが海軍の独特なものであった。

砲口から、秒速七九〇メートルをもって飛び出す弾丸は、弾着点でそのまま炸裂するのではなく、遅働《ちどう》信管によって〇・四秒後に炸裂する。炸薬量は全弾着のわずか三パーセントにすぎないから、弾片はきわめて大きく、これが艦内に飛散して破壊力を大きくする。この点、炸薬の破壊力だけによる飛行機の爆弾とはちがうのである。

対空射撃用としては、時限信管を装備して、弾丸が大小無数の粒子《りゅうし》で、ちょうどジョウロで水をまくように炸裂して、ひろい弾幕をつくる三式弾を搭載していた。

「あ」号作戦ではじめてこれを実用して、その威力の偉大さを立証したのである。しかし、これを活用するのは〝人〟である。その好例として、「あ」号作戦においてわが艦隊の全艦が、敵機の編隊と誤認して猛射をあびせた友軍機を、武蔵の見張員小林兵曹が、六万メートルちかい遠距離においてこれを確認し、ただちに攻撃中止を艦長に報告したということは、乗員のたゆまぬ訓練のたまものであろう。

わが海軍が作戦の全期間を通じて、ひとしく苦汁《くじゅう》をなめ、不利をまねきつづけたものは、索敵兵器の不備であることは前述したとおりである。敵の電波探知機に対して、われの光学兵器ではとてもケンカにならない。

技術者たちの研究の結果、かろうじて出来あがった電波探知機による射撃装置を装備する第一号艦として、わが武蔵がえらばれたのである。

昭和十九年七月十六日、艦隊最後の転進地であるシンガポール南方、スマトラ東岸沖のリンガ泊地に入泊と同時に、技術当局者も参加して、前檣楼の十五メートル測距儀に連日連夜、研究と訓練をおこない、これを完全に使いこなせるまでに上達した。

そして、一五〇センチ探照灯の有効照準距離に倍する遠距離において、電波探知による無照射射撃に成功したことは、軍艦の攻撃法に一大エポックを画したともいうべきことであった。

武蔵をはなれて

私は、ときあたかも終戦一年前の昭和十九年の八月十五日に、猪口《いのぐち》敏平艦長にバトンをわたし、乗員の深い惜別のうちに、つぎの新任地シンガポールにむかって、リンガ泊地をあとにした。

猪口艦長は、五たび私の後任となった奇《く》しき因縁のある人であった。それから二ヵ月たった十月二十四日、レイテ湾へ突入すべく進撃の途次、シブヤン海において悲壮なる最期をとげた武蔵にたいして、私はひとり慟哭《どうこく》した。

祖国の運命を託した武蔵の巨砲に、一度も火をふかせる機会をあたえなかった海上戦闘方式と、また旧式とののしっていた敵の空気魚雷に、多くの打撃をこうむったのに反して、列強の脅威と羨望のマトであった酸素魚雷が、敵の電波探知機によってその威力を完封されてしまったことは、今次大戦のたどった作戦経過の縮図であり、また象徴であったと見るべきではないだろうか。

しかしこれは、すべて過去の悪夢として、このことが今日の世界平和への一筋として生かされることを願い、また栄光あるわが巨艦武蔵とともに眠る戦友の尊い英霊に対して、深い哀悼の意を表して筆をおく。

切り裂かれた巨艦「武蔵」の絶叫かなし

あらゆる努力も空しく不沈艦たりえなかった愛艦への鎮魂譜／副長の手記

当時「武蔵」二代目副長・海軍大佐　加藤憲吉

戦艦武蔵の最後をはなす前に、昭和十九年三月二十九日に起こったパラオ西水道外での被雷について述べておきたい。

当時、古賀峯一連合艦隊司令長官の旗艦であった武蔵は、三月二十九日以降、パラオ諸島のコロール泊地に投錨待機中であったが、三月二十七日、艦隊司令部は突然、「敵大機動部隊はニューギニア北方を北進中」という情報をつかんだ。ただちに福留繁参謀長は、武蔵の朝倉艦長にたいして、

「当基地への空襲の公算はきわめて大である。艦隊は敵の空襲をさけるため一時外洋に避退せよ。なお司令部は陸上にあがって指揮をとる。敵の空襲は南東ないし南方からと判断されるから、艦隊はパラオの北方ないし北西一八〇カイリ付近まで避退すべし。敵が去ったおりには、艦隊はパラオに帰投、司令部もふたたび武蔵艦内に復帰する」と指示した。

しかし、パラオの西水道から出るには満潮のとき以外はぜったいに不可能であった。だが

満潮時までには二時間たらずしかない。

そこでわれわれは急いで出港準備をととのえて、長官はじめ司令部職員たちのあわただしい陸上への移動を見送ると同時に、武蔵は錨をあげて西水道に向かった。

そして、ぶじ暗礁すれすれに外洋に出て艦をすすめていると、まもなく不意に「魚雷音左後方」の警報が鳴った。いそいで左後方を見ると、三本の白い雷跡がこちらにむかって進んでくる。だが三本のうち右端の魚雷はかなりはなれたところを通り、中央の魚雷も右舷すれすれのところを通過していった。

あとは左端の魚雷が問題であった。このまま艦をすすめれば、魚雷は艦首の左側をすりぬけるとおもわれた。だが艦首と魚雷が並んだとおもわれたとき、とつぜん左舷の錨鎖孔の下に接触して、十五メートルほどの水柱をあげて炸裂した。

武蔵の被雷個所は防御のうすい部分であったため、たちまち穴があいて浸水したが、ただちに注排水装置がはたらき、またたくまに艦の安定は回復した。そこで「安定度かわらず二十六ノット可能、艦首水線下の破口以外に損傷なし」と報告すると、司令部からは「ただちに呉に回航、修復せよ」という指令をうけたため、二十三ノットの速度で一八〇〇カイリを突破して、待機していた呉海軍工廠の造船ドックに入渠した。

ドック内での調査で、命中場所は左舷の錨鎖庫の横で、水線下六メートルのところに直径五メートルの穴があいたが、さいわいにも浸水は命中個所の区画と兵員室の一部だけにとどまり、浸水量は約二千トンと判明した。

だが、触雷した瞬間に水中聴音機室員七名がその場で戦死したが、これは武蔵における最初の戦死者であり、われわれはその遺体をていねいに収容した。

この注排水装置は、大和および武蔵にあたらしく装備されたもので、じつによく機能を発揮した。この戦艦の特徴は、四六センチ主砲を方位盤射撃で四万メートルの遠距離射撃を続行することにある。それには、艦の傾斜をすぐに修正する注排水装置が完全にはたらく必要がある。

これはパラオ出撃のときの経験によるもので、この経験は貴重であった。レイテ海戦のとき、昭和十九年十月二十四日の武蔵沈没までの数日間、よく機能を発揮した。終戦後の二十年十一月、米海軍の造船専門官によって、私にこの注排水装置につき特別の証言をもとめ、詳細に調査したことでもわかろうというものである。

武蔵の構造はきわめてよくできており、魚雷が舷側に命中したとしても、外壁は破壊しても内壁は損傷しないようになっていた。また同型艦の主砲弾にたいしても十分な防御がほどこされていた。私は昭和十七年十一月、武蔵が艦隊就役の当初に赴任したのであるが、さっそく艦底の全部にわたってすみずみまでもぐって調べてまわった。そしてその結果、このときは不沈艦として十分な資格を持っていることを信じて疑わなかった。

突如なりひびいた戦闘ラッパ

リンガ泊地はシンガポールの南方、スマトラの東岸沖にあって、外周が大小の島でかこまれたところである。

武蔵をはじめとする第二艦隊は昭和十九年七月八日、呉を出てここへきて、きたるべき戦闘にそなえて昼夜のべつもない猛訓練をやっていた。ここはさいわいなことにパレンバン油田が近くにあるため、そこから油送船によって、重油は十分に補給されることから、実戦に即した訓練行動をいつでも、自由におこなうことができた。

そのような状態がつづいた八月十五日に、第三代艦長朝倉豊次《あさくらぶんじ》少将が退艦され、第四代艦長として猪口敏平《としひら》大佐が着任された。

艦長がかわってもなお猛訓練にあけくれていた十月十七日午前六時五十分、レイテ湾入口のスルアン島にあった海軍見張所は、突如、敵艦隊の近接、つづいて〝敵は上陸準備中〟とたてつづけに報じ、さらに午前八時には〝敵は上陸を開始せり〟という電報を打電したのち、連絡をたった。

この知らせをうけとった連合艦隊司令部からは、ただちに捷一号作戦警戒が発令されるとともに、第一遊撃部隊である第二艦隊にたいしてすみやかにブルネイ進出が発令され、十八日午前一時に出撃し、二十日午前十時にブルネイにつくと同時に、補給と作戦の打ち合わせをおこない、そして二十二日午前八時、ブルネイをふたたび出発してパラワン水道、シブヤン海をへて、サンベルナルジノ海峡を東へぬけて一路南下し、二十五日の黎明、レイテに突入するという予定をたてて、われわれはさっそく戦闘行動を開始した。

そして予定どおり二十三日、パラワン水道を警戒しながら航行しているとき、すなわちこ

左舷前部からふり仰いだ戦艦武蔵の前檣楼。上部に防空指揮所、そのすぐ下が昼戦艦橋、中段前面に1.5メートル側距儀と左右に機銃射撃装置があり、その下が夜戦艦橋（羅針艦橋）である

の日の朝六時三十分、栗田長官が座乗している旗艦愛宕《あたご》がとつぜん敵潜水艦の雷撃をうけて水柱を吹き上げ、さらに二本の水柱がもり上がって愛宕の艦影をつつみこんでしまった。ついで高雄も被雷した。この間に愛宕の傾斜が大きくなり、また高雄の行動も停止してしまった。そして、それから二十分ほどして愛宕はついに沈没した。

これとほとんど同時に武蔵の前方を航行していた摩耶《まや》が被雷した。とおもった瞬間、摩耶の中央部あたりからすさまじい轟音とともに、上空にむかって一直線に火炎が吹き上げ、たちまちのうちに沈没してしまった。敵潜水艦の攻撃はそれきりたえたが、艦隊はいぜん之字運動をつづけながら北進した。そうしているうちに、いつしかパラワン島も右後方にかすんで見えなくなった。

栗田長官はじめ司令部、および愛宕乗員を救助した駆逐艦岸波《きしなみ》は、時機をみて大和《やまと》に横づけして移乗させ、大和に将旗をあげた。また、これとおなじころに摩耶の生存者を救助した駆逐艦島風《しまかぜ》が、武蔵に接舷して移乗させた。このようにして艦隊はふたたび陣営を立てなおし、なおも北上をつづけ、夜半になってミンドロ島の西で南東に変針し、ミンドロ島の南方を迂回して北東に艦首をむけ、シブヤン海にすすんだ。

夜があけた。艦隊は、空襲にそなえて第一部隊は旗艦大和を中心の輪形陣をとり、武蔵は大和の右後方二キロのところに占位した。第二部隊は金剛《こんごう》を中心の輪形陣で、第一部隊の後方十二キロのところを続行した。

午前八時十分、突然「総員配置につけ」のラッパが艦内に鳴りひびいた。これは見張員が北方遠距離に敵偵察機B24三機を発見したためであった。

敵機は大きく旋回していたが、やがて機影は見えなくなった。このとき艦隊の上空には味方の掩護戦闘機は一機もいなかった。そこで艦隊司令部から、

「敵機来襲近し、天佑を信じ最善をつくせ」

との指令があり、これを艦内全部につたえた。また兵員室に収容されていた摩耶乗員たちの希望をうけいれて、彼らを補充要員として各部署にいそいで配置した。

威力を発揮した注排水装置

午前十時二十分ごろ、ついに武蔵のレーダーがはるか東方の空に多数の飛行機をとらえた。同時に旗艦大和からも敵編隊接近、という報がきた。そしてただちに「対空戦闘用意」という号令がかかったとおもうと、高角砲、機銃などあわせて百数十門の砲身は東方上空に向けられた。

「主砲発射用意」「発射」

号令と同時に、九門の主砲がいっせいに火をふいた。だがまもなく近距離射撃にむかない主砲は発射をやめた。

十時二十九分ころには早くも右舷の雲間から急降下爆撃をうけた。とたんに副砲、高角砲が連続的に弾丸を発射し、つづいて百余梃の機銃もいっせいに火をふきだした。

そのなかを敵機がすさまじい速度で入りみだれ、炎をふきながら海中につっこんでゆくも

の、空中分解する機体もあった。つづいて右舷方向から来襲した雷撃機三機が魚雷を投下した。そのうちの二本は艦底を通過したが、一本は右舷の中央部にある一三〇番ビーム付近に命中した。そのため艦のトップよりも高く水柱があがり、その水が甲板上にすさまじい音を立てて落下してくるのを認めた。そしてまもなく艦は右へ五度ほど傾斜したが、防御指揮官工藤《くどう》計大佐の指揮する注排水指揮所はすぐに傾斜を復原させた。

この第一次空襲で、機銃第一群指揮官の星周蔵少尉が機銃掃射をうけて戦死したのをはじめ、若干の負傷者が出た。

また武蔵の被害は、魚雷一本が右舷に命中したと報告されたが、これは武蔵にとってはかすり傷ていどのものでしかなく、速力も二十四ノットをつづけることができた。

しかし、このときの震動で主砲前部にある方位盤が故障したため、一斉射撃は不可能になってしまった。また一番砲塔の天蓋の上に落下した爆弾は爆発せずに海上に飛び去り、砲塔内の電燈の一部を消したていどであった。

第一次空襲において、武蔵にきた敵機は約四十機とみられているが、第一部隊では武蔵のほかに大和、長門、妙高がねらわれた。

大和、長門は至近弾を何発かうけたが、さいわい雷撃は回避することができた。だが、妙高は右舷の後部に命中した魚雷により傾斜も十二度となり、速力もおち、陣列から落伍しはじめたので、橋本信太郎第五戦隊司令官は旗艦を妙高から羽黒に変更し、妙高はコロンに立ち寄り、ブルネイに回航することとなった。

ふたたび敵機が来襲してくるのはこのときの状態からみて明らかであった。第一次対空戦闘が終わってつぎの攻撃が開始されるまで約一時間半の間隔があったが、この間、触接機はいぜんとして上空をとびまわっていた。

また、このとき対潜による騒動が起きていて、シブヤン海のなかで緊急一斉回頭をくりかえしていた。なにしろ雷跡発見、潜望鏡発見などという報告によって連鎖反応でおこなったものであった。だが実際には、幻の潜水艦にたいし回避運動をくりかえしていたわけであった。

やがて敵の第二次空襲が開始された。午後十二時、まず羽黒が一五〇度方向、四十キロの地点に敵飛行機群の探知を報じ、三分後にそれがわが視界内にも入ってきた。艦隊はただちに二十四ノットに増速したが、十二時六分になって約三十機の敵機が第一部隊にたいし攻撃態勢をとり、その攻撃も武蔵と大和に集中された。

大和は十二時七分から十五分まで全力をつくして交戦し、すべての雷撃機を回避したが、至近弾と認められるもの二発をうけた。

いっぽう武蔵は、この空襲で被害を増加した。

なにしろ急降下爆撃の投弾二個が直撃弾、五個が至近弾となった。ついで雷撃機が左艦首から発射した魚雷のうち、一本は左舷から艦首を通過し、二本は艦尾を通過したが、不幸にも三本は八〇番、一一〇番、一四五番ビーム付近にそれぞれ命中した。

このため左に約五度ほど傾斜して第二水圧機室に浸水した。傾斜はただちに左へ一度まで復原されたが、なにしろ浸水がおおく、このため艦首が約二メートル沈下した。

また直撃弾は二五〇キロていどの爆弾とおもわれるが、その一発は左舷の一五番ビーム付近に命中したため、左艦首に〝まくれ〟の状態が生じた。ほかの一発は左舷の一三八番ビーム、四番高角砲の左前方に命中し、最上甲板と上甲板を貫通して中甲板第十兵員室で炸裂したが、その火炎は第二機械室第十、第十二罐室に侵入した。

第二機械室では蒸気管の一部が破壊され、蒸気が噴出して室内に熱気が充満したため、在室が不能となった。このため運転指揮所は第一機械室に移され、以後、三軸運転となった。

このようにして武蔵の速力はおちはじめ、十二時二十五分ころには艦首をやや下げた状態でしだいに落伍しはじめていた。ふつうの艦にとってはこうなれば致命的な被害で、沈没はまぬがれないのであるが、武蔵の優秀な注排水装置と訓練のいきとどいた乗員による機敏な注排水操作で、すぐに回復しているのである。

次つぎと傷つく僚艦のかげで

第二次攻撃が終わってから第三次攻撃隊を発見するまでに一時間が経過した。このころ艦隊はシブヤン海を一五〇度方向に十八ノットで進撃をつづけていたが、またしても第三次空襲がせまりつつあった。それでも武蔵が三軸運転となっていたため、出しうる速力である二十二ノットに合わせて、艦隊速力は二十二ノットとした。

午後一時十九分になって敵機は第二部隊の右後方から正横方向に迂回し、やがて二群にわかれてその一群は第二部隊を、ほかの一群は第一部隊をおそってきた。この第一部隊をおそった敵機群との交戦は午後一時三十一分から約二十分間にわたってつづけられた。それも大和および武蔵の巨艦だけに集中しておこなわれた。

この攻撃で大和にたいする爆撃はわりあい少なくてすんだが、武蔵にたいしてははげしい攻撃がくりかえされ、さらに五本の魚雷と、四発の命中弾で被害はいっそう増大した。

第三次の第一波攻撃によって急降下爆撃機の投下した爆弾のうち三発が至近弾となり、二発が右舷一八〇番ビーム付近に命中した。そしてさらに一発は艦尾に落下し「ジブクレーン」の支柱を破壊した。また雷撃機のはなった魚雷のうち一本は右舷から艦首を通過してぶじだったが、一本は右舷の六〇番ビームに命中したため、測深儀室を破壊し、そのうえ前部治療室には炭酸ガスが充満したことにより、中毒患者がおおく発生した。

しばらくして第二波がきた。このときは約二十機である。まず右前から急降下爆撃してきた敵機により、四発の直撃弾をうけた。そしてこの四発は左舷四五番ビーム（一番昇降口付近）、左舷六五番ビーム、左舷七五番ビームにそれぞれ一発ずつ命中し、これらの付近の構造物を破壊したうえに、前部にいた応急員のほとんど全員を殺傷した。ほかのもう一発は右舷一三五番ビームにある厨業事務室内で炸裂し、付近を破壊した。

魚雷の命中は四本であって、そのうち二本は七〇番ビームの右舷、左舷に各一本ずつ命中し、浸水区画をさらに増大した。このため艦首の沈下はいつのまにか四メートル近くにもなっていた。つぎの一本は左舷一一〇番ビームに命中し、のこり一本は右舷一三八番ビームに命中した。

こうして武蔵は第一波まで左へ一度傾斜していたものが、今波の攻撃によって一挙に復原を通りこして右に傾斜した。しかし、この傾斜は右舷の排水によって右一度までに復原された。だが、これで両舷の防水区画はほとんど浸水しているか、または注水されていた。とくに前部の浸水は甚《はなは》だしく艦首は水面近くまで沈み、このため速力は低下して急速に隊列から落伍をはじめた。

第四次空襲は午後二時二十六分から長門にたいして至近弾三発、二時三十分に大和にたいして爆撃したことによってはじまった。これによって大和は前甲板左錨鎖庫に一発命中し、これが水線下で炸裂したため、左舷に五度傾斜し、艦尾沈下のかっこうとなったが、注排水によってすぐに復原したということである。また二時三十六分には長門の右後方にあった十五機の敵機が長門にたいし急降下爆撃をしたが、被害はなかった。

この回ははじめて武蔵にたいする攻撃がなかったが、このころすでに武蔵はかなり落伍して、第二部隊の左前方を単独で進んでいた。

つづく第五次対空戦闘においては、まず午後三時ころ一〇〇度方向に敵機の編隊を発見したが、その数も百余機にたっし、これまでのにくらべて最大規模のものであった。

第一部隊においては、三時十分にまず大和、長門の主砲射撃が開始され、十五分すぎ艦隊の針路は一一〇度となった。こうしたうちにこの日のもっともはげしい戦闘がおこなわれた。第一部隊においては長門と藤波が傷つき、武蔵はもっともひどく痛めつけられた。第二部隊では利根と清霜がそれぞれ損傷を負った。

敵機の大半は武蔵一艦にすいついたようにおもわれた。なにしろ水柱は林立し、爆煙や砲煙は艦全体をつつみ、まさに阿修羅の断末魔であった。このとき明瞭にかぞえられたものだけでも魚雷十一本、直撃弾十発、至近弾六発であった。

爆弾の一発は、防空指揮所の右舷に命中し、第一艦橋において炸裂したため防空指揮所の右舷を吹き飛ばし、さらに第一艦橋および作戦室を大破したうえに、防空指揮所にいた猪口艦長は右肩に負傷、広瀬栄助高射長は戦死、第一艦橋にいた仮屋実航海長は戦死、という事態になり、さらにこの一弾は七十八名を即死または傷つけ、一時、対空指揮と操艦指揮を不能にした。

命中弾の第二、第三、第四弾は左舷一〇五番、同一一五番、同一二〇番ビームにほとんど同時に命中し、所在の機銃、通信指揮室、受信室を破壊、そして火炎が第八罐室に侵入した。

第五、第六弾は右舷一一五番ビームの艦長昇降口付近に命中し、所在の機銃や第七罐室入口を破壊した。

第七弾は一二七番ビーム中央高射員待機所に命中、同所を吹き飛ばし、旗甲板以下の前檣楼後面を大破した。第八弾は左舷六二番ビームに命中し、上甲板、第五兵員室にて炸裂したため、中甲板病室を大破した。

第九弾は一番砲塔天蓋に命中したが、さいわい被害はなかった。だが第十弾は右舷七五番ビームに命中し、士官室で炸裂したため、最上甲板舷側から内方約二メートル、七〇番ビームから九五番ビームまで縦亀裂を生じ、人の出入りができるほどであった。

日没とともに降下した軍艦旗

いっぽう魚雷は左舷四〇番ビーム、同六〇番ビーム、同七〇番ビーム、右舷一〇番ビーム、同一〇五番ビームにそれぞれ命中した。右舷外側の被害は拡大し、そのため艦首はいちじるしく沈下した。そのうちに左舷一二五番ビームに命中した魚雷で第八罐室側壁から漏水がはじまるとともに、付近に落下した爆弾により、同罐室に火炎と熱気が侵入するにいたった。また左舷一四〇番ビーム付近には魚雷三発が命中したが、不発のまま左舷二五ミリ機銃弾薬庫に頭部を突入し、浸水を拡大した。

さらに左舷一四五番ビームにも一発が命中し、第二次空襲のとき魚雷が命中して外壁の破壊しているところへふたたび命中して、第四機械室の側壁は長さ約十メートルにわたって破れ満水したため、それ以後は二軸運転となり、これが致命傷となったのである。

これらの被害により、武蔵は左へ約十度傾斜したが、注排水をおこなって残傾斜左六度まで回復したが、前後の傾斜は八メートル以上となり、艦首がいちじるしく沈下して一番主砲塔左舷の最上甲板の一部は浸水状態となった。

このころ猪口艦長は、第二艦橋に降りてきて、総指揮をとることとなった。このあと空襲はなかった。しかし艦の左傾斜はもとにもどる気配はないので、左舷にある重量物を右舷へ移動するように指令し、私が監督して実施したが効果はなく、艦の傾斜は刻々と増していくばかりである。

やがて日がかたむいてきた。もはやこれまでとおもった猪口艦長は、第二艦橋に私をはじめ防御指揮官工藤《くどう》計大佐、砲術長越野《こしの》公威大佐、通信長三浦《みうら》徳四郎中佐、機関長中村《なかむら》泉三大佐を集め、一人一人にいままでの努力をねぎらい感謝のことばをのべ、遺書を認められた手帳を私に手わたして、

「これを連合艦隊司令長官にわたしてくれ」

といわれた。そして最悪の場合は、御真影を奉遷すること、軍艦旗をおろすこと、乗員を退去させることなどときいたとき、艦長は艦と運命を共にする決意であることはあきらかであった。

私は後甲板にいって「総員集合」を命じ、檣頭の軍艦旗をおろすことを指令して、静かに降下した。御真影は高橋、横森両兵曹に背負われていて、左舷後部の舷側から海へ飛び込んだ。「退艦用意」と命令したこのとき、艦はすでに左舷への傾斜が三十度を越しているようにおもえた。

「自由行動をとれ」の命令を出し、総員退艦を開始した。その直後、武蔵は左に転覆して艦首が没し、やがて艦橋が海中に沈没しても艦尾が海面に残ったが、これもまたやがて没してしまった。猪口艦長はひとり艦橋にとどまり、艦と運命を共にされた。

時に午後七時三十五分で、場所は北緯一三度七分、東経一二二度三二分、水深は八百メートルであった。

国民の期待をになった武蔵は、第五次の空襲のときから四時間以上たって沈没した。沈没回避のあらゆる努力をしたが、やはり不沈艦ではありえなかった。艦長の遺書の一節に、『遂に不徳のため、海軍はもとより全国民に絶大の期待をかけられたる本艦を失ふこと誠に申訳なし。唯本海戦に於て他の諸艦に被害ほとんどなかりし事は誠にうれしく、何となく被害担任艦となり得たる感ありて、この点幾分慰めとなる』とある。

右舷後部見張員「武蔵」檣楼からの報告

愛艦沈没の憂き目に遭遇した一水兵の絶叫

当時「武蔵」見張員・海軍一等水兵　遠藤義正

昭和十七年、私は海軍に志願したが、痔疾《じしつ》手術のため一年おくれて十八年に入隊した。そして翌十九年の三月、横須賀の海軍航海学校普通科教程を卒業すると、同期十数名とともに抜擢されて、戦艦武蔵《むさし》乗組を拝命した。

武蔵といえば当時、海軍の人間ならだれもが数ある軍艦のなかで、あこがれていた艦である。その〝不沈艦〟武蔵乗組を命ぜられ、これは私だけではなく一家一門の名誉であると思った。だから私たちは、教班長渡辺《わたなべ》明上曹の激励をうけ、うすら寒い母校の門を喜びいさんで出発した。

そしてまず、憲兵巡邏のきびしい監視のなかに、呉ドックに着いておどろいた。なんと乾ドックの中に鉄の山があるではないか。しかも艦底で、魚雷をうけて損傷したところの修理をしている作業員が、豆ツブのように見えた。このように巨大な武蔵を目の前にした十九歳の田舎出の少年には、ただただ驚異であった。

それから二日にわたる〝艦内旅行〟も、あまりの広さにおどろくばかりで、そのうえ迷路のなかではゴツンと鉄に頭をぶつけ、ラッタルでは足をかけるのを失敗して、むこうずねをぶつけたりした。それでもともかく先任下士官の山本上曹、班長の額賀一曹の部下として、意地悪そうな先輩たちによって、牛馬にもおとるシゴキをうける毎日となったのである。

こうしてありがたく〝アゴ〟をもらい、つつしんで精神棒を注入していただき、日一日と武蔵の一員として成長していった。

三ヵ月にわたるシゴキと訓練をうけた私は、昭和十九年五月、ビアク島の艦砲射撃に初陣をかざった。このときの夜戦の曳光弾の美しさと、耳をつんざく轟音にまたまたびっくりした。そのうえ日中の暑さには閉口した。甲鉄は焼けたフライパンとおなじように熱されて、素手ではさわれないほどであった。

つづいて六月十三日、「あ」号作戦に参加したのであるが、そこで壊滅的な打撃をうけた。

配置替えが決めた運命

それからの武蔵は、日に日に逼迫《ひっぱく》する燃料のために、おいそれとほかの輸送船を使うわけにはいかないというので、輸送艦の役目をおおせつかり、食料、弾薬などを満載にして東シナ海をすすみ、シンガポール南方のリンガ泊地についた。

赤道の直下で、しかも盆地のようなリンガ湾の暑さはものすごく、そのうえ毎日の訓練は血のにじむようであった。このように炎暑ときびしい訓練、それに炎天下での連日の甲板整

10月22日朝、ブルネイを出撃する武蔵。後部主砲塔の後方に零式観測機3機が搭載されている

列がつづいたため、同期のものたちは寄りそって涙する日もいく日かあった。

　このころ、温厚な朝倉豊次艦長が退艦し、後任として砲術学校から猪口敏平艦長が着任された。艦長が交替しても訓練のきびしさは日一日と度を増し、毎日毎日が地獄の苦しみであった。ただ一度だけシンガポールに上陸したのが、せめてものなぐさめだった。

　私たちは不吉な予感とともに、リンガ泊地を出港し、十月二十日、ボルネオ北西岸のブルネイ湾に集結した。このときの艦隊は戦艦大和、武蔵、長門、金剛、榛名をはじめ重巡愛宕《あたご》以下、駆逐艦など総勢三十九隻であった。愛宕艦上にひるがえる長官旗がたのもしい。

　ここに栗田艦隊の出撃である。だが、航空部隊の参加がないのはさびしいかぎりである。私のような一等水兵には戦況などわかるわけはないが、なんとなく心さびしいような、大艦隊がたのもしいような複雑な気分である。

出港にさきだってZ旗があり、つづいて艦隊長官や猪口艦長から、「日ごろの訓練をこの一戦にいかんなく発揮してもらいたい」と、訓示と激励をうけた。私の胸は高なり血はおどった。

このときの私の配置は、防空見張所から後部の右舷見張所にかわった。この配置替えが私の運命に大きな転機をもたらし、今日まで命をながらえさせたわけで、戦死された方には申し訳ないが、神に感謝している。

十月二十二日、高らかに比島にむけての出港ラッパが鳴りわたった。武蔵は大和とともに第一群として第二群の前方を、南の静かなブルーの海をかきわけて大きな航跡をのこし、各群はそれぞれ大艦を中心に輪形陣をつくって進んだ。

後部見張所は約畳二枚分ほどの広さで、甲板からの高さは約十メートルのところにあった。この見張所の下には副砲があって、上下、左右には二五ミリ機銃が設けられていた。また見張所の窓は、高さ十五センチ、横二メートルくらいで細長くなっていて、右九〇度から後部一八〇度までの対空対潜の見張りが主任務であり、なかには二十倍と七倍の双眼鏡がそなえつけてあった。

ここにいる一人は三十五歳くらいの補充兵で、乗艦まもない東京出身の者であった。名前を失念したので仮りにAとしておくが、あとになってみれば生存者の中に彼はいなかった。左舷には同期の吉田利雄がいた。彼には妹さんが一人いたが、

「生きて帰ったら妹をお前の嫁にやる」といわれ、将来は彼と兄弟になれることが、心のはげみでもあった。

爆発音と共に愛宕、摩耶、被雷す

明ければ十月二十三日午前五時、早朝訓練の時間である。私は脱兎のごとく駆け寄り、配置についた。Aもおなじようについたので、

「後部右舷見張所、配置よし」と元気に報告すると、艦橋から、

「対潜警戒を厳にせよ」と命令がきた。

水平線上にうかんでいる白い綿雲や、朝焼けの空が美しい。戦時下でなければまったく南国の楽園という感じである。後部からもりあがる航跡の白波や、暁の風が心地よい。

だが、甲板の上に目をやると、砲員たちの動きがいそがしく、騒々しい。二十五ノットくらいのエンジンの響きとともに指揮官のどなる声や、弾薬を運ぶときにふれあう音などが入りまじって、うるさいくらいである。

武蔵から五百メートルくらいのところに駆逐艦沖波と岸波の姿が黒ぐろと見え、勇壮な白波をけたてている。また、一キロくらいのところに近づいてきた第二群の姿も見える。

徐々に雲ははらわれ、太陽がのぼってきた。之字運動中のため視界内の艦影はつぎつぎと変わっていく。重巡鳥海あり高雄ありで、まったくすばらしく、美しい眺めである。副砲や機銃などを旋回させるときにきしむ音が、一段と高くなった。

私はつぎつぎにうつりかわる視界内の状況を報告するが、そのとき伝声管で伝わってくる艦橋の音もなにかせわしない。そこで左舷にいる吉田に電話で、

「おーい、元気か、きょうもがんばるぞォ」

と声をかけると、彼も張り切っていた。同期がそばにいてじつに心強かった。だが、この騒々しい音がなければなんと美しく、平和な海であろうか。生まれおちてから海で育った私には、母のふところに抱かれたような気がしてならない。やがて、

「早朝訓練終わり、交替員食事につけ、急げ！」

という号令がかかり、私はいそいでデッキに走った。

早朝からの訓練で猛烈な空腹であった。そこで急いで食事をすませようとハシをもったその瞬間、突き上げるような爆発音がして、ギョッとした。と同時に「タカタカタカ」と配置につけの合図であるラッパが鳴った。

「総員配置につけ、急げ！」と、火を吐くような号令である。私は食べようとした飯とハシを投げるようにおくと、見張所へ走り、二十倍の眼鏡にしがみついた。

すると後方につづいている第二群の高雄が、水柱の中にもがいているではないか。さらに爆発音がつぎつぎとおこり、内臓までひびくようだった。

と思っていたら、つぎの瞬間、旗艦である愛宕が、水柱と煙のかげにその姿を消しつつあった。このときすでに高雄は横にかたむき、停止していた。

駆逐艦があたりの海上を狂気のように走りまわり、爆雷を投射するのが見えた。突きさす

ような爆発音が絶えまなく聞こえてきた。私は夢中になって、いま目の前で起こっていることを報告するが、艦橋もだいぶ混乱しているようすであった。

「右一三〇度愛宕沈む、高雄停止する」と報告する私の声もうわずっているようだった。ともかくいま目の前で起こっていることすべてが初めての経験であり、全身からサーッと血の気がひいていくのをおぼえた。

そのとき突然、身近に爆発音がとどろいた。私はいそいで音のしたほうへ目をうつすと、武蔵の横五百メートルくらいを航行する重巡摩耶が、二発くらいの魚雷をぶちこまれて瞬時にして沈んでいくではないか。もろいものだ、と思いながら見ていると、天空高くあがった水柱が停止したかとおもうと、ゴォーッと摩耶をめがけて上からおそいかかった。

駆逐艦が摩耶のまわりをグルグルとかけめぐっていた。艦橋からは矢つぎばやに指令が飛ぶが、沈んでいく摩耶にはどうすることもできない。そのうちに海上には、摩耶の乗員たちがポカリポカリと浮かぶのが見えた。それを島風がけんめいになって救助しているが、いまとなっては救助がおわるまで敵潜がこないことを祈るだけであった。

やがて島風が武蔵に横付けされ、摩耶の乗員がつぎつぎに移乗してきた。そこには恐怖でゆがんだ青白い顔がならび、ズブヌレの顔はおし黙って口もひらかなかった。なかには負傷して血だらけのものもいて、応急員や看護兵がいそがしく走りまわって、乗員の受け入れをやっている。

その移乗する摩耶の乗員のなかに、同期でしかも同班の横須賀出身の香山利三郎の顔があった。(そうだ、あいつは摩耶に乗るとかいっていたが、助かってよかった)と、わがことのように嬉しかった。

勇敢なるアメリカ兵の攻撃

艦隊は、さきほどの米潜の攻撃が夢であったかのように、第一戦速でレイテに向けて航行した。エンジンの音だけがものすごく、また艦尾の波頭は小山のように盛りあがる。かきわける波は三メートルくらいの高さもあって、小さな漁船ならひっくりかえるような波濤である。それほど怒り狂ったような前進であった。

私は一息つくと空腹をおぼえたので、乾パンと缶詰の肉をサイダーで流しこんだ。横にいるAは青い顔で、黙々と食べている。食べおわると、さあ、きょうはどうなるのだろう、と双眼鏡にしがみつきながら十九年間の生涯を考えていた。

そのとき、艦橋から「よく見張れ」と怒鳴り声がした。しかし、戦闘中は忘れていた疲れがドッとでて非常に眠い。しかも暑さがふたたび全身をつつみ、けだるさが先にたって、横になりたい気持でいっぱいだった。だが、海面上の小さな浮遊物にも、潜水艦の潜望鏡ではないかとビクビクするような状況であったから、眠るなどということは夢のまた夢であった。

鉄の箱のような見張所のなかは蒸し風呂のように暑苦しいが、それは何にもたとえようがないくらいであった。長い一日であったが、朝の悪夢からさめないままやっと夕方となり、夕日が静かに水平線に沈んでまた夜がやってくる。気味のわるい夕焼け空が、戦死した戦友の血の色のように真っ赤である。

昼の明るいあいだは、潜水艦や敵艦が見張りさえおこたらなければ発見することができるが、夜は注意していても海面はなにも見えないのでこわいものである。

夕方、やっと米の飯にありつけたが、うまいミソ汁が五臓六腑にしみわたり、生きているよろこびを十分に味わった。そして綿のようにつかれた体を、昼間焼けた鉄板の上に横たえると、すべてを忘れて死んだように眠った。

明くる二十四日、この日はこれまでの敵機の動向からみて空襲があるものと予想して、決戦の心がまえをした。

「本日敵機来襲の算大なり、各員その持場を死守し云々」との訓示もあって、緊張が高まるなかに午前三時ごろから配置についた。戦闘食であるオニギリがくばられ、食べおわった私は吉田に電話をした。彼もすこぶる元気であった。そこで私も、よし、やるぞォとばかりに立ち上がったが、このとき天井に頭をいやというほどぶつけた。

やがて夜が明けた。みるみる太陽が昇ってきたが、海は太陽にギラギラと照らされてまぶしく、目がいたいほどであった。武蔵をはじめとする栗田艦隊は、大艦を中心にして輪形陣を張って、シブヤン海を航行していた。摩耶を欠いた第一部隊がすこしさびしいが、後続の第二群のなかでひときわ大きい金剛の姿がたのもしいかぎりである。

何時になったのだろうと時計をみると、午前十時すこし前であった。それからまもなくして、対空戦闘の命令が出たが、太陽も高くなっていたから、十時ごろであろう。

まず、武蔵のレーダーが敵機を捕捉したらしく、対空見張りを厳にするよう艦橋からつたえてきた。私は眼鏡にしがみつき、目をこらしたが、疲れと寝不足から頭がグラグラし、目がボーッとする。それでも懸命になって見ていると、右九〇度の方向からノミのような無数の黒点がぞくぞくと近づいてくる。そこで、

「右九〇度敵機無数」と報告すると、艦橋からはすかさず、

「主砲対空戦闘」「射ち方はじめ」と、つぎつぎに号令がくだった。

私は、主砲の爆風で窓ガラスが割れるのをふせぐため、窓をおおっている鉄の蓋をしめた。同時に四六センチの主砲九門がいっせいに火を噴いた。七万トンの巨体が分解して四散するのではないかと思われるような衝撃で、私はおもわず護耳器の上から両耳をおさえた。同時に真っ暗の室内で、体がとびあがったかとおもうと鉄の壁にいやというほど叩きつけられた。しかし、いまはそれほど痛いという感じはしなかった。なにしろその凄まじい音と衝撃は、天地がひっくりかえったのではないかと思われたほどだった。

そして一斉射、二斉射がおわり、副砲、機銃も射ちだしたので、私はおそるおそる鉄蓋をあけて外のようすを見た。火をふく二五ミリ機銃や、無数の弾幕、曳弾道が見える。そのなかで、射撃指揮官の絶叫にちかいさけび声や、薬莢が落下する音、それに敵機銃弾のはねかえる音がカンカン、キンキンとものすごかった。

「右九〇度、グラマン突っ込んでくる」「雷跡右一二〇度向かってくる」

と、つぎつぎに目にとびこんでくることを報告するのであるが、頭にカーッと血がのぼり、

心臓は早がねのように高なっているため、自分でも何を言っているのかよくわからなかった。

そのつど艦は右に左に転舵するが、さすが仮屋航海長の操艦だけあって、みごとに魚雷をよけて進んでいる。

武蔵にせまってくる敵機は、星のマークや、搭乗員の顔まではっきり見えるくらい近づいてきた。そのような中にも魚雷の命中音か、爆弾の命中音が全身にひびいてくる。

ふたたび海面すれすれにＴＢＦがせまってきた。またべつのグラマンＦ６Ｆは、頭上からまっさかさまにキーンと急降下してきたが、私は恐ろしさのあまりとっさに目をつぶり、身を部屋のすみに寄せてしまった。

そのとたん、機銃員のものであろう、窓ガラスに真っ黒い血がザーッとかかった。案の定、機銃員がつぎつぎに倒れ、死体が甲板にゴロゴロところがっていた。射撃手が倒れると、つぎつぎと別の射撃手が機銃にとびつき連射するため、銃身は真っ赤に焼けているのが見えた。

そこへ、水柱が高くたちのぼったかとおもうと、艦橋へザーッというか、ドーッというか降りそそぎ、焼けた銃身がジューと冷される音がした。また、水柱が降りそそぐたびに甲板上の死体が、ものすごい早さで艦尾にながされていった。

一次、二次、三次と矢つぎばやの攻撃で息をつくまもないが、それでもなんとかサイダーを飲むことができた。

しかし、機銃員は銃の手入れや、弾丸の補給などで大変である。また、応急員は右に左にとびまわり、看護兵も重傷者を背負って走りまわっていたが、みんな血走った顔つきをしていた。

アメリカ兵は弱虫で、度胸がないと教えられていたのに、いまここに攻撃をしかけてくる米兵はなんと勇敢なのだろうとおどろいた。まったく、見ると聞くでは大違いである。

無惨な艦内状況

武蔵の速力はだいぶ落ちたようである。しかも左舷に傾いたようであったが、なにしろせまい見張所内からは視界だけのことしかわからなかった。

左舷にいる吉田から、元気な声がかかってきた。

第一群のほかの艦はみな元気で戦っているようだが、なぜか敵機のほとんどが武蔵に集中攻撃をかけているようすだ。このため私は、武蔵を旗艦と誤認しているのではないかとさえ思った。

第四次攻撃もすごかったし、つづく第五次でも集中攻撃をうけたが、これによって速力は急激に鈍《にぶ》りだした。十ノットそこそこまで落ちたのではないかと思われ、ついに輪形陣の一角から脱落したようだ。

そのうえ、主砲はほとんど発射しないで、機銃だけがあいかわらず猛然と射ちまくっていた。たぶん右や左には雷撃や直撃弾をうけて、満身傷だらけであろうと想像した。やがて、「艦橋総員戦死、後部見張員、艦橋に上がれ」との命令がだされたが、これは太陽がだいぶ西に傾いたころであった。

私は戦闘がはじまって以来、はじめて外にでたが、まわりを見ておどろいた。武蔵の美しい巨体は、原型をとどめないほどに打ちくだかれ、みるも無惨な姿をさらしていた。そのうえ艦は、左舷前部に傾いていた。

いたるところで甲板がめくれあがり、威容をほこっていた艦橋は架線がちぎれとび、旗竿は折れ、電線が垂れさがっている。そのむごたらしい姿に、ただ呆然とするしかない。

それでもとにかく気をとりなおして歩きはじめたとき、グニャリとなにかを踏みつけた。みると内臓の露出した死体であった。煙突の横の通路には、手足のない死体がころがっていた。また、いたるところで重傷を負った者のうめき声がきこえてきた。

私は片手おがみをしながらその場を去って艦橋に走ったが、昇るべきラッタルもなくなっていた。仕方なく、たれさがっているロープを握りしめて登っていった。なにしろ艦は左舷に傾いているので昇りやすかったが、三十メートルの高さである。それでも〝火事場のバカ力〟を発揮して一気にのぼった。

だが、そこに見た防空見張所は、みるも無惨であった。今朝まで元気だったヒゲの小林兵曹は、対空三十倍の眼鏡を両手でガッチリにぎったまま立っていたが、首から上がなかった。そしてそこからは、真っ黒い血が流れだしていたので、あわててそばにあったカッパをかけた。また、となりにいるはずの勝又兵長の影も形もなかった。佐藤一水は爆風で空気が体内にはいり、丸くなって青い顔でころがっていた。そこへ掌見張長がやってきて、下から、

「おーい遠藤、艦長が重傷で治療中で、副長が指揮をとられている。航海長以下もほとんど

戦死だ。おまえは負傷者を甲板におろせ」とどなると、どこかへ走っていった。

私はいわれたとおり、ロープに佐藤一水をつるして甲板までおろした。そのとき、「水、水」と死体のあいだから、だれかがむっくり頭をもちあげた。そこで私はそばにあったサイダー瓶《びん》の口を鉄の壁にぶつけて割って、その兵隊の口の中へおしこんだ。すると口が切れたのだろう、血が噴きだしてきたが、かまわずうまそうにのどをならして飲んだ。体中からは血が噴きだしてきて、その赤い血の中にガックリと首を垂れて、息がたえた。

またしても対空戦闘であるが、もうそのようなものはどうでもよかった。防空見張所はすでに海上に突きだしていて、海上に突きでたデリックの上に乗っているようで恐ろしかった。主砲はすでに全部が動かなくなっていたが、右前部の機銃だけが一生懸命に射っているのを見て、なにかこっけいでもあり、あわれな気がした。それらを横目で見ながら、急いでロープをつたって甲板におりた。居住区の上がめくれあがり、私たちのデッキがまる見えであった。海水もすでに入りこんでいた。そこへ、

「信号員、見張員、機密書類を焼け」という命令があったので、私は書庫にむかって走った。その書庫で恩賜のタバコを見つけ、一服つけたが、とてもうまかった。

艦橋後部にある焼却罐はすでに足元まで海水がおしよせており、右舷から物がころげ落ちてくるので、危険だった。左舷の錨鎖を海中に投棄したため、艦は多少浮上したが、それも束の間で、まもなく深く沈下をはじめた。そのうち、

「信号員、軍艦旗おろせ」との命令がでて、だれか勇敢な水兵がマストにのぼって軍艦旗を

大事そうにおろしてきた。そのあとつづいて、「総員、後甲板に集合」との号令で、私たちの生きのこったもの全員は、だいぶうす暗くなった後甲板に集合した。

私は、後甲板の外舷索につかまって、海面をながめていた。すべり台のように斜めになっている舷側のいたるところには、真っ黒い穴があいていた。

「総員退去」との命令でつぎつぎに海中へ身をおどらせた。水面までは十五メートルくらいであるが、舷側には貝がらが無数にこびりついていて、すべりおりるのは無理だった。しかし大半のものは、それにもかまわずすべりおりて退艦した。

私も服をきっちりと着なおして靴をぬぐと、横腹を走って海中にとびこんだ。まもなく、武蔵は後部を高々と上げたかとおもうと、火柱が走り、ズルズルと海中にひきこまれていった。まわりにはたくさんの将兵が泳いでいたが、知っている顔は見えなかった。

やがて軍歌が海面に流れたが、私は涙がでてとまらなかった。海面は重油だらけで、頭や手がヌルヌルしていた。それでも私は、水平線上の救助艦をめがけて、けんめいに泳いだ。

あたりはすでに真っ暗になっていたが、ついに私は駆逐艦清霜《きよしも》に救助された。酒を一杯もらって飲み、露天甲板の上にゴロリところがった。星がとても美しかった。

大和・武蔵はなぜ生まれたか

日本海軍と巨大戦艦建造の背景

当時軍令部第一部長・元海軍中将　福留　繁

福留繁中将

大和・武蔵をさして、最初から建造反対だったと先見の明をほこる人、馬鹿げた艦を造ったもんだと結果論的に非難する人がいまなおたえない。一方また、用兵上の功績はいかにもあれ、あの艦こそ世界最高の技術の結晶として、永遠に日本海軍の誇りである。あのような海軍技術の遺産が戦後工業の復興と、技術の進歩にどれだけ貢献したことかと賞讃する人もまた少なくない。

日進月歩の造兵器技術界において、ワシントン、ロンドン両条約にもとづく建艦休止十数年ののち、忽然《こつぜん》として、あの前代未聞の巨艦が出現したことに、世を挙げて驚倒した。

しかし、この建艦にあたって、海軍技術者の苦心はじつに言語に絶するものがあったことは想像にあまりある。幸いにしてこれら技術関係者には生存者が多く、著書も沢山ある。しかし、用兵者の多くは今はほとんど亡い。

私は当時、軍令部にいた一人として、用兵側から見たこの巨艦の建造決定や、中止の経緯などについて述べてみたいと思う。

兵器と発達

兵器の目的は、いうまでもなく人類の本能的希求たる平和と安泰を防衛するためのもので、原始時代は石ころや棒きれであった。本来、生命財産の安全を託する最後のものであるからには、人智のすすむにつれて、より効果的なものが出現するのは当然の成り行きであろう。千本の竹槍よりも一梃の機関銃がまさり、万梃の機銃は一発の一〇インチ砲弾に粉砕される事実をまえにして、時代は絶えずより一層強力なものを追求してやまないようである。大砲は幾世紀ものあいだ最強の武器として戦場を支配しながら、当然の結果として口径はしだいに大きくなり、搭載艦も大きくなっていった。そして戦艦が主力艦といわれるゆえんもここにあったのである。

しかし第二次大戦を契機として、兵器の王座は完全に航空機によって奪われた。ところが、それから十数年、いまでは原水爆やミサイルといわれる全く夢想だもしなかった強力無比な新兵器にとってかわられ、まさしく最終兵器出現の感がある。

もっとも兵器は、一面では戦争の道具として、平和に対する大きな脅威であることは争えない。しかし同時に、このような大量殺戮兵器の発達によって、戦争そのものが絶大な恐怖ともなったので、現在では、究極兵器の出現が戦争に終止符を打つことになろうとしている。

このような兵器発達史からすれば、大艦巨砲は、その過程の一現象と見られるのである。

大艦巨砲主義の変遷

昭和前期は、兵術思想上で大艦巨砲主義のピークともいうべき時代で、戦略も戦術もすべて戦艦中心であった。だから戦艦のことを主力艦といい、戦艦部隊を艦隊主力と呼んだ。砲戦で海戦の勝敗が決せられたのは、海賊時代以来じつに長い歴史で、魚形水雷や機械水雷などはすべて補助兵器として、直接間接に主力艦の砲戦にいかに協力するかというに過ぎなかった。であるから、時代の技術の許すかぎり大口径砲がつくられ、これを搭載する大艦へ大艦へと発達してきたことは史実のしめす通りである。

戦略の基本は、いつ、どこで主力艦決戦をおこなうか、そしてこの決戦場にわが最大兵力を、いかにして最も迅速に集中することができるかということであり、戦術の要諦は主力艦が最大に砲火の威力を発揮することを中心に、全補助兵力が最大の協力効果をあげることにあったのである。

かくて用兵上の要求による必然の結果として、ド級艦がうまれ、超ド級艦となったのである。ワシントン海軍軍縮条約により、三万五千トン、一六インチ砲を最後として戦艦は建艦ストップとなったが、大艦巨砲の兵術思想は変わることがなかった。だから、もし、この建艦ストップがなかったならば、大和・武蔵はおそくとも昭和の初期に実現していたかも知れない。

現にワシントン条約（大正十年）のときの最後の現存艦であった長門《ながと》、陸奥《むつ》以後に設計されたものに、大正七年設計の戦艦加賀《かが》、土佐《とさ》が四万トンであり、ついで翌大正八年の戦艦天城《あまぎ》、赤城《あかぎ》および大正九年設計の戦艦紀伊《きい》型四隻は、いずれも五万トンに達し、ワシントン条約以前における最後の大正十年の設計であった主力艦四隻は、満載排水量じつに六万トンで、この四隻には初めて主砲一八インチ連装四基八門が搭載される計画であった。

このように、大和・武蔵の建造にさきだつ十七年も前に、このような巨艦がわが海軍には設計されていたのであって、ワシントン条約によるブランクがなかったならば、これらの諸艦はいずれも実現していたにちがいないのである。

大艦巨砲主義の盲点

いまにして思えば、ワシントン条約以後、大艦巨砲の建造ストップ十有余年の年月に、他の艦種や兵器は絶えず休止することなく、急速な進歩をつづけており、そのため大艦巨砲が時代にとり残されつつあったのだ。ところが、この大艦主義者たちは迂闊《うかつ》にもこの事実を看過していたのではなかったか。

すなわち、大正十年のワシントン条約決定によって生じた主力艦の保有量と、その対米比率の欠陥を、条約制限外の巡洋艦以下の補助兵力の増強により補填《ほてん》し、また用兵の面においても、魚雷戦や潜水艦の特殊戦法などによって幾多の新機軸をあみ出した。

ついで昭和五年のロンドン海軍軍縮条約によって、巡洋艦以下の補助兵力が、ふたたび国防上の必要最低限度をわる低比率と小兵力に制限されたことに対して、残された唯一の制限外兵力たる航空機の充実と用兵の術力向上とによって、補填することになったのである。もちろん主力艦といえども、できるだけ改装をほどこして近代化をはかってきたのではあるが、ワシントン条約による制限の枠は、昭和十一年末、同条約廃棄にいたるまでつづいたわけで、この主力艦建造休止の十有余年のあいだに、他の補助艦や潜水艦や、とくに最後まで制限外におかれた航空機の進歩はいちじるしいものがあり、大艦巨砲はおき去りにされていたのである。

さらに言い換えれば、大和・武蔵は本来、昭和の初期に建造さるべきものであったのに、条約の拘束により十数年のストップをくらっていたので、それが再現したのだから、大艦主義は十年のズレをもたらしたといえる。だから昭和中期の一般用兵にマッチした戦艦を造ろうというのなら、それはもはや大和・武蔵ではいけなかったので、もっともっと強大な二十万トン、三十万トンの不沈戦艦でなければならなかったはずである。

もっとも、当時の軍令部は多少そのあたりの考慮がなかったわけでなく、大和・武蔵型四隻のつぎに二〇インチ砲、十万トン艦の建造計画をもっていたのである。

巨艦を生んだ内外の情勢

昭和六年九月十八日、満州事変の勃発を契機として、わが内外の情勢はとみに緊迫の一途をたどるにいたった。国際連盟がわが対満措置を不法とし、リットン調査団報告を四十二対一で採択するにおよんで、ついに昭和八年三月二十七日をもって国際連盟を脱退するにいたり、対外情勢はいっそう険悪の度をくわえ、国内の硬論はますます沸騰した。

そして、国防の整備はいよいよ急務となった。

わが海軍軍備の欠陥は、大正十年ワシントン海軍軍備制限条約における主力艦の対米比率一〇対六にはじまった。ついで昭和五年、ロンドン条約の補助艦保有量の不足にあった。さらにまた、これら水上兵力の不足を補填するはずの航空兵力の整備も、米英に対してはなはだしく立ち遅れていた。しかしそのころの兵術思想は、まだまだ主力艦中心主義であったから、とくに主力艦の不足が重視されていたのは当然であった。

情勢がここにいたっては、日本海軍は条約の掣肘《せいちゅう》を脱して、自主的に国防用兵上、最善の軍備を充実することが緊急の問題であった。かくなるうえは、ワシントン、ロンドン両条約の羈絆《きはん》を脱するほかはない。

このような逼迫《ひっぱく》した事情のために、わが国は昭和十一年末をもって発効するよう、ワシントン条約廃棄を、昭和九年十二月二十九日付でアメリカに事前通告した。また、昭和十一年一月十六日をもって、ロンドン海軍軍縮会議を脱退したのである。

もっとも、この最後のロンドン軍縮会議において、わが永野修身全権は、列国共通の海軍兵力最大保有量を提案したのであって、もしこのような公平な提案が採択《さいたく》されたならば、大和・武蔵などは生まれずしてすんだかも知れないし、太平洋戦争も起こらなかったかもしれない。

有名な太平洋海戦史研究家で、ハーバード大学歴史学教授モリソン博士は、米英共謀してむりやりに日本に低比率を押しつけ、大いに国防上の不安感をいだかせるにいたったワシントン条約は、日本移民禁止法とともに、たしかに日米戦争の大きな一原因をなしたものであるといっている。博士の犀利《さいり》な史眼が、この間の消息を看破している。

軍令部の研究

昭和九年十月、ワシントン条約以後十三年を経過して、はじめて新主力艦の建造にたいする要求が軍令部から提起された。それが大和型戦艦であった。軍令部がこの巨大艦を要求するにいたった経路は、大要つぎのようなものであった。

一、名人気質に胚胎

一般にわが海軍の兵術思想は、東郷元帥のかの有名な訓示の言葉「百発百中の砲一門は、百発一中の砲百門に勝る」というにあった。

つまり、兵器は正宗の銘刀でなければならぬ。人は塚原卜伝、宮本武蔵でなければならぬ、という名人気質であった。同じく戦艦であっても最強の戦艦でなければならぬ、とする思想は、つまりはこの名人気質に胚胎《はいたい》したものといえよう。

二、荒天戦術の着想

日本近海は、世界一の荒海である。アメリカの大西洋岸を襲って猛威をふるうハリケーンは有名であるが、その襲来回数は、日本に襲来して惨害をたくましうする太平洋のタイフーンに比べて、一対八の割合である。アメリカの太平洋岸には暴風はない。

アメリカ大西洋艦隊は、夏は暑さを避けて北方ハリファックス方面で訓練し、冬は寒さを避けて南方西インド方面で訓練する。

太平洋艦隊は、夏は北方のピューゼットサウンド方面で、冬はロワー・カリフォルニアのマグダレナ湾方面を基地として訓練する慣例である。

だから日本海軍から見れば、まるで温室のなかで育てられているようなものである。

アメリカは渡洋進攻作戦を方針とするに対し、日本海軍はわが本土近海における守勢作戦によって防衛をまっとうする方針であったから、温室海軍アメリカ艦隊がわが荒海に乗り入れて来たら、両者の天象気象の差異によってかならず平素訓練にもとづく術力差が物をいうであろう、荒海こそ天与のわが味方であるといわねばなるまい。

以上はいささか誇張した感がないでもないが、このような着想で昭和九年、末次信正大将を司令長官とする連合艦隊は、年間を通ずる演習訓練項目に、とくに荒海訓練なる一項をくわえた。

私は当時、艦隊先任参謀として、いろいろ画策したものである。中にはこのような荒っぽい修業はあまり喜ばぬ人もないではなかったが、しかしもしこの訓練が平素から行なわれていたならば、荒天の程度に応じた艦船部隊の操縦もおのずから会得せられていて、昭和十年秋におこった第四艦隊事件などは避け得られたであろうと、いまでも私は思っている。

いずれにしても、荒天に耐えて敵にまさる術力を発揮しようとすれば、第一の基礎条件は艦型を大きくすることである。これが日本軍艦があらゆる艦種にわたって大型主義をとった理由の一つである。とくに動揺があっては砲力の発揮はできにくいから、砲力第一の主力艦は日本近海の荒海という特殊事情からしても、少しでも大型を選ぶことが望ましかった。

三、量よりは質

これは前述の名人気質とも相通ずるもので、明治四十二年『帝国国防方針』が策定されて、海軍の任務は、対米防衛を第一とすることを裁可決定されるとともに、付属書として『国防所要兵力』がきまった。

それは想定敵国アメリカ海軍の将来の軍備を予想して、これに対抗して西部太平洋の海上権を確保するを目標とした所要兵力であって、いわゆる八・八艦二隊を整備保有しようという雄大な構想であった。

八・八艦隊といえば、戦艦八隻および装甲巡洋艦八隻を戦術基幹とし、これに釣り合った補助兵力を付属して戦略単位を編成するにたる兵力であって、それを二個戦略単位分、合計百数十隻の厖大な兵力を建造維持しようというのだから大したものであった。

実際にはどうであったかというと、幾変遷をへて大正九年の第四十三会議で通過した八・八艦隊計画では、長門、陸奥を第一、第二艦として、大正十七年度末までに戦艦は長門以下八隻、巡洋戦艦は金剛以下八隻、その他多数の補助艦艇が建造されて、ここに待望の八・八艦隊の一隊分が完成される予定がたったわけである。

しかしその後、大正十年のワシントン軍縮条約でこの計画は中断されたので、実際は大和、武蔵をくわえても戦艦八隻、巡洋戦艦四隻の八・四艦隊に終わったのであった。もって八・八艦隊の規模がいかに雄大なものであったかがわかるであろう。

ワシントン条約は、じつはこの八・八艦隊の負担にたえかねたこの間の消息を知悉《ちしつ》する当時の海軍大臣加藤《かとう》友三郎大将が全権であったから、国防上のある程度の不利をしのんでも承認せざるを得なかったのだといわれる。

さて、さかのぼってこのような大規模な国防所要兵力をもってしても、大国アメリカの海軍に対し、量的優勢を保有し維持することは至難であるとの見通しから、劣勢をもって優勢をふせぐの道は、古今東西を通じて、第一に地の利をしめて逸もって労を待つ兵法のほかにはない。

すなわち、熟知のわが本土近海の地形を利用し、そして質をもって量に対せば、七割兵力をもってして防衛の成算ありというのが、わが海軍作戦の根本であって、戦艦はもとより何艦種にかぎらず量よりは質というのが当初からの日本海軍の通念をなしていた。

四、米海軍をリードする

戦艦の質において、アメリカ海軍をリードする方途は二つあった。

その一つは、艦型を大きくして、アメリカがこれに対抗しようにも、パナマ運河が大きな障害をなしてわれに有利となるような大艦、すなわちパナマ運河には三つのロックがあって、いずれもその幅一一〇フィートである。だからアメリカの軍艦は、従来このパナマ運河通航を条件の一つとして建造されたのである。したがって、それよりも大きければよいわけだった。大和は最大幅三八・九メートル（一二八フィート三七）であるから追随を許さぬということになる。

それならアメリカは、太平洋岸で建造すればいいではないかという意見もあるが、日本の建造を知ってから設備や設計に着手するのでは、少なくも数年の遅れはまぬかれない。また大西洋岸で造って南米を迂回して太平洋に回航できるではないかというのに対しても、建造の遅れと回航時日とで、相当期間はこちらがリードできるのであって、かりに案外早くアメリカにおいてこの種の大艦が出現したとしても、少なくとも作戦初期において戦闘参加はできまい。

すなわち、パナマの通航を不可能ならしめるような大艦でリードすることが可能なのである。

第二には、大口径主砲によるリードである。これまでの経過から見て、アメリカ海軍は一八インチ砲の研究や準備はしていないことは確実であるから、日本が急造すればアメリカ海軍が追いつくまでには相当の期間を要する。

以上のような諸点の考察から、ワシントン条約廃棄とともに一八インチ砲搭載の超巨大艦の構想がクローズアップすることになったのである。

軍令部の要求

艦艇や兵器、軍事施設などすべて軍備にたいする要求元は軍令部であった。軍令部の機構は、その時代によっての変遷はあるが、大体において軍令部条例の本則は一貫して変わらなかった。

すなわち、三部編制になっていて、第一部は作戦計画、第二部は軍備計画、第三部は情報計画を担当していた。

通例作戦課といわれた第一部第一課が、作戦用兵上の必要から割り出した新要求艦の主要性能を提示し、これにもとづいて第二部の第三課が主務となって、ある程度の肉付けをしたうえで、対海軍省交渉案を作成し、軍令部首脳会議によって軍令部要求案を決定して、海軍省に移牒した。大和建造の場合、軍令部要求の主要要目は大要つぎのようなものであった。

一、主　砲　一八インチ（四六センチ）八門以上
二、速　力　三十ノット以上
三、航続力　十八ノット　八千浬以上

四、防御力　二〜三万五千メートルの戦闘距離

機密保持

第二次大戦後、国際連合の軍縮委員会において軍縮が論議されているにかかわらず、少しも実を結ばない。いったい各国は軍縮をほんとうに希望しているのか、それとも外交上イニシアチブを取ろうがための掛け声が本当の目的なのか、それともほかの目的があるのか。

軍縮の困難は二つある。

その一つは、軍縮は平和の美名にかくれて、じつは軍縮をする以前よりもより以上に自国の軍事的優位を獲得しようとする一種の冷戦であるからである。

いま一つの困難は、軍事にはどうしても機密保持が必要であるから、相手国の軍縮実施の実証を確認することが困難である。査察の問題がやかましくいわれるのはこのためである。査察のない軍縮は無意味とまでいわれながら、その査察がどうしても成立しないのである。

どうせ軍縮が実在する以上、いつかは必ず真実はわかるであろうから、なにも機密保持などにこだわる必要はないではないか、などというのは素人考えであって、漏洩する者のないかぎり、機密を見破ることは非常に困難である。

魚雷は一インチのちがいも威力に大差があり、戦術にも膨大な影響があるので、なんとか確認したいと思った。たまたまその頃、わが海軍に天才的人物《もの》がいて、手の指が一本一本指《さし》になっていて、指先がちょっとさわれば一分一厘たがわず寸法がわかるといわれた男を次

昭和16年9月20日、呉工廠で艤装中の大和。後部
三番主砲や四番15.5cm副砲塔の様子がよくわかる

の機会に見学せしめ、実際に指先でさわって見て、確実に一一インチとわかったことがあった。

　しかしこのことは、機密というものは、その保持者が発表しないかぎり容易にわからぬという証拠の一つである。

　まして外部から窺知《きち》できないように秘匿の処置をとれば、厳密な査察でもやらないかぎり、真相はつかみ得ないのである。

　大和・武蔵のような、あんなずう体の大きなものが、しかも五ヵ年以上もの長い間、船台の上にのっていたのに、スパイを使って鵜の目鷹の目のアメリカでさえ、真相を知り得たのは終戦の後のことであったとは全くおどろくほかはない。

アメリカ海軍を少しでも長くリードするためには、少しでも長く機密が保持されることが必要であり、その目的は充分に達成されたのである。

それでは実際にどうしたかというと、呉も長崎も、造船現場を外部から一切見られないように、大変な板壁や遮蔽を施したのである。工事関係者はすべて自己の写真入りの門鑑を胸につけて、出入ごとに守衛の首実検がおこなわれ、もちろん従業者はことごとくきびしい宣誓をさせられた。

呉、長崎両市の出入者、通信などには特に注意がはらわれ、憲兵の増員、特高の活躍など防諜がきわめて厳重であった。

艦隊司令長官にすら見学を許さなかった一事をもってしても、いかに海軍当局が機密保持に意を用いたかがわかるであろう。

私と大和・武蔵の建艦

私は昭和二年から五年末まで三年半、軍令部第一部に、第一課長の次席として勤務したが、この期間はワシントン条約にもとづく戦艦建造休止で、主力艦については近代化など若干の問題はあったけれども、そのほかとり立てていうほどのことはなかった。

また、昭和五年のロンドン軍縮会議には、課長不在中、課長代理をつとめた。あのさわがしい統帥権干犯問題もあったが、補助艦制限の会議であったから主力艦のことは問題にならなかった。

ついで第二回目の軍令部勤務は、昭和九年十一月から十三年四月末まで三年五ヵ月におよんだ。はじめはしばらく第三課長をつとめ、後の三年近く第一課長をつとめたから、こんどは大和・武蔵の建造には若干の関係をもった。

しかし、私が軍令部勤務になったときは、すでに大和型戦艦の建造は決定していて、着任一ヵ月前の九年十月には、軍令部の建艦要求が提出されていたので、その後のディーゼル機械装備の変更、したがって航続距離の変更について参与したなどに過ぎなかった。

第三回の軍令部勤務は、昭和十六年四月から十八年四月までの二ヵ年で、大和・武蔵型第三艦以後の建造中止の任にあたった。

航空関係者の反対

第二次大戦は、海戦の主兵が大艦巨砲から航空機に転換した過渡期であった。

ワシントン、ロンドン両条約の建艦休止中に、各国は軍備の優越を、唯一の制限外兵力たる航空機にもとめたのは必然であった。かつまた時代とともに技術基盤の長足の発達にともない、航空機は驚異的な進歩を遂げた。

かくて無条約時代を予想して、新戦艦が議にのぼるころともなれば、これまで大艦巨砲の補助兵力の役割しか演じ得ないものとしか見られなかった航空兵力の占める地位は、しだいに高く評価されるにいたったのは、当然の成り行きであった。

この間にあって、とくに航空関係者と称する一群の中には、熱心に戦艦無用論を唱える人びとが出た。山県正郷大佐や加来止男中佐などの大学校兵学教官連、大西瀧治郎など航空本部の人たちなどがそうであった。

大西中将（当時大佐）は私が軍令部第一課長時代、たぶん昭和十年末ころと記憶するが、彼は航空本部総務課長をしていて、しばしば私をおとずれ戦艦無用論を強調して同意をもとめた。

大和一隻の建造と維持費をもってすれば、第一線戦闘機一千機を建造維持できる。現代用兵上、いずれを有利とするかは明らかであるとして、各種の利害比較を示して、彼一流の執拗なまでの熱心さをもって迫ったものである。

だが、私もまた、連合艦隊先任参謀をつとめ実施部隊を経験したばかりの軍令部第一課長としての研究も遂げていたから、頭から無視してかかるような戦艦無用論には、にわかに賛成できなかった。

つまり戦艦も必要、航空機も必要との二重論をとらざるを得ないというのが、私の結論であったので、戦艦は予定どおり建造し、航空機の整備にはあらためて努力を傾注すべきだというにあったのである。

この結論は、昭和十年の判断としては、私は決して誤ったものでないと信じていた。しかし、それから五年の後、軍令部第一課長としての私は、躊躇《ちゅうちょ》なく第三艦以後の建艦中止を決心せしめたのであった。だが、その時でもなお戦艦無用とは考えなかった。

さらに四年後、昭和十九年末のレイテ海戦において、大西は第一航空艦隊司令長官、私は第二航空艦隊司令長官として、ともにフィリピンの同一基地で寝食を共にしながら共同作戦をしていたときに、武蔵が敵母艦機群にやられるのを目前にして、十年の昔、両人が戦艦か、飛行機かの議論を闘わせたときのことを想起して、「あのときの結論を、いま目のあたり見せつけられたのだね」と語り合い、感無量のものがあった。

第三艦の建造中止

第三艦（のち空母信濃に改造）は昭和十五年五月四日に、横須賀海軍工廠の新設造船船渠《せんきよ》で起工された。昭和二十年初期竣工の予定であった。

私は昭和十四年十一月以来、山本五十六連合艦隊司令長官の参謀長をつとめて約一ヵ年半におよんだが、山本長官から、

「及川大臣から君を軍令部第一課長にと懇望された。大臣の君への期待は、大和型戦艦について再考してもらいたいことにあるそうだ。私（山本）も君に一つ頼みがある。それは戦争にならぬよう軍令部にあって最善をつくしてもらいたいことだ」

といわれて、前任者宇垣《うがき》纒中将（のち終戦の詔勅を聞くや、九州基地から飛び出して沖縄の敵艦に体当たり攻撃を決行）の後をうけて、昭和十六年四月、第一部長に補任されて軍令部に着任したのであった。

及川大臣には、私はかつて二回にわたって部下として仕え、知遇を受けたことがあるが、会うとさっそく、

「事態が急迫した今日、五年もの歳月を要するような軍艦を造っておるような時機でないと思う。飛行機や補助艦も多数に急造しなければならぬ。資材の関係からも技術や工事量の関係などからも、第三艦の建造中止を再考してもらいたい。宇垣君は前からの関係でそのような変更はできにくい立場にあるから、君と交代してもらったのだ」

といわれるのであった。そのころ軍令部では、第三艦の建造中止はおろか、さらにつぎの超々巨大艦二〇インチ砲二十万トン艦の建造を考慮したほどで、及川大臣の考えに対しては、少なからず抵抗があったのである。

私は山本五十六大将のもとに、連合艦隊参謀長として一ヵ年半にわたり連合艦隊の猛訓練をやり、航空戦が砲戦にとってかわるような場面もしばしば経験していた。

山本長官も私も、艦隊決戦における攻撃機の航空魚雷戦が決定的効果を占めるにいたったことを確認（このことが真珠湾攻撃を着意せしめたことでもあった）していたところでもあり、軍備全般の釣り合いなど精細な研究を遂げた結果、大和型戦艦の第三艦以後は建造中止するのが時宜にかなった処置だとの結論に達し、これを上司に報告して承認を得たのである。

軍令部総長も次長も更迭《こうてつ》したばかりで、白紙の頭で検討されて、私の研究にもとづく原案に一決したわけである。

「本艦は戦艦としての工事を中止し、浮揚出渠せしむるに必要な工事だけ進め、なるべく速

やかに出渠せしめよ」

との大臣訓令が発令されたのは昭和十六年十一月であった。

第三艦は建造中止となって未完成のまましばらく海上につないであったが、明くる昭和十七年六月、ミッドウェー戦の結果、あらためて航空母艦に改造のことに決定し、昭和十九年十月五日進水、十一月十九日に七万一八九〇トンの世界最大の巨大空母信濃《しなの》として完成したのであった。

大和、武蔵、信濃の三艦の末路は悲惨であった。

それでもまだ大和、武蔵は連合艦隊の旗艦として戦場に活躍し、両艦とも敵空軍の大群と交戦して、大艦らしい最後を遂げたのであったが、第三艦の空母信濃は、完成後まもない十一月二十八日に横須賀を出発して呉に回航の途上、二十九日午前三時二十分、潮岬の南東海面で敵潜水艦の襲撃をうけ、まことにあえない最後であった。

技術者側から見れば、精魂打ち込んだこの巨艦が、あっけなく沈んだことに用兵者の技倆にたいする不満があったし、反対に用兵者としては、たった一、二本の潜水艦魚雷で簡単に沈没するような造艦技術にあきたらぬ感がもたれたやに聞くのであるが、誰が悪い、誰がよいのではなく、不運な宿命のもとに生まれた信濃であったというほかはないであろう。

武蔵の設計図はこうして完成した

二番艦の立体線図が出来あがるまで／担当技術者の告白

当時三菱長崎造船所技師　杉野　茂

　私が三菱重工業へ入社し、長崎造船所に勤務したのは昭和十一年四月であった。はいると早々に、当時、船台上で建造がはじまった重巡筑摩《ちくま》の図面を書かされた。なにしろ新米なので、むずかしい部分は担当させてくれなかったが、船体の一部分であることはたしかだった。それからの一年間は毎日毎日が筑摩の図面とニラメッコで楽しく、しかも張りきって仕事をつづけた。

三菱長崎造船所に残されている「武蔵建造日誌」

　後日わかったことではあるが、そのころには大和型の戦艦が長崎造船所で造ることができるか、進水は果たして可能か、そのためにはどんな設備をすればよいか等の検討が極秘裡におこなわれ、ほとんど結論がでていたようである。

　この検討に当たった人も、ごく一部分の人たちであり、かつ外部にもらすことを禁じられていたので、われわれもふくめて、大部の人びとには、すべてが秘密のうちにはこばれていたのである。

昭和十二年七月のある日、私は長期間にわたる出張を命ぜられた。そのグループは、なんでも出張者の先遣部隊ということで、約十名くらいだったと思う。川良技師を長とするわれわれ一行は、船殻《せんこく》設計関係と、主機械設計を担当する技師たちで編成されていた。

出発にさきだって一行はひとり一人、海軍主席監督官と長崎造船所長の前で宣誓させられた。その内容は『肉親、交友にもいっさいもらさず、万一この宣誓に反するようなことがあれば、会社あるいは海軍において、適当と思われる処置をとっても異存はない』といったものであった。

かくて昭和十二年七月二十四日午後十一時、長崎発の終列車で呉へ向かって出発し、明くる二十五日の昼すぎには呉に到着した。もっとも出発にあたっては、さきに宣誓したてまえ、肉親にも今回の行き先はいわなかったことを記憶している。

図面はすべて実物大

さて呉について海軍工廠に出頭し、いよいよ仕事を開始することになったのが同月の二十六日であった。そこでまず第一にやったことは、各自の指紋をとることであった。今から思えば指紋をとったのは、あとにもさきにもこの時だけである。

われわれ出張員のなかでも船体設計者は、造船設計部の船殻班にくりこまれて、工廠の設計者のなかにまじって、工廠の人たちと一体になって作業をおこなうようにとりはからわれた。

こうして設計作業にとりかかったのであるが、すでにこのときには、第一番艦大和の図面作成が進行中であったため、われわれは、この進行中の作業の渦のなかに飛びこんだかたちとなった。

大和の基本設計はこれよりさき、海軍省の艦政本部でおこなわれた。艦政本部ではこれにもとづき訓令図を作製し、工廠に送付する。訓令図とは、船殻各部の構造についての説明を図面化したもので、構造設計の指針となるものである。われわれはこれをもととして、いわゆるヤードプランを作成するのであった。

ヤードプランでは、鋲《びょう》一本の配置まで図示するほどの詳細なもので、図面の大きさも構造部分により大小さまざまで、大きいものは長さ二〜三メートル、幅八〇〇ミリくらいであった。

この図面は、クロースに烏口《からすぐち》で書かれ、作業中のわれわれ図面作製者の手や爪《つめ》は、墨汁で真っ黒によごれたものである。

こうしてできあがった図面はチェッカー、班長、部員、設計主任等をへて、やっと完成した原図となる。

原図から青写真が必要数だけつくられ、現場におくられる。これによって現場は、はじめて仕事にとりかかることができるのである。

武蔵建造のため、三菱長崎造船所が新しく建設した現図場の内部。昭和12年12月に竣工した

それと同時に、原図からは第二原図がクロースにつくられ、これが第二号艦の建造所である長崎造船所におくられる。そこでは第二原図により青写真を、それも所要数だけ作製して、現場にながす。現場ではこれにより作業をおこない、第二号艦武蔵を建造していったのである。

大和とは文字通り双生児

以上のべたように、第一号艦大和の図面をつくることが、とりもなおさず第二号艦武蔵の図面をつくることになったのである。したがって大和と武蔵の構造は、まったく同一であるということができ、外見上の差異があらわれる余地はないのである。

もっとも、鋲の位置が異なるとか、または艤装上のごく小さなちがいは、工廠と造船所のプラクティスの差から、多少はおこったかも知れない。

ちかごろ軍艦の写真で、大和か武蔵かいずれであろうかと騒がれたことがあったが、これも設計図作製の過程から考えれば、当然のことというべきである。

話はまえにもどるが、われわれ先遣隊は昭和十四年末まで、呉工廠で作業をおこなったが、その間およびその後、長崎よりぞくぞくと出張員が呉に派遣され、船体構造はもちろん、甲板艤装、船内艤装、電気艤装、主機、補機など、いろいろの部門にわたり設計業務に参加し、第一号艦大和、すなわち第二号艦武蔵の図面を作製していったのである。

その間、昭和十三年三月二十九日午前九時五十五分、武蔵は長崎造船所の第二船台において起工された。

大和は建造ドックで完成されたが、武蔵はふつうの型式の船台で建造されたので、建造方式のちがいによる工事用図面、とくに進水関係の図面は、武蔵の進水重量が大きいだけに、多くのなみなみならぬ研究、努力の結果、長崎造船所において作製されたのである。

したがって次に、話はすこしそれるが、世界造船史上、最初にして最後ともいえる武蔵の進水作業について、技術者の立場から触れておこう。

もてあます巨体

船台で建造される船は、進水台工事の完了後に進水させられて海に浮かぶ。進水は八四頁の第1図にしめすように、船台上に固定された固定台の上を、滑走台が滑って行くことで、固定台の上面には獣脂が平滑に塗られ、その上に軟石鹸の薄膜があり、さらにその上に滑走台が乗っている。そして船体はこの滑走台に乗っていくことはよく知られている。

話の順序として、まず進水重量について述べてみると、武蔵の進水重量は、日本ではもちろん最大の記録である。世界記録でみると、一九三四年に英国で進水した大西洋航路の客船クイーンメリー号の三万七二八七トンが最大で、武蔵の三万五七三七トンがこれに次ぐものである。

当時の日本最大の戦艦〝陸奥〟の進水重量一万六八〇六トンと比較してもはるかに大きく、武蔵の進水がわが国において、画期的な大作業であることがわかる。このような大重量をささえる固定台、滑走台も、いきなり超大型となったこともうなずかれる。

したがって話を、滑走台にしぼることにしよう。

一般の船の進水にさいしては船が、ある速力で海の中へ進行していくと、滑走台はひとりでに抜け出て船底をはなれ、海上に浮かび出るようになっている。

ところが武蔵の滑走台は三・九六メートルの幅をもち、長さも約二一三メートルで、これが両舷各一条ずつ合計二条あり、この巨大な滑走台が、ふつうの船の進水のときのように抜け出るとなると、船底を損傷するおそれもあり、また、いかなる不慮の事故が起こるかも知れないので、武蔵ではひとりでに抜けないようにして進水した。

そこで進水後に、この滑走台を引き抜かねばならないという、やっかいな工事がくわわった。私はこの引抜工事の計画を命ぜられたので、その概要について述べてみよう。

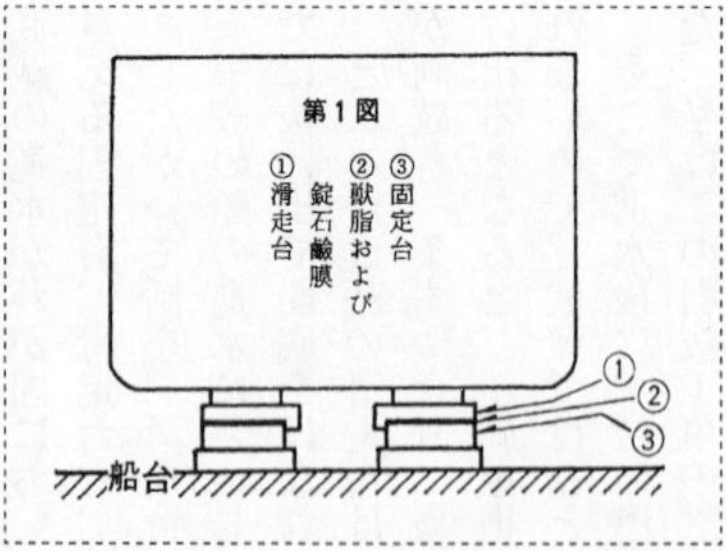

第１図

武蔵の滑走台は第2図のように、ABCの部分からなり、A、Cのは特別な構造をもった部分で、それぞれフォアポペット、アフトポペットとよばれ、進水後のある時期に、しかも暗夜、長崎港の中心の方向に艦を引きまわし、海底に沈下させて、A、C部の滑走台を抜きとった。A、C部には、鋼構造部がたくさんあるので、重量も浮力より大きく、ワイヤーをゆるめて沈下させた。

B部は、さらに十四個の滑走台に分離されたので、両舷あわせて二十八個にもなった。

これらの一個の滑走台の大きさは、長さ約二一三メートル、幅三・九六メートル、高さ四四・五センチで、六〜十トン（米松の吸水度で浮力もかわる）の浮力で、船底に付着しているこの二十八個の滑走台を一つずつ引き抜くためには、いろいろの準備が必要であった。すなわち、

①引抜ガーダー＝長さ五十五メートル、幅四メートル、高さ三メートル、ガーダーの両側面外側には特殊なレールがあって、これにそってトロリーが移動できるようになっている。

②引抜ガーダー吊下げ用クレーン

③団平船二隻＝この上に二本のガーダーを組み、引抜ガーダーの一端に吊り下げる。かつガーダー上には、引抜作業用として、五トンのウインチ四台を設置した。

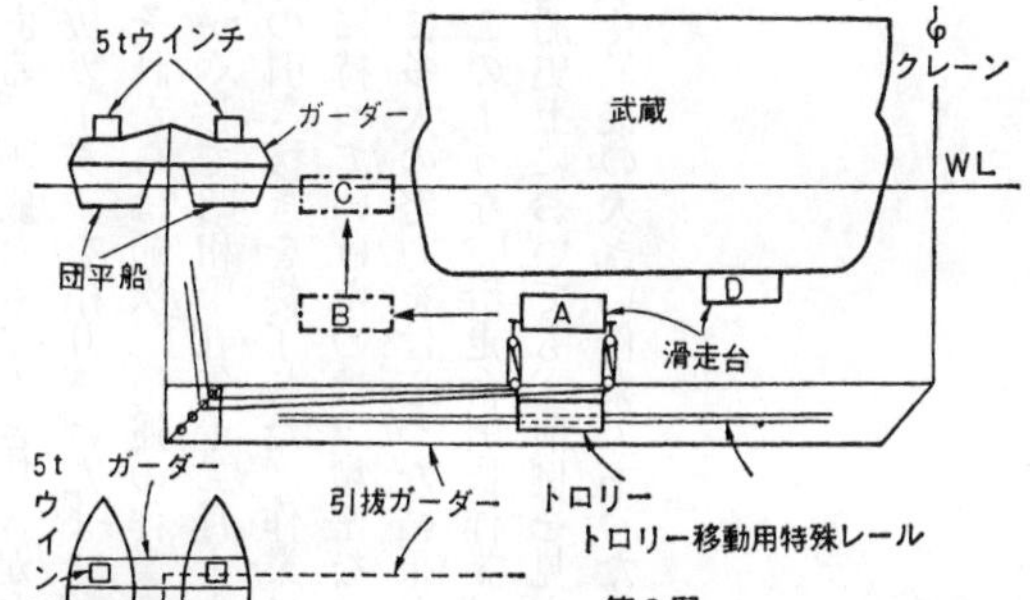

第3図

第2図

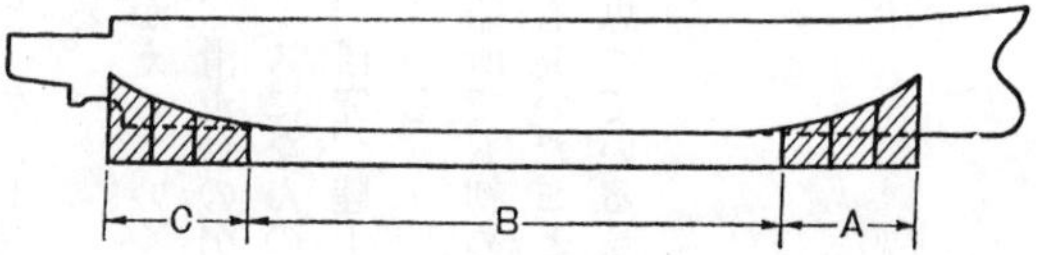

最高技術の見せ所

引抜作業を実施するときには、これらの諸設備を第3図のように配置した。

作業の順序はまず潜水夫が船底にもぐり、トロリーに付着している滑車を、滑走台にとりつける。取付個所は四個。つぎに団平上のウインチを巻いていくと、船底に付着している滑走台は、Aの位置まで引き下げられる。

つぎにトロリー移動用のウインチを動かして、トロリーもろとも、Bの位置まで移動する。つぎに、滑走台引き下げ用ワイヤーをウインチを使ってゆるめていき、Cの位置に浮上させて、やっと一個の滑走台の引き抜きをおわる。

さらに、トロリーを滑走台Dの直下まで移動して、いま述べたような作業をくりかえすのである。両舷ともに引き抜きがおわると、クレーンおよび団平船をつぎの滑走台の直下に、引抜ガーダーを吊り下げたまま移動する。

それからは順次、前述の作業をくりかえしていく。

かくして昭和十五年十二月十六日に、滑走台の引抜作業を開始し、二十日には二十四個全部の引き抜きを終了した。作業はスムースになんの支障もなく行なわれたが、これまで成功裡に持っていけたのは、精密なる計算、研究、陸上試験、ウインチ作動試験など、事前の準備に多大の努力をはらった結果と考えている。

このような、滑走台引抜作業は、造船所でも初めてであることはもちろんであるが、世界造船史上においても、前例を見たことも聞いたこともない。まさに世界で最初にして、おそらく最後の大きい作業であったろうと思っている。

不安と感動を交錯して大戦艦ここに進水す

前人未踏の大事業に挑んだ進水責任者の回想

当時三菱長崎造船所技師　浜田　鉅

浜田鉅技師

その朝、港には靄《もや》が流れていた。丸ビルの二倍もある巨大な黒い影が、向かい側の海辺にそびえ、港ぜんたいを圧倒していた。ようやく秋色をました稲佐連山の姿が、その背後にせまる。

人びとは、まもなく、この港の中央において、未だかつて人びとの経験したことのない、世紀の大事件が起きてくるものとは知るよしもなかった。

それは、三年半の星霜をこえて、営々として極秘裡に、周到に準備された、また人びとの血と汗の結晶でもある一つの現象の出現であり、北極の空にかがやく華麗なオーロラの瞬間を待つ、息を殺した刹那《せつな》にも似ていた。

この朝、いつもはあわただしい漁船のエンジンのひびきは絶え、佐世保、五島など島通いの汽船の運航も止まり、港内は異様な静けさにつつまれ、騒ぐはただ、大波止の岸辺によせる波の音のみであった。(二三〇頁地図参照)
未明から、長崎市の周辺には海上にも市中にも、まわりの山々にいたるまで、憲兵と警官とが配置され、アリも逃がさぬ非常警戒線がしかれていた。海岸ぞいの道路の交通は遮断《しゃだん》され、一〇〇メートルおきに警官が立ち、造船所の真向かいになる大浦、浪の平地区はもちろんのこと、港口から戸町、深堀の遠くにまでおよんでいた。
夏の海水浴でにぎわったばかりの鼠島《ねずみ》、また神島など港外の島々にも、憲兵らは前夜から非常配備されて、監視の眼を光らせていた。

湾内の水位を高めた鋼鉄の巨体
高さ六十メートルの、港の中央を圧する黒い影、トタン板と棕櫚《しゅろ》縄の漁網でできた遮蔽《しゃへい》にかこまれた長崎造船所の第二船台の内側では、このとき進水作業がおこなわれていた。前日の午後三時からはじまり、夜を徹した連続十七時間の必死の作業も、まさに終わりにちかづきつつあった。
二年半の長い年月、地上二十メートル以上にも組み上げた三万六千トンの重量を、この短時間に進水台に乗せかえる作業は、未だかつて人びとの経験したことのなかったものであり、その困難と危険とは、とうてい想像をゆるさぬものがあった。
作業の進行につれ、深更十二時ころになって、ついに、船体中央のあたりで、船台は長さ

武蔵建造のため増強工事が施され、着工を待つ昭和10年当時の長崎造船所第二船台（正面左側）

三十メートルにわたって裂《さ》けた。しかもこの亀裂《きれつ》は左右の進水台の内側一メートルのところに、両側に発生した。この部分が古い船台の継《つ》ぎ目であったことは後にわかったが、それにしても厚さ一メートルもある、コンクリートの強力な台盤が剪断《せんだん》されるという、想像以上の出来事であったのだ。

やがて、東の空が白みはじめると、人びとは最後の力をふりしぼった。冷く、さわやかな朝の空気をあらためて吸い、満ち潮が上がって足もとを洗いはじめるころに、生気をとりもどした。たがいに見合わす眼は赤く、汗と埃《ほこり》とに顔はよごれていた。

総員用意。

艦首の最前端に立つ。ふりかえればはるか彼方に式場が見え、朝日に映えて夢のように美しい。空を仰げば、おりから雲は晴れて朝日がかがやく。海面には靄《もや》がかかり、対岸がかすむ。

やがて艦は音もなく滑《すべ》る。静寂のうちに、巨体はしだいに遠ざかり、かつて見たことのない美しいシルエットを映しだす。艦尾の軍艦旗がへんぽんとしてひるがえり、朝日にかがやく。黒い遮蔽《しゃへい》のはしから、海上に滑り出る艦の姿は、海上からはおどろくべき光景として、警備艇の乗組員の眼に映った。

いつまでもスルスルと滑り出てきて、終わるところのない武蔵の姿を、彼らは固唾《かたず》をのんで見まもるのであった。

やがて二分七秒の時はすぎ、五〇六メートルの距離を最高十五ノットの速さで走って、全長二六三メートルの武蔵は、長崎港の中央水面にしずかに停止した。

艦首は第二船台の沖二一〇メートルのところにあり、まだ艦尾から対岸の浪の平までは、二二〇メートルの水面を残して止まっていた。

進水の直後に船台付近では、海面水位は三十センチ以上も上昇し、一二〇センチ以上の波が起こった。また対岸の浪の平には高波がおしよせて、人家の床をひたした。

あらゆる計測と、観測結果のしめすところによれば、この進水はさいわいに、完璧《かんぺき》と言いうるものであることが証明された。

進水作業のはじまる日の朝、家を出るとき私が懐《ふとこ》ろにしまった祖母の形見の懐剣《かいけん》は、さいわいに血をみることなくすんだ。

無限にひろがる暗黒の艦底

武蔵の建造のはじめに当たって、長崎造船所では進水可能か、否かが建造決定のカギになった。長崎では昭和十年ころから、進水計算、あるいは進水台の試作をおこなって準備をすすめた。

日本海軍は呉、横須賀、佐世保の海軍工廠に超大型ドックを掘り、船台からの進水の危険と冒険とを避けた。このなかで呉のドックで建造したのが一番艦の大和であり、横須賀のドックで建造したのが三番艦の信濃である。信濃は太平洋戦争の中途で、空母に計画変更された。

近年、タンカーの大型化で船の大きさには慣《な》れてきたが、そのころの武蔵の大きさはケタはずれだった。武蔵の進水の大きさは、現在のタンカーならば約十七万トンの船に相当する。

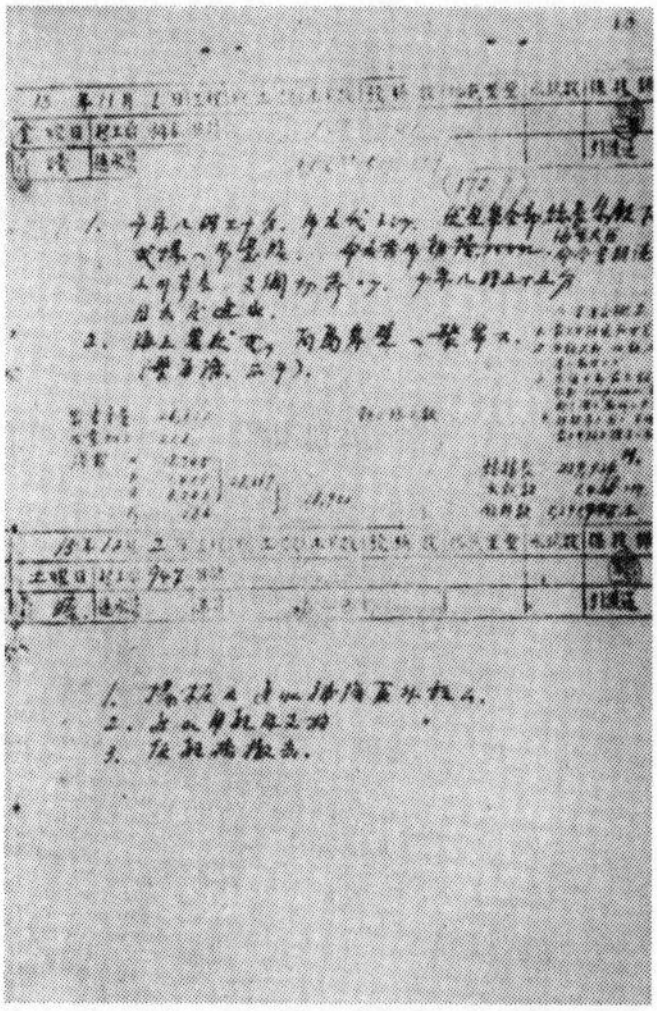

昭和15年11月1日午前8時55分、戦艦「武蔵」は誕生した。写真は進水式終了確認書

現在七、八万トンまでのタンカーが船台で建造されているが、このような大型船はドック内建造が妥当である。日本はもちろん、欧州でも大型建造ドックの設備がさかんな理由はここにある。

船の大きさが増すと、部材の大きさが比例して大きくなる。進水工事もこの点で同じことがいえる。しだいに大型になる部材にくらべて、これをとりあつかう人間の大きさは一定であるため、進水の大きさに限界が生じる。部材の大きさが、人力で可能の範囲を超えることは、船台上の進水には致命的である。

実際、武蔵の進水台を組み立てていくと、このことは最初から計算ずみではあったものの、その大きさに圧倒されるものがあった。船体にしても、われわれ人間の工作した構造物と感ずるよりは、まさに巨大な生物が誕生したと思えるのであった。

幅四十メートルの船底の下をくぐり、進水台の上を腹這《ば》いになって、やっと通れるくらいの高さの、狭いすき間を這っていくうちに、船底は無限のひろがりに拡がっていき、その間に、今にもおしつぶされそうに思えてくるのであった。

異国に立つ白い墓標

その少し前、日本の海岸は危機に見舞われていた。佐世保軍港付近では水雷艇友鶴《ともづる》が転覆し、台湾海峡では駆逐艦早蕨《さわらび》が沈没した。第四艦隊は三陸沖演習中に、低気圧の中心に巻きこまれて、駆逐艦が折れるという大事件に遭遇した。

このため全保有艦艇の大改造が一斉におこなわれることとなり、日に夜をつぐ工事が全工廠と造船所とでおこなわれた。その一方において武蔵や、特殊潜航艇などの建造計画が進められていたのであった。

そのころ、満州事変以後の日本の空は、重苦しい暗雲がおおいはじめていた。二・二六事件の報道は、はるかなる西の涯《はて》、長崎の港にのぞむ製図室にももたらされ、異常な不安と興奮とをかもした。

盧溝橋事件の突発は、武蔵の進水計画の最初の鉛筆をにぎってから、二ヵ月あまり後のことであった。

毎日多数の若者が出征した。設計の若者たちの心のうちも、しだいに焦燥を増していくのが認められた。ことに、武蔵の仕事に従事している連中の動向には、注意すべきものがあった。

しかし、指導層の感覚はにぶく、とうてい組織のなかのデリケートな感情の動きを理解することはできなかった。

武蔵の従事者は設計も現場も、つねに監視をうけ、家庭生活までも監視されていた。たまたま、図面に関連したある事件が起こったが、情勢の認識の不足した無思慮の人びとの行為のために、多数の人びとが思わざる侮辱と、苦痛とをくわえられたのであった。難局に遭遇してもなお、理知と勇気と節操とを忘れることなく、恥を知る人の少ないことを知った。

あるときは実験のため、夜の闇の船台にただ一人で徹夜する。南国とはいえ、一月の海辺の深夜の寒気はきびしく鬼気せまるものがあった。昼間のクレーンの響きはまだ残り、闇の彼方では鉄板がたがいにふれ合う音が聞こえてくるように思えるのであった。

かくして進水はちかづいたのであった。

進水(昭和十五年十一月一日)の翌日、料亭富貴楼でひそかに祝宴が開かれたとき、「一度、君の話が聞きたい」と言いながら近づいてこられた、元良社長の言葉が耳に残る。

シブヤンの青き水の底、そこに武蔵は眠る。近くを飛ぶのではないかと、飛行機の窓から乗り出すように下を捜《さが》したこともあったが、一度はそこに航海して見たいと思う。武蔵と生死をともにした九〇〇人の冥福を祈るためにも……。

マニラ郊外にあるアメリカ軍の兵営、フォート・マッキンレーにある広大な墓地、そこには太平洋戦争の戦死者のため、大理石の十字架一万八千が立ちならんでおり、記念碑の壁には、レイテ海戦の戦闘経過が大きくえがかれている。

そして、武蔵の沈没したところには、“SIBUYAN SEA” 24 OCT JAPANESE BATTLESHIP MUSASHI AND 1 DESTROYER SUNK と読める。

武蔵と共にすごした私の長崎時代

巨艦の艤装に従事した艦政本部造船監督官の手記

当時「武蔵」監督官・海軍技術大佐　塩山策一

塩山策一技術大佐

昭和十六年三月二十日、それは私にとって、いつまでも忘れられない感激の日であった。そしてまた、艦政本部造船監督官として長崎造船所で、最新鋭の超ド級戦艦武蔵の艤装監督のため、本艦に第一歩をしるした思い出の日である。

思えば、東大船舶工学科を卒業し、やがて海軍工廠で新造艦の構造を研究した私の生涯の目標は、世界をおどろかす斬新な戦艦の建造にたずさわることであった。

大正十四年に海軍に入った私は、砲術学校で海軍精神を叩き込まれ、呉工廠で工場での実習期間を終了して、一年間の艦隊生活を終わり、ここで一人前の造船官として、それぞれ任地に配属されたが、私は四年間の呉工廠、四年半の艦政本部勤務ののち、昭和十年六月に監督官として、英国への出張を命ぜられた。

戦艦武蔵建造にそなえて50トンのガントリークレーン2基を増設中の三菱長崎造船所第二船台

ロンドンに一年ほど滞在し、先輩であり、また恩師でもある平賀譲造船中将から、グリニッチ海軍大学の同窓《どうそう》、グッドオール卿《きょう》への紹介状をもらって行ったので、当時、英国海軍造船局長の要職にあったグッドオール卿と、毎月一回、たがいに招待し合って食事を共にしたが、彼はかならず部下の技師を一、二名つれてきて、それぞれの専門的技術について討論するチャンスをあたえてくれた。

英国海軍省へ訪問するときは、玄関でネルソンの等身《とうしん》大の銅像の横にある受付で署名してから、守衛が部屋まで案内してくれるのだが、二度目からは部屋はわかっているから、と言うと、ではここからはどうぞ一人でいらっしゃい、と言ってくれ、その守衛と親しくなった。

グッドオール卿もまた、私に対して多大

な信頼をよせてくれ、机の上に機密文書をおいたまま、私を一人にして何時間も部屋にもどらない、ということすらあった。

英国海軍省主催の、各国武官のレセプションのとき、某国の武官が私のそばに来て、

「きみの国の新造戦艦は、もうはじめているのか、またどのくらいの大きさなのか」

と、質問してきたことがあった。これに対して私は、

「日本を出るときには、べつにそんなことは聞いていなかったが、あなたの国はどうですか」

と、逆に質問してみると、

「いや、私のほうも同じです」

という体裁《ていさい》のいい逃げ口上であった。これこそ戦艦武蔵に対する、当時の世界各国の関心を端的にしめすものであった。

長崎に集まる技術の粋

昭和十一年の秋に帰国すると、呉工廠の艤装主任を命ぜられ、戦艦大和の艤装を担当することになった。いよいよ待望の戦艦建造に取り組めると張り切っていたが、その翌年夏に、盧溝橋に端を発した支那事変が勃発し、それはやがて上海に飛び火して、呉工廠からも工作艦の朝日を急遽派遣することとなり、その工作部員に発令されて、工作部長・島本少将のもとで約一ヵ年を中支方面の艦艇応急作業に従事した。

帰ってくると、また艦政本部の第六班長として特務艦の設計を担当することになり、戦艦からまったく見はなされてしまった。

この間、一番艦の大和は呉工廠、二番艦の武蔵は三菱長崎造船所でという建造命令が発令され、厳重な機密のベールのもとに着々と建造がすすめられており、昭和十五年十一月には武蔵が進水し、いよいよ艤装の段階となったが、このころから何となく私に、武蔵の艤装監督官という役目がまわって来るような予感がしてきたので、大いに期待していたところ、やがて昭和十六年三月に正式発令があり、ここに感激もあらたに長崎へ赴任したわけである。

当時、長崎の監督官事務所には、この世紀の巨艦武蔵《むさし》建造の指導監督官として、文字どおりわが海軍技術者のトップクラスが集まっていた。私は、監督長の島本万太郎少将（当時、工作艦朝日の工作部長）の指導のもとに入っていたが、島本少将はその後、艦政本部総務部二課長として、新造艦船の連絡調整および審議を受け持つことになり、私は四部の第六班長であった関係で、じつにご縁《えん》のふかい間柄であった。

いまここに、三度も同じ釜《かま》の飯《めし》を食べることになったことは、たがいに気ごころがよくわかっていて、仕事の上でもじつにスムーズにはこぶことができた。

「万年喜」での誓い

やがて前任者の梶原正夫監督官から、微《び》に入り細部にわたって事務の引き継ぎをうけた私は、緻密で堅実な梶原大佐が、日夜わかたぬ努力の結果つくり上げた武蔵の青写真を、いかにして忠実に実行して行くべきか、という強い責任感がわきあがるのを禁じえなかった。

ある夜、造船監督官だけで長崎の町へ出ることになった。県庁の横の坂を下りて、繁華街のほうへ出る途中に「万年喜」という料理屋があった。ここが造船監督官の憩いの場で、女中さんたちにあたたかく迎えられて、くつろいだひとときを過ごしたが、そのときわれわれはこの光栄ある仕事を、ぶじ完遂させることを誓い合った。

すべてのことが「順序」ただしく行なわれる軍の仕事は、たとえば造船所の設計で、なにか計画の変更をもとめる場合、まず設計課長から営業課長へ書類で申し入れ、営業課長が監督官あてに願書を提出する。監督官事務所では、これを担当の助手に調査させてから意見をつけて、監督官をへて主務監督官の決裁を受けるという、まったくややこしいものであった。

私は戦雲ようやく急となり、武蔵の竣工時期を確保する必要を痛感したので、このような時間の浪費を改めなければならないと思って、ヒマを見ては設計課へ行くことにした。そして、製図部員たちが仕事をしているところで、いろいろ話し合い、問題点が指摘されると、こまかいことはそこで訂正させてしまう。当時の軍艦設計課長は、私よりも一年先輩の松下技師だったので、この手続きの簡略化には大いに賛成してくれた。

小さすぎた長崎のドック

武蔵の工事上の特長は、甲鉄の積み込み作業であった。ふつうの戦艦なら、進水前の船殻工事の途中で、積み込みや取り付けをやったのち進水するのであるが、武蔵は進水重量を極限するため、できるだけ進水後に搭載する必要があった。

甲鉄は重量がおもく、万一の場合には貴重な船体に大損傷をあたえるので、積み込み作業はきわめて慎重におこなった。

こうして甲鉄がつぎつぎと張りつけられ、甲板上の構造物が組み立てられて艦の重量がふえ、吃水はしだいに深くなり、またいっぽうでは艦橋、煙突などが取り付けられ、艦内にはいろいろな装置がはこびこまれていった。

進水してからはやくも一年——外観はじつに堂々たる大戦艦であるが、これを動かすためのプロペラや舵を取り付けるため、また艦底に孔をあけて装備しなければならない兵器の積み込みのために、いったん武蔵を入渠させなければならなくなったが、長崎のドックは小さくて入らない。そこで、予定どおり佐世保へ回航することになった。

それは空模様のはっきりしない、梅雨《つゆ》のまだのこる昭和十六年七月のはじめであった。極秘裡に人選していた造船所員と監督官を乗せて、武蔵は、この日のために建造された最新式の曳船「翔鳳丸」と、佐世保港務部の曳船にひかれて、しずかに長崎の岸壁をはなれた。

武人だった艤装員長
佐世保における艤装作業は、ちょうど一ヵ月かかる予定であったが、私は武蔵のほかに新造艦の建造にもたずさわっていたので、工廠との必要な打ち合わせをすませると、ただちに長崎に帰任した。

そのころ工作部の造船技師たちでつくっている、親睦機関の「士遊会《しゆうかい》」からさそわれて、ある日曜日、ちかくの川へ網打《あみうち》に出かけた。忙中閑《ぼうちゅうかん》の、造船所のサムライたちの交遊ということらしく、また会の名称も気に入ったので、これを承諾した。友人の岩田金吾氏や、古賀繁一氏らとともに川に入って網を打ち、とった魚で酒を汲《く》みかわしたことがいま、なつかしく思い出される。

やがて夏もすぎ秋になると、いよいよ戦雲急となり、監督する私たちにも、工事をすすめる造船所の技師たちにも、毎日の仕事に熱が入ってきた。そして、有馬馨大佐を艤装員長とする艤装員の第一陣が到着して、造船所内に事務所が開設された。

この有馬大佐は温厚篤実な性格の反面、しんのつよい典型的な武人で、柔和な顔を太った身体に乗せて、悠揚《ゆうよう》せまらざる人格者の風貌をみなぎらせていた。つぎつぎに着任してくる艤装員の士官、艤装員付の下士官を指揮して、それぞれの持場を研究させて、さらに呉工廠で艤装中の一番艦大和へ現場見学のため派遣して、この武蔵をいっそう強力に、使いやすい、住みよい艦とするべく日夜、研究をかさねていた。

艤装員にも工作図面や機器の取扱書などが配布され、大切な艤装品の取り付けには立ち合いをもとめて、なっとくの行くまで、徹底的に議論したこともあった。

問題点がいちばん多いのは艤装関係である。艤装員の要求事項と称して、監督官が造船所とのなかにたって一番苦労するのがこれである。

艦政本部の意見をもとめたりして解決にあたったが、なにしろ戦争の機運がたかまってい

武蔵の艤装工事のため新造された150トン海上クレーン。写真は荷重試験中で昭和14年春から使用された

る時であり、討論の席上、ややもすれば用兵者側のつよい意見に押されがちなことが多かった。

完成へあと一九六日

昭和十六年十二月八日、その日は静かな寒い朝であった。朝はやく、ラジオの臨時ニュースで日米開戦を知った私は、新大工町停留場のすぐわきの自宅から、諏訪《すわ》神社のまえを通り、いつもの道を大波止《おおはと》へむかった。（二三〇頁地図参照）

道端の電柱に張られた開戦を知らせるビラは、いまでも印象ぶかくのこっている。

監督長は、ただちに監督官をあつめ、さらに造船所の幹部をまじえて、武蔵建造の意義の重大性を説《と》き、一同の献身的な努力を期待した。渡辺建造主任は私の肩をたたいて、

「いよいよやりましたな、大いにがんばりま

しょう」

と、張り切っていたのをおぼえている。しかし、英国に一年滞在し、その伝統と精神にふれ、また米国に行って、その物量の強大さをまざまざと見せつけられてきた私は、これは大変なことになったと思った。

その夜は警戒体制が発令され、長崎市にも灯火管制がしかれて、監督官は輪番《りんばん》当直として、ひとりずつ事務所に泊まり込むことになった。

しかしそれも大晦日《おおみそか》となると、当直はだれでもいやがったが、武蔵だけは軍からの至上命令である。それには造船官が率先して引き受けなければならなかった。

真夜中の十二時ちょっと前、監督官事務所から、軍機のマークを胸につけて懐中電灯をぶら下げながら工場の正門にむかう。守衛は厳然と立ち上がって敬礼する。向島の艤装岸壁の木のかこいの入口で、またマークを見せて、岸壁から艦内へ入る。

いまここで、昭和十六年から十七年へと〝運命〟の第一歩となる瞬間に、現場ではたらく作業員たちは、巨大な戦艦をあと二〇〇日以内にせまった引渡期限に間にあわせるため、努力しているのである。

思わず作業員の一人ひとりの肩をたたいてやりたくなる。電源や空気管が張りめぐらされている中甲板の通路をひとまわりして、艦内の建造事務所にいくと、当直の技師たちがせまい室内にいっぱいつめこまれて、それぞれの作業に熱中している。

「やあ、監督官ご苦労さまです。まあどうぞこちらへ」

と席をあけてくれる。若い技師が、あついお茶をもって来てくれる。〃あと一九六日〃と書かれた紙を、だれかがはがした。私は、

「さあ、いよいよあとがないぞ、がんばってくれ！」

とかるく頭を下げて部屋を出た。

八月五日竣工を期して集まった九州男児

昭和十七年三月、東条首相が視察のため長崎造船所を訪れた。やがて威儀をただした造船所の幹部の案内で、首相一行は所内の要所要所を視察したのち、監督官をふくめた幹部を、造船所の事務所の前の広場にあつめて訓示された。そしてこの長崎造船所の使命について、その重大性を説明されたのち、香焼島の川南《かわなみ》造船所へむかわれた。

川南造船所は海軍監理工場で、私の直接の管下であるので随行したが、造船所の桟橋に東条首相を迎えた川南豊作氏は、いつもの菜っ葉服にステッキをつきながら、カンカン帽をかぶり、さっそく所内を案内した。川南氏の新構想になる建造中の大船渠と、遠大な将来の計画を説明してから、式場へ到着した。

ここは正面を一段たかくして、その後方に日の丸の旗をかかげ、そのまえに幹部や監督官の席をもうけて、下の広場には全従業員をキラ星のごとく集合させていたのである。写真で見るドイツの野外演説場をまねたものであろう。

ここでも東条首相は川南氏の計画について、大いに期待するという訓示と激励の言葉を述

べて、いっそうの努力をもとめられた。

開戦当時、連合艦隊司令部は長門を旗艦としていたが、近代戦の司令部としては施設が不十分なので、大和型にたいして理想的な艤装の実現を艦政本部当局にもとめてきた。しかし大和は竣工期もせまっているので、必要な最小限の改造にとどめて、二番艦武蔵において実現することとなり、造船所の幹部を東京へまねいて、この実施と工期の確保を要求してきた。監督長は関係監督官とともに、造船所側と数回にわたる研究討議をかさね、ようやく艦政本部とのあいだに「八月五日竣工」の約束をかわすことができた。

そして不足する工員は、大和建造の経験者一千名を呉工廠から派遣することになり、また九州の各県にいる青年たちのなかから、優秀なものを工員として徴用することに決った。私はこの採用試験に立ち合うため、造船所の職員とともに、主要都市をまわったが、なにぶんにも緒戦のころでもあり、まだ人的な資源は豊富で、若いものは態度が真剣でかつ厳正であり、九州男児の面目をいかんなく発揮してくれ、じつにこころづよく感じた。

こうして長崎造船所は、目前にせまったゴールに向かって、いよいよラストスパートに入ることになった。これには私たち監督官も、すでに「月月火水木金金」の生活になれていたので、若い青年たちに負けぬほどよくはたらいたものである。

勇躍しておどり出た武蔵

司令部の諸設備における改造計画も確立し、人員もどうやらととのったので、これからは、ただひたすら目標にむかってすすむのみである。しかし現場にたずさわるものには、いろいろな障害があった。火災、浸水、事故による死傷、さらに工員たちの労働問題がふえて、これがまた頭痛のタネであった。

公試運転は万全を期すため、瀬戸内海でおこなわれることになり、公試前の入渠は呉工廠にきまった。

昭和十七年五月十九日、その日は武蔵が、誕生の地、長崎に永遠のわかれをつげる、運命の日であった。すべての準備がととのったが、監督長が乗艦するということなので私は留守役となり、桟橋に武蔵と監督長を見送った。こうして棕櫚《しゅろ》のスダレのなかから勇躍しておどり出た武蔵は、しだいにスピードをまして湾口にむかっていった。

かくして全力公試や主砲発射をはじめとする、全兵装の試験をみごと完了して、八月五日の、栄《は》えある武蔵引き渡しの日を迎えるのであるが、その日も監督長が出席したため、私はまた留守部隊の責任を持つこととなり、この世紀の式典に参加できなかったが、しかしその後、くしくも南溟の地に二度、三度と訪れ、この思い出もふかき戦艦武蔵の艦上を歩くことができようとは、まったく想像もしていなかった。

武蔵はどのような戦艦だったか

偉大で豪勢で特別誂えの第一級戦艦

元「武蔵」航海長・海軍中佐　池田貞枝

田舎武士的なにおいのする大和にくらべ、武蔵は、さすがに商船建造も手がける三菱造船所が、大和の経験を生かし、かつ五年の歳月を費やした優秀な作品だけに、優雅な内面構造をもっていた。

冷暖房完備、ソファーベッド、十階建てのビルディングと、至れりつくせりの設備をもった海上のデパートと思えばよい。それが武蔵だ。

池田貞枝中佐

室内温度は冬で二十三度、夏は二十六度といったように、じつに快適であった。連日三十度をこえる南洋では、よく上甲板では暑いから艦内に入ろうといったものである。

エレベーターは上甲板から檣楼《しょうろう》の頂上（水面から四十五メートル、デパートなら十五階くらいの高さ）まで行き、五人乗りであった。大尉以上の私室のソファーは、裏がえすとベッドになるなど、今日の都会の文化生活をすでにそなえていた。

凌波性については、いまの強風警報ていど（十五メートル秒）以下の天候でも、全速航行にさしつかえなかった。

武蔵の大きさについては、かつて日本橋にあった東急デパートを例に比較してみよう。東急は増築して矩形になっていたが、艦の長さが、その東急の長い方の二倍半、艦の幅が短い方と同じで、高さは上甲板で七階、艦の上部構造物までだと十階以上となる。

そのくらい甲板が高いから、めったに甲板が波に洗われるような悪天候にあったことはなかったが（太平洋での大波の記録は、約九メートルと記憶する）、巡洋艦あたりがフンワリ波に乗るといったぐあいの波でも、武蔵は上下に動かない。シャニムニ大波を突きやぶって進んでいく。

そのために、上甲板の救命艇や構造物などはたまったものではない。木端微塵というか、厚さ二センチの硬い木を使ったカッター（約五十人乗りのボート）が、うすい紙を粉ごなにちぎってすてたように散乱していたこともある。

それがために、救命艇以外の交通艇などは、みな後部上甲板の側部をかこって、そこにおさめたものである。もちろん、これは主砲発射時の爆風による、被害を防ぐ意味が大きかった。

ついで、水圧の強さの例をお話しよう。台風のときなどの山津波、あるいは三陸海岸の地震による津波を経験された人ならば、よくおわかりであろう。

豊後水道といえば四国・九州間の広い海峡であるが、ちょうどその中央に「水の子」灯台が大岩の上にそびえている。高さは武蔵の檣楼の高さ四十五メートルとほぼ変わらないが、ある暴風雨の夜、灯台守りの部屋に突然、波しぶきといっしょに二、三十貫の岩が降ってきたというから恐ろしい。

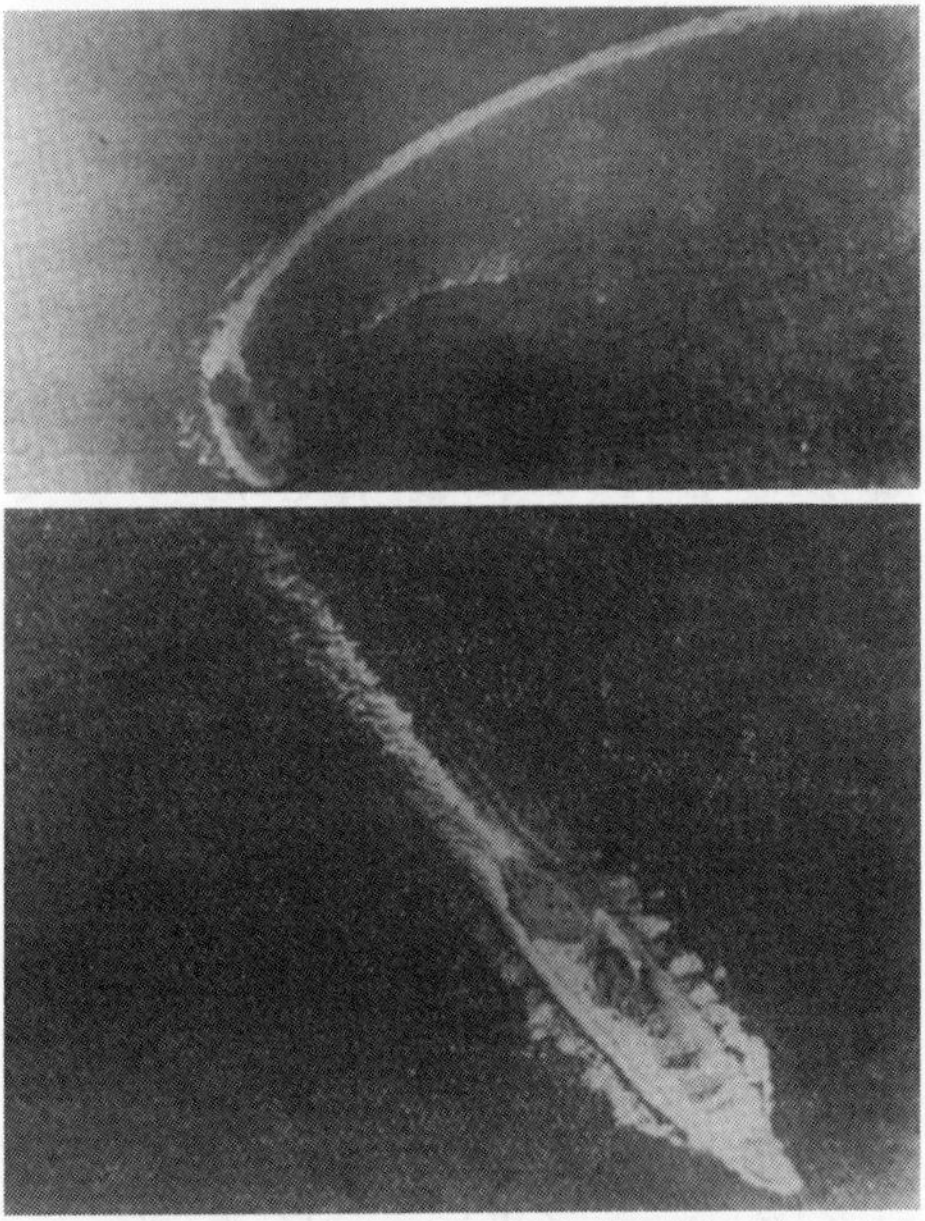

旋回公試中の武蔵。24ノットで左回頭中。舵は2枚で主舵と副舵を前後に15m離して装備していたが、副舵のみでの操艦は大変だった

昭和十年の演習中、わが海軍が世界にほこった新鋭特型駆逐艦初《はつ》雪《ゆき》らが台風にまき込まれて、大波のために船体が二つに切断され、乗員の相当数が波にのまれた惨事もある。

　このような意味で、武蔵そのものは、行動を天候に左右されることはなかったが、これにしたがう巡洋艦、駆逐艦などのために、ず

いぶん制約をうけたのである。

飛行機だけがニガテ

開戦後、出現してきた米国の戦艦や巡洋艦、はては駆逐艦まで、新鋭のものはみな武蔵型にそっくりで、夕闇のときなど、遠距離ではほとんどその区別がつかず、わが分身があちこちにいるようで、うす気味わるかった。

現代の商船は吃水が浅く、幅は広く、軍艦特有の砲塔などの上部構造物をのぞいた武蔵型の姿に、まったくよくにているのである。この意味で、故伊藤正徳氏の「連合艦隊の栄光」などに出てくる「世界に二度と出現することのない」であろう不世出の巨艦は、ここにいまなお生きているのである。

なにしろ巨艦武蔵は錨を打ちたいと思うと、四キロ手前で機械を止めねばならず、舵は忘れたころに利きはじめるといった具合で、格闘戦に小細工がきかない。ある口の悪い高角砲指揮官の大尉などは「かたわの不用物」ときめつけていたが、まったくこれにはよわった。

たとえば主砲の水柱は駆逐艦を二つに折る威力があり、三式対空弾は、そばを通っただけで飛行機が空中分解したなどというものの、いわゆる主砲は、対水上大型艦用、極限すれば対戦艦用ということであり、かりに米国戦艦が四、五隻、三六センチ砲をふりかざしてきても、武蔵一艦だけで相手を射程外で、ことごとく撃沈することも可能であったろう。

しかし、足のはやい空母や巡洋艦は、つかまってくれないから困る。「逃げるが勝ち」を称揚する米国戦法にかかっては、超々ド級で、不世出の戦艦の威力も、けっきょくは飾りものとなった事実は戦訓のしめすとおりである。

ふけば飛ぶような小さな蜂でも、人間はニガ手とする。柄は小さくても飛行機に武蔵は弱かった。

いわばバランス・フリート、すなわち均整のとれた艦隊でなければならなかったのだろうが、残念ながら貧乏国日本がせい一ぱい背のびしても、国力から考えて武蔵型は不似合いで、造船能力なども関連して、潜水艦も飛行機も、またこれを搭載する空母も、はたまた人間の割合も均衡を失っていたといえよう。

また搭載兵器があまりにも精巧で、武人の蛮用に適しないきらいがあったのではないか。ちょっと高速を出すと、水中レーダーは用をなさない。主砲を発射すると、機銃の発射は邪魔され、こわれる、という欠点も、いくつかあったことは事実である。

二代目艦長「武蔵」特別室半年間の住み心地

昭和十八年六月～十二月、波静かなる訓練の日々

当時「武蔵」二代目艦長・海軍少将　古村啓蔵

古村啓蔵少将

私は、太平洋戦争のはじまった昭和十六年八月に重巡筑《ちく》摩《ま》艦長となり、真珠湾攻撃、インド洋作戦、ミッドウェー海戦および南太平洋海戦と相つぐ海戦に、機動部隊の一艦として行動した。

南太平洋海戦での筑摩は、敵機の集中攻撃をうけて大破したが、かろうじて沈没をまぬがれ、呉に帰投することができた。

それから私は戦艦扶桑《ふそう》の艦長となり、広島湾の柱島泊地を中心とした、無事な半年をすごしたあとの昭和十八年六月九日、武蔵艦長に補せられた。

世界に冠絶した武蔵、大和の艦長は、およそ海軍士官の憧《あこが》れのマトであったので、私は天にものぼる心地《ここち》がして、柱島泊地から横須賀におもむいた。

その汽車のなかで陸奥《むつ》爆沈の悲報をうけ、きのう手をにぎりあって別れてきたばかりの三好艦長の殉職を知り、悲痛の感にうたれた。

戦艦武蔵はそのとき、木更津沖のブイに繋留《けいりゆう》していた。横須賀から、迎えの内火艇ではるばると木更津におもむき、海を圧する武蔵の雄姿をながめ躍《おど》る心をしずめつつ、ようやくその舷梯からサイドパイプに迎えられながら、艦長としてはじめて巨艦武蔵の甲板に一歩をはこんだときは、責任の重大さを感じ、身の引きしまる思いであった。

当時、武蔵は連合艦隊の旗艦であった。私の着任したときは、山本長官の戦死後まだまもないときで、司令長官は古賀峯一大将、参謀長福留《ふくとめ》繁少将、先任参謀高田《たかだ》利種大佐という陣容で、帝国海軍の超一流の人材ぞろいであった。

武蔵の乗組もまた、副長加藤《かとう》憲吉大佐、砲術長柚木《ゆのき》重徳中佐、航海長池田《いけだ》貞枝中佐以下、一兵にいたるまで、えらばれた海軍の精鋭ぞろいであった。海軍の各学校で恩賜《おんし》品をいただいた優等生も、おそらく百数十人をかぞえたであろう。

前任艦長は有馬馨大佐で、私は二代目艦長であった。もともと水雷屋といって、駆逐艦長、司令と駆逐艦の勤務が多かった私なので、駆逐艦の操縦なら自信があったが、七万トンの武蔵が、果たしてうまくやれるかどうか心配であった。

もっとも、人事局も筑摩、扶桑とつぎつぎと配置をすすめて、まあまあ及第《きゆうだい》とみたところで、トラの子・武蔵の艦長に任命したものと思われるが、外から見ても乗って見ても、山のような、また島のような艦で、初めて艦橋のコンパスのうしろに立って面舵《おもかじ》、取舵《とりかじ》を令したときは、いささか心がはずんだ。

駆逐艦できたえた操艦の腕前

初めての航海は乗艦まもなく出港し、横須賀への回航時で、このときは有馬艦長もまだ退艦されず、私の操艦をそばから見ていてくれたように思う。まあどうやら無事に、横須賀港内のブイに繋留することができた。この入港作業も、投錨入港ならば艦の位置をしっかり測定して、正確に指定された錨を投下するだけなので、大したことはないが、ブイ繋留となると、じつにむずかしい作業であり、また艦長の腕の見せどころでもある。

巨艦武蔵の入港ともなると、港内にいる艦船の乗員はもとより、工廠の工員までの注目のマトとなる。それこそ衆人環視の晴れの舞台である。

まず武蔵は原速力から半速力と、しだいに速力をゆるめ、ブイから二千メートルも手前で機械を停止し、風と潮の流れを加減しつつブイにむかい、やがて機械を反転して行足《ゆきあし》を停《と》め、ホーズホールという繋留錨鎖の出口を、ブイの真上《まうえ》に持って行くのである。

その錨鎖は、一つのリンク（θ型の鉄の輪）が一トンもあるので、それがたくさん連なった錨鎖は、横に引っ張ったって動くものではない。

はじめワイヤーでブイを引きつけて、錨鎖をたれ下げ、大きなシャックルで繋留するのであるが、武蔵のホーズホールがブイの真上にこなければ、繋留できないのである。

海上には、つねに風と海流、潮流がある。巨艦といえどもその影響はまぬがれない。艦の

昭和18年9～10月、トラック泊地の武蔵と大和。後方には金剛と榛名がいる

行足が少なくなるにつれて、その影響があらわれてくる。さいわいに私は、駆逐艦で多年きたえさせてもらったので、大艦の操縦もどうやらうまくやれた。ただ、艦が大きくなれば、イナーシアが大きくなるだけで、操艦のコツはおなじである。

その後、トラック泊地で何回も、ブイ繋留による入港をしたが、私は一回も失敗したことがなかった。錨鎖をつなぎ終わると整備旗をひらいて、司令部に報告するのである。この整備旗をひらくのが一秒をきそう競争で、下から揚げたのでは遅れるから、はじめから旗をまいてヤードのてっぺんまで揚げておいて、綱を引いてひらくのである。

私はトラック入港のときも、いつも真っ先に整備旗をひらいて、古賀長官からお賞めの言葉をいただいたのは、いまでも忘れられないうれしい想い出である。

また、海軍大学校出の艦長は、操艦が下手だという通り相場《そうば》があって、こんどの艦長は大学出だから、上陸できないなどといわれたものだ。それは艦隊が軍港に入港するとき、上手な艦長は他艦より早く繋留を終わり、整備旗をひらいて兵員を上陸させることができるので、評判がいいというわけだ。

冷暖房完備で至れりつくせりの艦内装備

ここでわかりやすく、武蔵とはどんな艦であったか説明したい。

基準排水量七万トンといっても、弾薬、燃料、軍需品等を満載すれば十万トンちかくになったであろう。乗員は約三千名で、旗艦の場合は、さらに司令部職員数百人が乗艦する。まあ田舎の小さい町ぐらいはある。

ただし、もちろん女や子供、老人は一人もいない。みな屈強《くっきょう》な勇士ばかりである。

主砲の口径が長門よりわずか二インチ大きくなるだけで、かくも艦が大きくなるものかと、驚かざるをえない。長門や陸奥も、武蔵とならべて見れば、まるで小さく見えてしまう。上甲板の高さも二倍くらいはあるし、長さも幅も比較にならない大きさだ。私は武蔵の艦長室から上甲板に上がって、歩数でその幅を測定し、こんどは長門の後甲板の幅を、やはり歩数ではかってみたら、ちょうど武蔵の半分であった。

また三連装砲塔の内部の機構も、じつに優秀なもので、四万メートルも飛ぶ弾丸の大きさは人の身長より高く、その巨弾が直立したまま弾庫から砲室へと、つぎつぎとはこばれて自動的に装填されるありさまは、まるで人間わざとは思われない、天狗《てんぐ》か神の仕業《しわざ》のようであった。

また防水隔壁も、すこぶる進歩したもので、いままでの艦は右舷左舷と、防水隔壁は縦に二つに区分されていたが、武蔵は縦に四つに区分されていた。横の防水隔壁は、もちろん数百に区分されていた。

それからまたバルジといって、水中外側に張り出した防御用の空室があって、魚雷でも砲弾でもそれで食い止め、艦内の重要部分に浸水しないようになっていた。

さらに防御の管制装置が発達していて、防御指揮所の管制室で、艦内主要の防水扉は自動的に開閉され、各防水区画の注排水も、管制室で自由に統制できる仕組みになっていた。これらの立派な諸装置があるところから、不沈艦と謳《うた》われたのである。

艦の内部へ入ってしまえば、どちらが右か左か、艦首か艦尾か、全然わからない。乗艦後、数ヵ月たってようやく前後左右の見当がつくくらいのものだ。艦橋へのぼるには十数段の階段を上がらなければならないので、エレベーター装置があった。機械室へ降りるのも、おなじくエレベーターをもちいた。まさか艦内を巡回する定期バスがあったわけではないが、あっても不思議でないくらいの大きさと思えばまちがいはない。

艦橋や煙突は、艦のほとんど中心部にあって、副砲、高角砲などがその周囲をとりかこみ、まるでお城のような格好であった。

主砲の爆風が大きいので、艦の上甲板は邪魔なものもなくクリヤーで、艦載の飛行機や内火艇は艦尾の格納庫にぜんぶ収容して、外にはあらわれていない。上甲板に出ていれば、主砲の爆風でひとたまりもなく破壊されるからである。

艦長室のすばらしさは、まあホテル・オオクラの一泊十何万円の特別室と思えばいいだろう。公室には二十人ぐらいがすわれるソファーがあり、片側に艦長用の事務机があった。そのとなりに私室兼寝室があって、りっぱなベッドがあり、また事務机もあった。その次の室は浴室兼洗面所である。そして乗員三人くらいがつききりで、艦長用の調理室も別に設けられていた。

艦内はすべてエアー・コンディションで、南洋にいても艦長室などは寒いくらいで、室内でスキ焼をしても暑くはなかった。

水平線かなたの標的に初弾命中

横須賀で行幸行事を無事に終わった武蔵は、いそいで修理補給をおこなって六月下旬、連合艦隊旗艦として全作戦支援のため、トラックに進出した。

航海中はもちろん直衛の駆逐艦をしたがえ、昼夜をとわず、之字運動といわれるジグザグ行動をするのである。昼間は、できれば飛行機で対潜水艦の直衛警戒をおこない、夜間は、全艦隊は消灯のまま之字運動をつづける。

敵潜水艦に、いつ攻撃されるかわからないので、水中聴音などでつねに警戒しながら航行し、一刻の油断もゆるさないのである。艦長は航海中は昼夜にわたり、艦橋をはなれることはできない。

トラックに入港してみると、小沢治三郎中将の率いる第三艦隊も在泊していたが、ときあたかもソロモンの攻防戦の最中で、母艦の艦載機はぜんぶラバウルに出動し、激烈な空中戦がつづいていた。

しかしトラック泊地は、すこぶる泰平《たいへい》ぶじで、珊瑚礁《さんごしょう》にかこまれた広い港内は、わずかに南と北に、出入港のせまい港口があるのみで、敵潜水艦の心配もなく、またこのころは敵機の攻撃をうける恐れもほとんどなかった。トラックが、敵の第一回の大空襲をうけたのは、昭和十九年の二月である。

そこで武蔵と大和はときどき環礁内に出動して、射撃の訓練をおこなった。港内で主砲射撃ができるほど広いのである。武蔵の四六センチ砲の威力はすばらしいもので、四万メートルの標的に初弾命中という成績であった。

四万メートルといえば、はるか水平線のかなたで、戦艦の艦橋から見て、戦艦の檣楼《しょうろう》がほんの少し水平線上に現われるくらいの距離である。もちろん標的などは、水平線上に現われていない。

それをどうやって射撃するかというと、まず観測用の飛行機を飛ばして、これを利用する。飛行機は高度が高いので、武蔵と標的とを同時に確認できるので、その中間を左右に飛行して武蔵と標的の一線上にきたとき、合図の電波を発信する。そして武蔵でその方位を測定して、これを方位盤のジャイロコンパスに取りいれ、これで射線方向を決定した。

距離もまた、飛行機の高度と武蔵と標的を見下ろす角度によって測定し、これにさまざまの修正をほどこし、射撃するのである。それが四万メートルの距離で初弾命中という正確さ

煙突側部の探照灯台から見おろした武蔵の右舷三番副砲塔。換装した最上型の15.5cm三連装

であるから、おどろかざるをえない。

耳をつんざく両巨艦の一斉射

日本海軍の九三式酸素魚雷も優秀で、二万メートル、四十ノットというすばらしいものであったが、砲術の進歩もまた、世界に誇るべきものであったと、私は武蔵の艦長として、初めて巨砲の射撃をし、その感を深くした。

全砲塔の一斉射撃をすれば、すごい音響とともに、発射の反動で大きな武蔵が武者ぶるいをするように揺さぶられる。発射ごとにグラグラと揺さぶられる気持は、なんとも言えないよいものだ。

気の弱いものは耳をふたして、気がとおくなるくらいであるが、なれてくると、じつに心地《ここち》のよいもので、これは斉射一発何十万円という、ぜいたくな武蔵乗員だけが味わう快感である。

それだけではなく、私がおどろいたのは武蔵、大和二艦の統一いっせい同時射撃である。

各艦ごとに射撃をすれば、弾着観測をたがいに妨害し、また発射時の管制をするなど、射撃速度の低下をきたすので、これをふせいで、さらに射撃の効果をあげるために、武蔵の射撃指揮所の方位盤で引き金をひけば、武蔵のみならず大和の巨砲も、同時に発射されるのである。

これらはすべて、無線電波で操作され、精巧をきわめた射撃指揮装置でおこなわれた。もし、この主力艦の砲戦で戦いの勝敗が決するのであったら、武蔵の巨砲は天下無敵であったことを確信する。

トラック在泊中に主力部隊は一度に出動し、訓練をかねてブラウンに入泊した。ここもまた珊瑚礁にかこまれた、連合艦隊の大部隊を収容してあまりある良港である。おいしいエビの産地で、ハダシになって浅瀬《あさせ》にはいると、足の下にムズムズするのは全部エビで、それをひろうだけで、いくらでも獲れるという話であったが、ついに獲る機会がなかった。

いまは亡き級友をしのんで

ブラウンからふたたびトラックに帰って日夜、訓練をつづけていたが、その余暇に、一部の兵員を夏島の陸上飛行場の造成工事に協力させた。

また秋島に農場をつくり、ジャングルを開墾《かいこん》して、戦地で不足がちな生野菜をつくったりした。その農場がまた労多く、効《こう》すくないもので、せっかく蒔《ま》いたタネも一週間して行ってみると、まるでもとの草野原にもどって、蒔いたはずのキュウリや、いんげんの芽は、ほとんど見当たらないありさまであった。私も二度ほど行ってみたが、苦心の結果、若干の収穫があって武蔵神社にお供《そな》えしたこともあった。

私が武蔵艦長としてトラックに在泊したのは、昭和十八年の七月から十二月までの五ヵ月で、その間、敵のソロモン反攻が功を奏しつつあった。わが方は、軽巡洋艦、駆逐艦や潜水艦をつかい、味方部隊への補給に苦心をしていたときであった。私の級友や親しい戦友たちも、これらの作戦に参加し、ときどき補給や休養に、トラックに入港してきた。

そういうときは武蔵の艦長室にやってきて、冷房のきいたすずしい部屋で食事をともにしたり、ときには上陸してクラブで痛飲したりした。その翌朝、手をにぎり合ってわかれた級友の何人かは出撃後、艦と運命を共にし、ふたたび帰ってこなかった。

その面影《おもかげ》が今日もなお、脳裡《のうり》にきざまれている。

また、陸上の根拠地部隊に、級友の一人の浅野新平君がいて、よくその乗用車を借りて乗りまわしたのであったが、浅野君は終戦時までトラックに勤務していて戦犯にとわれ、ついに死刑となってしまった。

武蔵によせる思慕と痛惜

私は昭和十八年十一月一日、少将に進級し、そのまま武蔵艦長をつとめていた。艦長のことを英語で「キャプテン」というように、艦長はたいがい大佐（キャプテン）であったが、アドミラル艦長もまた気持のいいもので、なんとなく武蔵にふさわしい感じであった。

それもつかの間で、十二月六日には第三艦隊参謀長に補せられ、想い出の武蔵を退艦し、おなじくトラックに在泊していた翔鶴に移乗した。

翔鶴に乗ってみると、武蔵とはまるでちがった艦で、倉庫に平らな屋根をつくり、片すみに艦橋と煙突があるといった格好で、その格納庫には一機の飛行機もなかった。母艦飛行機は、みなソロモンの攻防戦につぎこんでしまったのである。

司令長官は小沢治三郎中将で、これから母艦航空隊の急速再建をおこなって、サイパン沖海戦となったのである。

私はレイテ沖海戦のときは、第一航空戦隊司令官として内地に残ったが、その後、第二水雷戦隊司令官として、大和とともに沖縄突入の特攻作戦に参加し、旗艦矢矧《やはぎ》は沈没し、数時間も泳いでその夕刻、駆逐艦に救助され、命令により駆逐艦三隻を率いて佐世保に帰投した。これがほんとうの連合艦隊の最後であった。

終戦時に私は横須賀鎮守府参謀長として本土決戦の先頭に立たされ、終戦後は横須賀地方復員局長官として残存艦艇を指揮して、復員輸送をおこなった。

しかし、みじかい期間であったが、武蔵艦長のときの想い出が、いちばん印象的で楽しいものであった。

戦闘中における武蔵の効果的な運転法

巨艦を自由自在にあやつった二代目航海長の操艦術

当時「武蔵」航海長・海軍中佐　池田貞枝

私は昭和十八年六月末、トラック島から呉へ飛んで、軍港から三十七キロほどはなれた柱島泊地で戦艦「武蔵」に着任した。近くには六月八日に砲塔爆発で沈没した戦艦陸奥の重油が、まだブクブク浮いており、まことに傷ましい。

ともかく、いそぎ連合艦隊旗艦としての準備をととのえ、七月末にトラック島に回航した。着いたその日から、作戦の中枢艦としての活動がはじまった。すでに戦況は非常に悪く、二月にはガダルカナルから撤退し、五月末にはアッツが玉砕し、ブーゲンビルでは死闘をつづけていた。

航海長として、まず私がやったことは、先制発見のための見張り訓練である。武蔵の総員三千二百名がみな一丸となって、敵の艦型や飛行機型を勉強し、発見報告の演練をおこなったのである。

昭和十八年の初頭からは、戦闘をおこなうたびに、米軍のレーダーに捉えられるようになったときだけに、負けるものかと訓練がつづけられた。毎日、紺碧《こんぺき》の海と紺青《こんじょう》の空を睨《にら》みながら、当時ご法度《はっと》のレキシントン、サラトガ、シカゴ、ソルトレイクシティ、グラマン、コンソリデーテッド、はてはP39などと舌を噛《か》むような英語が、ここにかぎっては大流行であった。

ある夜、当直将校が下甲板を巡回していると突然、「潜水艦右三十度、二千」と大声が聞こえたので、あわてて艦橋にむかって走り出したが、それはハンモックの中からでた寝言《ねごと》だとわかって、ホッとしたという事件さえ起こるほどに、明けても暮れても、見張り発見報告の連続であった。

レーダー技術は米海軍に二十年も水をあけられていたものの、武蔵にはすでに初期のものながら、一通りのものが装備されていたので、レーダーの係員は、これまた見張員に負けてなるかと、猛訓練が行なわれ、ついに飛行機は二六〇キロで発見し、魚雷発射音なら五千メートル以上で、確実に探知するようになるという、みごとな成果をあげたのである。

しかし、肉眼での見張りも、やはり必要で、将来もその必要度は変わらないものと考える。

トラック環礁《かんしょう》内北部の東西二十八キロ、南北二十八キロの水域は、多数の暗礁《あんしょう》が散在する狭いところであるが、武蔵はそのなかを全速二十七ノット（五十キロ）で走りまわりながら、四十キロをへだてて動く標的を目標に、四六センチ主砲の対水上射撃訓練、空中射撃訓練を何回も演練したが、これもラクではなかった。

超大戦艦ゆえに身の自由はきかなかった

私は開戦初期の昭和十七年には、重巡羽黒《はぐろ》の航海長をしていたが、同年二月二十七日、スラバヤ沖で僚艦妙高《みょうこう》の二番艦として、オランダ艦デロイテル、ジャバ、豪艦パース、米艦ヒューストン、英艦エクゼター昼間砲戦をまじえたことがある。

敵は四十五分の間、羽黒に五隻で集中攻撃をかけてきた。赤・黄・紫・黒・白の五色の弾丸をおよそ一五〇〇発も受けたときは、じつに息をつくヒマもなかった。私は艦長の命で、たえず小刻《こきざ》みに蛇行運動をし、ほぼ弾着した場所を通るように走った。妙高から後ろの羽黒を見ると、たえず水柱につつまれていて、手に汗をにぎりつづけたという、戦闘が一段落して調べてみると、至近弾が二発、上甲板にチョコンところがっていただけである。

一方、敵はエクゼターが被弾して落伍、スラバヤ港内に遁入《とんにゅう》したが、これらは翌々日、三月一日までの昼夜戦で全滅させた。

ところが武蔵では、重巡のような器用な芸当はできない。普通に転舵《てんだ》すると、一分四十秒もたって忘れたころに舵がききはじめる。全速ならば、この間に一・四キロも走ってしまう。また、やっと十度ほど艦が回頭したかと思うと、あとが大変だ。舵を中央にもどしてしまうと、まわれ右をしてしまうくらい惰性《だせい》がついてしまう。

一方、全速の二十七ノット（五十キロ）で航走中、爆弾をさけるため九十度回頭すると、速力は十六ノットに減速する。三六〇度の一回転まわりすると八ノットにへる。まわりはじめが遅いから、高度四千メートルぐらいからの急降下爆撃を回避しようと思っても、艦がまわりはじめないうちに、爆弾はとどいてしまう。魚雷回避運動を二、三度つづけると、艦はほとんど静止状態になってしまうので、つぎの攻撃にあっては処置なしである。

そこで私は武蔵を退艦（昭和十九年四月）したとき、後任の義弟・仮屋実航海長に、とくと爆撃回避運動の不要論を説《と》いたものである（佐藤太郎氏著「戦艦武蔵」で、私が戦死しているが、じつは仮屋の誤りである）。

敵機が上空にあらわれたとなると、もはや致命的であり、主砲の対空三式弾も、発見から上空にいたるまで、せいぜい一、二発うてるていどでは、対空機銃射撃を邪魔するなど、かえってマイナスの面が強かったのである。

昭和十九年二月四日、米海兵航空隊の写真専用機二機が高度六千メートルでトラック島礁《しょうない》内に侵入して、武蔵以下、空母二隻、巡洋艦十隻、駆逐艦二十隻、潜水艦十二隻ほか貨物船多数が停泊中と報告した。トラック島も、もはや安住の地でなくなった。

わが艦隊は二月十日にトラック島を出撃し、主力はパラオへ行くこととなり、武蔵は別行動で十五日に横須賀に着いた。はたして十七日、ニミッツ元帥のひきいる空母九隻、戦艦六隻、巡洋艦十隻、駆逐艦四十隻、潜水艦九隻、飛行機五六八機がトラック島を襲い、日本の貨物船二十二隻（十三万二二五〇トン）が潰《つい》え去ったのである。

手に汗にぎる最大の難所を通過

さてパラオであるが、環礁《かんしょう》に入るには西水道という、掃海最小幅一一〇メートルの八十五

旋回公試中の武蔵。旋回直径640mだった

キロにおよぶ、狭水路を通らねばならない。西水道は入口から約三キロ東に走り、そこからほぼ直角に南におれる。途中、川や潮流が横から流れて、じつにいやなところである。

　それでも昭和十七年二月には、空母赤城、巡洋艦比《ひ》叡《えい》などが出入りした記録があるが、武蔵はこれらの二倍の排水量である。私はそれまでに十回ほど出入りした経験があるだけに、かえって心配であった。

　ここで、幾何学を持ち出して恐縮だが、船が三十度まわると、もとの針路に対しての総幅は、その船の長さの半分であるから、武蔵の場合には一三一メートルあまりとなり、これに船の横幅三十八メートルをくわえると一五〇メートルとなる。これで最小幅一一〇メートルの、直角にまがる水道を抜けようというのだから大変である。一尺ぐらいの模型と、これに見合う西水道の拡大囲をつくって、寝もやらずいろいろと研究したものである。

昭和十九年二月二十九日、艦は私の心配などよそに、容赦なくパラオに近づいていく。四日間の米潜水艦の追躡《ついじょう》を逃がれて、ほっとする間もなく西水道に入り、この難所にさしかかった。私は、狭水道を通るさいは、五度以上の舵を取らないことを原則にしているので、何回も舵を最小角度にとってはもどし、とってはもどして、針路を北から東にまわしはじめた。かねて、いつ通ってしまったかわからぬぐらいに通峡するのが、水道通過の極意と聞かされていたので、私は静かにまわしたつもりだった。

しかし、武蔵の巨大な艦体は、ぐんぐん左舷北岸のゴツゴツしたリーフ（暗礁）に引きつけられるようによろけていく。手あきの総員は、上甲板で息をのんで見まもっている。後甲板で見ると、リーフはまさに艦の下になろうとしている。

ともかく無事にパラオに入港し、三十数隻をそれぞれの錨場につかせた。

パラオ泊地はせまく、艦を動かす訓練はまったくできなかった。いよいよ連合艦隊は、網《あみ》のなかにおし込められたかたちである。

このような状況のもとで、トラック島と同じ規模の大空襲をうけることがわかったのである。味方の飛行機は、環礁内のペリリュー島の十二機のみである。

操艦の極意を発揮する

昭和十九年三月二十九日、米機動部隊のパラオ大空襲が予知された。古賀峯一長官は急ぎ

前檣楼から見た武蔵の右舷後部。三番（手前）五番
高角砲の向こうに搭載機の運搬軌条や射出機がある

パラオの陸上に司令部をうつし、ついで比島にうつす予定であった。

船舶は順次、出港して退避した。狭いところで動けなくては、戦いにならないのだ。

武蔵は対潜飛行機の護衛もなく、ただ駆逐艦四隻にまもられ、ふたたび西水道を通りぬけ、二十一ノットで之字運動をしながら北上した。まだ午後の、太陽の高いときであった。突如、

「魚雷音、左後方」と水中レーダーがけたたましくなった。

私はすぐ操艦中の当直将校に、

「頂きます」（操艦の責任を引き受ける意味）「面舵《おもかじ》一杯、急げ、両舷前進全速」を令し、左後方を見ると、駆逐艦の艦尾から、ちょっとはずれた遠方、距離にして約二五〇〇メートルのところに魚雷発射の気泡《きほう》が上がっている。

「信号——不関旗一旒《りゅう》（不規則な運動をするという旗旒信号）左一三五度雷跡、サイレン、ブザー鳴らせ、左後方魚雷を知らせ、対空、対潜見張りを厳にせよ」——と、つぎつぎに発令する。艦が約七度右に回頭したところで、

「もどせー、取舵一杯急げ！」と令した。

その後の雷跡を見ると三本ある。むかって右の二本にはさまれそうだ。私は、

「もどーせ、三五〇度宜候《ようそろ》」と、もとの針路から三十度回頭して定針し、「方向三五〇度」と、信号をかかげた。

この間、約二分たらずである。むかって左の魚雷はそうとう離れて通り、中央の魚雷は、すれすれに右舷側を通っていく。問題は、いちばん右の魚雷である。艦尾から右へ十五度、四百メートルぐらいを追っかけてくる。いま面舵《おもかじ》に急転舵すると大切な舵をやられる。日本の四十五ノット以上の魚雷なら、まもなく左艦首にぬけるころだと思って、舵やら機関などの諸計器類をながめ、また魚雷を見ると、なんというおそい魚雷だろう。まだ艦尾とならんでいるではないか。

当たりませぬようにと、神に祈っているうちに、とうとう左舷の錨鎖孔《びょうさこう》の下から、高さ十

五メートルほどの水柱が上がり、交角十五度ぐらいで命中爆発した。この間、二分強である。

あとで計算すると、艦の実速は二十一ノット、魚雷は三十二ノットぐらいとなるので、おそらく昭和十九年三月ごろから使いだした「改MK一三型」の一流品ではなかったにちがいない。さらに防水作業、被害調査、信号電報と、それぞれ処理したが、死傷者十数名を出してしまった。

ところが、佐藤太郎氏の著書「戦艦武蔵」では、私の操艦が巧妙で、被害が最小限であったと賞《ほ》められているが、じつは冷汗《ひやあせ》ものであった。

さいわいにも、けがは大したこともなく、二十三ノットの高速で、命令により呉にむかったが、数時間前までの連合艦隊旗艦が、わずか駆逐艦二隻をひきいた、孤影悄然《こえいしょうぜん》といった姿のところに、またまた古賀長官戦死の悲報をうけ、胸もつぶれる思いであった。

武蔵の戦闘艦橋では、私の室のおとなりが、古賀長官の休息室であった。

海軍直営「武蔵ホテル」おさんどん日誌

腹が減っては戦さはできぬ。二千数百名の大所帯「武蔵」台所事情

当時「武蔵」主計科・元海軍上等主計兵曹　浜口　博

昭和十七年十月、横須賀空相模野《さがみの》分遣隊は、海軍航空本部長片桐《かたぎり》英吉中将をお迎えして、査閲ののち開隊式を挙行し、厚木海軍航空隊として発足した。先遣隊二八〇人のなかで、私は毎日、横須賀の軍需部にかよい、被服・需品の受け入れをおこない庁舎、兵舎の備品の整備とともに、日日の糧食生糧品の受け入れを主務としていた。

当日のよろこびはひとしおで、来賓、士官室、兵食ともに特別献立をしてぶじ開隊行事が終了し、ホッと安堵して一休みしていた夕刻、佐藤掌衣糧長によばれた。

「浜口、転勤だ。さっそくしたくをしろ。午後五時出発だ」「えっ！　はい……」「武蔵乗組みだぞ。指名転勤だ。お前がこの三月からきょうまで七ヵ月の間、開隊までの努力が人事部にも通じていたのだな。不沈超ド級艦二号艦だぞ」

こうして私は、上司や戦友たちの「帽振れ」におくられてただ一人、隊門まで見送ってもらい、夜汽車で呉に向かう。名誉なことだと思いながらも、ようやく開隊にこぎつけた厚木

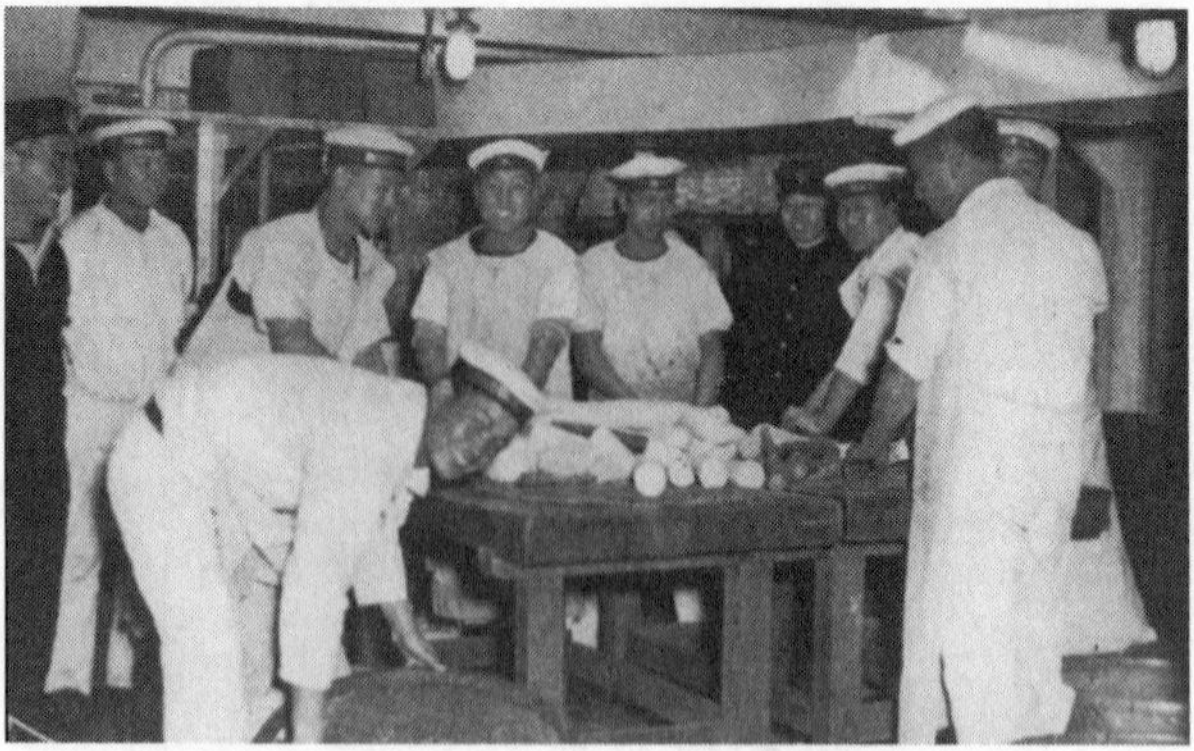

幅1m、長さ1.5mの俎板の上にのせた野菜を調理する主計科員たち

空をあとにする夜汽車では、仮眠もそぞろであった。

翌日は呉海兵団に仮入団、そこで一泊して十月二十四日、艦隊定期にて瀬戸内海の連合艦隊 柱《はしら》島《じま》泊地に向かう。緑美しき島々をぬって走る内火艇の前方に、黒々と姿をあらわしたのは島、いや戦艦武蔵であった。よし、この艦で力一杯のご奉公をするのだと、左舷舷梯をのぼった。

軍艦武蔵は長崎の三菱造船所で建造、艤装され、鹿児島を回航して九月二十八日にこの泊地に投錨、公試運転のあと引き渡されていた。伊予沖方面で毎日の戦闘訓練がおこなわれているとのこと。

艦長は有馬馨大佐で、直属上官は田村主計少佐、掌衣糧長は四十九院《つるしいん》主計特務少尉、烹炊員長古田部上等主計兵曹、いずれも海軍主計科きっての抜群の武人であった。

おどろきとおそれ、また主計科下士官兵はいずれも各年度から選抜された優秀なつわものぞろいだと後日判明したのである。

そのなかで私は中甲板右舷の厨業事務室にて兵食の事務にあたり、もちろん事務のあいだには事務室の後部につづいている烹炊所にはいり、烹炊作業に従事した。

主計科員七十数名のうち約五十名が衣糧関係で、約二十数名が掌経理員（庶務・金銭会計）である。またそのうち、士官室、第一士官次室、第二士官次室、准士官室烹炊所員と厨業事務室四名、被服庫三名をのぞく四十名が直接、兵食の調理にあたった。四直（右舷一直、三直、左舷二直、四直）に配置され、直長は海兵団入団が昭和十四年、十五年の兵長である。

一刻一秒をあらそう朝食当番

烹炊作業の第一は朝直で始まる。十名以下の一直員で二千数百名の朝食を調理するのだ。前日に米と麦をとぎ、蒸気釜の前にならべておく。釜には定量の水をはり、ミソ汁用の野菜は裁断して俎板《まないた》の上の亀甲ザルに入れておい、漬物も用意しておく。

朝直員は前夜に舷門の番兵にとどけておいて、早朝、起こしてもらう。釣床（ハンモック）に〝当番釣床〟という札をさげて寝る。朝、コツコツコツと番兵が歩く靴音で、若い烹炊員のなかには起こされる前にめざめ、釣床からとびおりるものもいる。

釣床をかたづけ半ソデ半ズボンの烹炊着に着替え、烹炊所へ。このうち一人は、機関科罐室へ蒸気を送ってもらうため連絡にはしる。烹炊所には六斗（九十キロ）炊きの蒸気釜が十基ある。蒸気のバルブを開く。メーターがぐんぐんあがり、数分にして沸騰する。直長の号笛を合図に若い烹炊員が釜の前に立つ。そしてつぎの号笛で蓋《ふた》をとるのであるが、蓋をとるといってもちょっとやそっとの力ではない。

なにしろ蓋は天井の滑車をとおした太さ一・五センチくらいのワイヤーで吊られていて、そのさきに大きな分銅とカギがついていて、烹炊員はそのワイヤーに腰をおとすようにしてぶらさがって蓋をあけ、カギを釜の脚にかける。そしていそいで洗米を釜にいれ、ザルは後方に放り出す。約一斗入りの米揚げザルで五、六ザル、大きな金の杓子《しゃくし》でよくかきまぜて蓋をする。

これを一人で三釜ぐらいを受け持つ。ふたたびメーターがあがり、炊きあがると直長の号笛でバルブをしめ、むれるのを待つのである。

つづいてミソ汁づくりである。やはり沸騰した釜に野菜をなげこみ、赤ミソ二、白ミソ一の割合で定量を入れて仕上げる。漬物の配食を終えてやっと一息つける。炊飯のときから烹炊所内は蒸気がみなぎり、近づかないと同僚の顔もさだかでない。足もとだけしか見えないこともある。

直長が時刻をみはからって配食の号笛を吹くまで、しばしの休息の時間がある。烹炊所から通路へとびだして、上衣や艦内帽で汗をぬぐう。しかし、ぬぐうなんてものではない。顔から首から肌までかきむしるのだ。なかには中甲板後部まで走り出て、体を冷すものもいる。

直長が時刻をみて号笛をふくと、蓋をつりあげ、ハンドルを回わして釜をななめにし、配食するのである。食缶を左手に、右手の厚さ四センチ、広さ一五×二〇センチくらいの飯しゃもじ（スパテー）で食缶に記入の人数十三〜十五人くらいずつ盛りこむ。上級のものが通路に面した配食棚まで食缶を運び、分隊順にならべる。つづいてミソ汁の配食。そのころは夜がしらじらと明けそめ、

「総員起こし」

となる。このあとも柄《え》付きたわしで釜をあらい、ザルやグレチング（すのこ）を整頓し、床面の清掃をしてやっと朝食の烹炊作業を終わるのである。

総員起こし、清掃が終わるころ、各分隊の若い食卓番が烹炊所前に集まってくる。時刻をはかって配食棚のシャッターを開けてやるが、このあいだが若い烹炊員がいちばん生き甲斐を感じる時とはなんとしたものだろう。配食棚の清掃を終わって朝直はすべて終了したことになる。

主計科烹炊員の一日

主計科の食事は、他科とちがって一斉にとることはできない。いわゆる当番食事といって、〝かっ込め、かっ込め〟の食事ラッパの前からはじめるものと、はるかに遅く食事をするものとができる。朝直烹炊員が居住区に降りていくころは、大半の主計科員の食事は終わっている。

自分たちの手でつくった、それも汗だくでつくったミソ汁は、すでに冷めてぬるくなっている始末だ。このときは、故郷のおふくろさんのことを思い出す。

みなより早起きをして朝食の用意をし、ときには家族より遅れて食卓にいく、あのおふくろさんの姿を思い出す。どうしているだろう。口に入れた飯がノドをとおらない。ふっと涙ぐむ……なんとしたことか。でも家だったらおふくろがミソ汁を温めなおしてくれるんだがな、自分では食べずにお給仕をしてくれたがな。

こうして食事もすむと軍艦旗の掲揚があってのち、「課業整列五分前」の号令がかかる。すると私たちは、烹炊所で俎板をあいだにはさみ、整列する。そして挨拶のあと烹炊員長から、当日の日課、献立、材料、調理上の注意などの説明があり、作業が開始される。

俎板は幅約一メートル、長さ一・五メートル、厚さ二十五センチくらいの木の板を一列にならべたもので、その上で肉類（獣肉、魚肉）を切る。終わって俎上をよく洗いながし、つぎに野菜、最後に漬物を切る。

終わって休憩だ。すべて直長が号笛と号令で指揮する。課業整列の後、本日の当直は反対舷に交替している。朝直が右舷一直とすれば左舷二直が本直で、四直が副直、右舷は全部非番直というわけだ。

十時すぎ、ふたたび作業開始の合図で当直は炊飯したり、副食の味つけ（煮物、焼物、あえもの、また揚物など）にいそがしい。若い烹炊員ほど大変だ。蒸気のなかで走りまわる。厳冬といえども汗びっしょりで、さながら湯をかぶったようなありさまだ。まさに戦場である。

主計科ではなにをするにも若い兵ほど大変だ。蒸気のなかでの炊飯はもちろん、副食づくりにしても熱い釜の前での煮沸、攪拌などは当然のごとく若い兵の仕事で、古い兵は味つけをみたり、またいろいろの指示をする。材料を切るにしても、血なまぐさい生魚肉や獣肉の骨ぬきは若い兵の仕事。野菜、漬物などの下洗い、それを入れた水のたれる亀甲ザルをかついで組板の上にあげたり、切った材料のはいったザルを運ぶことなどは若い兵の仕事である。

調理が終わるころ、副直の直長は作業衣に着がえ、若い兵にいわゆる岡持《おかも》ちのようなさげ箱に点検食を用意させ、もたせて食事点検をうけに出かける。糧食係である私の書いた点検簿を持って副長、軍医長、主計長に試食点検していただくわけである。万一、不合格の場合は、調理のしなおしをしなければならないのだ。(事実、出撃後、トラック泊地でストップがかかったことがあるが、後述する)

午後の作業、夕食づくりは当直左舷だけでおこない、非番直は倉庫作業や諸機械器具の整備作業にあたることが多い。またときには銃剣術、相撲、なかには部員となって柔道に励むものもある。

夕食作りを終え、翌朝分の洗米、副食用意をして夕食をわたすまで、半舷でおこなうのもこれまたたいへんな労働であるが、これも実戦にそなえての鍛錬である。

最も骨の折れる戦闘配食

私が乗艦してから昭和十八年一月十八日に柱島泊地を抜錨、戦艦武蔵がトラック島に向かうまでは毎日といっていいほど、執拗な反復訓練であった。実戦に即したはげしさである。

主計科員の戦闘記録員（庶務会計）、衣糧関係員はまず戦闘配食、そして他科の応援にちって、高射砲や機銃の運弾員、右舷後部甲板の応急班員、工作科の防水、医務科の救護（負傷者の運搬など）と部署を変える。戦闘配置である。

そのなかでも主務は、戦闘配食をすることだ。まず、主食である米飯の炊飯である。敵との戦闘によりいつ蒸気が送られなくなるかわからない。その前になんとしても飯を炊きあげなければならない。掌衣糧長、烹炊員長が直接に陣頭指揮しての烹炊作業である。烹炊所の入口近くに両脚を八の字にふまえて、するどい目でみまわしている四十九院《つるしいん》掌衣糧長は、呉淞《ウースン》敵前上陸の竹下部隊（白襷隊）主計長や真珠湾攻撃の空母赤城《あかぎ》衣糧長として、歴戦の武功により功三級金鵄勲章をもっている。

烹炊所中央にがんばって適切な指示をあたえながら、記録をとるため、ときどき時計をみている古田部烹炊員長もそばにいる。そして私は、お二人と烹炊員、主として直長との間のいわゆる伝令役。蒸気と熱気のなかで副食作り、肉截刀で俎板をたたく烹炊員と、あわただしい。

炊き上がった米飯を握り飯にするのは、お母さんが家庭でお握りをつくってくれる……そんななまやさしいものではない。炊きあがった熱い飯を大きな桶にうつし、俎板のところまで運ぶ。それを掌衣糧長発明の握り飯型に盛りこむのも、型ブタをして押栓器を下へまわすもの、押すもの、はずして握り飯をとりだすもの、握り飯は三個あり、どんどんまわる。一つの型で正三角形の握り飯が六個できる。それを経木に二個ずつと、副食として漬物を

二番主砲塔左舷から撮影した武蔵の一番副砲と前檣楼。左端の主砲塔から突き出している箱状のものが15m砲塔測距儀。その後上方の砲身が一番副砲で、最上型重巡の主砲も小さく見える

そえてつつむ者。やけどをしないように軍手を使えといっても、だれ一人使わずに戦うつわものどもだ。また作業には半長靴をはくことになっていても、湯水がはいる。すべって転倒するといって若い兵ははかないものが多い。

一方では戦闘配食のために用意したいろいろの入れ物に、部署配置と人数の札を入れる作業をする。第一艦橋、第二艦橋、第○罐室、戦時救護所と……。米揚げザルに背負いヒモをつけて、見張員の檣上まで登って届けるものもある。ときには危険をおかして届けると、「おいていけ!」と怒鳴られる。「くそッ。せっかく持ってきてやったのに」と腹が立つ。でも……戦闘中だと思いかえして帰ってきたとの報告もある。

少々横道にそれたが、できた握り飯を配置ごとにおさめて、ときを待つ。そのほか応急用として乾パン、清涼飲料、獣魚肉類の缶詰も用意して万全をきす戦闘配食である。

〝腹がへっては戦《いく》さはできぬ〟とばかりその糧食を確保するのも主計科の任務で、これは大使命である。そのなかに毎日、調理給食するための生糧品の受け入れと、一度に大量を受け込んで倉庫にたくわえる貯糧品の搭載がある。このさい明確にしておきたいのは食料、糧食の支給形態である。

巷間では、陸軍で炊事軍曹になると蔵が立つとか(?)の悪評もあった。海軍では准士官以上は金給、下士官兵は現物給与というか、とにかく金額にはかかわりなくととのった食事をとって力一杯ご奉仕するための基本的考えにもとづき、体位、労働にあわせた栄養計算から支給量額がさだめられている。すなわち平均体重六十キロとして基礎熱量二四〇〇カロリー、蛋白質九十グラムとなっていた。

　これをもとに一日の食事は、米三六〇グラム、麦一八〇グラム、生野菜五二〇グラム（缶詰、乾物）、肉類（主に昼、夕食一食当たり）骨付生魚肉二四〇グラム、生獣肉一八〇グラム（缶詰、干物、燻製、焼魚肉）、ミソ（量額を忘却）、漬物類は新漬物六十グラム、旧漬物四十グラム、その他換算して缶詰果物、清涼飲料などを支給する。

　軍需部、同出張所、糧食請負人のある軍港、要港、その他に入ると糧食係はただちに連絡にとぶ。軍需部では通常旬間（十日）の支給額をしめす。それをもとに日々の受け入れ額をきめ、軍需部部員あて請求領収書を提出し、毎朝、内火艇と約数名の作業員（兵科）と非番直の若い兵に糧食係か直長がついて受け入れにいき、軍艦旗掲揚前に帰艦する。

　とくに大変なのは、四斗樽に入った漬物を肩にかついで舷梯を登ることだ。武蔵は長門級の戦艦より数メートル高い。少し頭のほうへ傾けた樽から漬け物の汁が流れ、首すじにつたわる。一段ずつ登る足が重さで上がらなくなる。ふらついてついに海中へ樽をおとし、飛びこんで樽をつかまえ、助けを求めるものもたまにはいる（その夜は大変だ）。

　生野菜はなにとなにを、漬物は、生魚肉は……鯛でも鰯《いわし》でもアイナメでも鮭でも、みな二四〇グラムなのだ。糧食係の手腕のみせどころ、苦心のしどころである。

　武蔵だけがもっている新兵器では、貯糧品はどうだろうか。

武蔵は中、下、最下甲板と四十余の貯糧品庫をもっており、米、麦、ミソ、醤油、砂糖、油、各種缶《かん》・瓶《びん》詰など三ヵ月分の搭載能力をもっていた。したがって、その時、その作戦行動によって一定せず、係は支出簿、原簿をもとに残量を把握し、上司の指示にしたがい補充をするのである。

受け入れ品目の容量、包装規格、また各倉庫の形式容積などをつねに研究し、熟知しなければならない。受け入れ計画、上司の決裁、軍需部員への請求領収書提出、運搬船の請求、作業員の要請など、厨業事務室はときには不眠でひとり戦争をする。

当日、公用カバンをかかえ、掌衣糧長にしたがい一便で軍需部へいく。そして単身、港務部へ。港務部では認可のライター（ひき舟）一〇〇トン積み、一五〇トン積み二と、曳航船を確認して軍需部へとって返す。そのころ本艦から非番直の主計科員が数班にわけた作業員を満載した内火艇が着く。倉庫を順にまわり倉庫長と物品の確認をし、作業員と主計科一名を残してつぎへ。

やがて指定の岸壁に物品は積まれる。さらにそれをライターへ積みこみ、係と五、六名の作業員は一番ライターへ上乗りして本艦へ帰るのである。本艦の露天甲板には、兵科からの作業員（非番の兵半舷）と主計員の待機が望見される。後部クレーン下にライターを着けるが、クレーンには古田部烹炊員長ががんばっている。

約二平方メートルのワイヤー製のモッコに米袋、麦袋などの貯糧品が積まれると、烹炊員長がみずから号笛と赤緑旗でたくみにクレーンに指示をだし露天甲板に降ろす。それを作業員が肩にかつぎ、左舷を速歩きではこび倉庫へいれる。

帰りは右舷をまわって後部へ。この右舷には四斗入りの水桶に氷をいれたセイピス（カルピスにはっかの入った清涼飲料）が二桶用意してあり、これを一杯ずつ飲んで走る。こうして運搬能率をどんどんあげてくれる。

米麦運搬、格納は格別の武装方式である。第一、二、三と露天甲板にある格納口から最下甲板にある米麦庫までの長い筒状の袋のなかへ、米麦の袋を縦にしてどんどん投入する。すると倉内には体力、腕力とも充分な主計員が、ときにはフンドシ一つでがんばっていて、五袋ずつならべ天井までつみあげる。この筒状の袋も掌衣糧長の発明で、米麦の袋をほどき運用科で縫合してもらった新兵器で、ほかの艦にはぜったいにない高能率の器具だ。

米麦の運搬も独特だ。主計兵は、まず一袋を両手で腰下尻のところに持ち、その上に縦に二袋、さらに横に二袋かさねて歩くのがふつうで、強い兵長などはさらに縦に二袋の計七袋を一度にはこぶ。米だと（一袋二五キロ）一二五キロ〜一七五キロ、麦だと（一袋一八キロ）一三〇キロである。相撲部員、柔道部員、ボートクルーでもはじめはできない、こつがいる技である。

また、出撃したあとは、トラック泊地、パラオ泊地での島の軍需部からの糧食補給は割愛するが、内地からの給糧艦間宮《まみや》、伊良湖《いらこ》の入港が心待ちであり、また受け入れが大きな戦いだった。そのなかで多くの内火艇を使用させてもらい、給糧艦の係船桁にたくみに着けてもらうことが勝敗のきめ手である。

それには平素から内火艇の艇指揮にあたる特准士官や艇長下士との親交もだいじなことで、わが武蔵では親切に、しかも気安く右舷左舷ともまわってもらえたものであった。

忘れられぬギンバイの味

駆逐艦や特務艦などの小艦艇は、家庭的で勤務も精神的にはらくだが、戦艦、重巡、空母など大艦の勤務はすべてに厳正だ。いや、きびしすぎるというのが通念である。武蔵もそのとおりであったが、選抜された心身ともにすぐれた兵士だったからよく耐え勤務した。作業上で握り飯機や米麦格納筒袋など、ほかにない高能率な器具をつかう便利さはほかよりめぐまれていた。

しかし、艦内には〝ギンバイ〟も横行した。これは、食物にギンバエのあつまりたかることからできた海軍用語だ。他科の若い兵が配食残りの副食や漬物をそっともらいにくる。もし、持ちかえらないと古兵にいじめられて気の毒だ。そんなときはなるべく都合してやるようにした。

とくに運用科には見返りに烹炊着や前だれを洗うために石鹸をもらい、医務科には切傷、あせも、水足、たむしなどの薬をもらい、裏口治療をしてもらうために、また工作科に握り飯機など容易につくってもらうために、糧食搭載の内火艇の便宜をはかってもらうために、特准の従兵に、受け込んだ獣魚肉の味つけ缶詰をサンプルとして事務室天袋に出しておき、酒のさかなとしてやった。

また、主計科内でも役得のかたちで特別のおかずをつくった。ある日のこと、魚のフライをつくっているところを掌衣糧長にとがめられた。そして私が責任者として呼びつけられた。そして掌衣糧長がいうには、

「俺が知らないことをやるのはギンバイだ。だが、俺にことわってやればそれは研究献立となる」

それからというものは、半紙に研究献立だといっていろいろ書き、その上部に掌衣糧長の印をもらい、なかば公然の〝ギンバイ〟をしたものであった。

あるとき、トラック泊地でたのんでおいたキハダマグロが入荷したとの連絡がはいった。私はさっそくそれを取りにいって、その日の献立を刺身にした。ところが点検食で藤木軍医長から伝染病の危険があるからとクレームがつき、ねぎま汁につくり変えたこともあった。

　せっかく艦の兵食として喜んでもらいたかったのにと思うと、いまでもうらめしい。だが、いまだから明かすが、あのとき主計科だけは〝研究献立〟としてマグロの刺身を食べていたのであった。

あたかも戦艦の宿命に挑戦するがごとく

二代目砲術長が綴る連合艦隊旗艦「武蔵」栄光の日々

当時「武蔵」砲術長・海軍中佐　柚木重徳

私が長門の砲術長だった当時の艦隊戦法は大艦巨砲主義であって、艦隊戦闘の最後の決は、主力艦同士の戦闘術力の優劣によってきめられるものである。

そのために、できるだけ大きな戦艦にできるだけ大きな大砲をつんで、遠大距離（約四キロ付近）から砲戦を開始するという戦法であって、距離測定と弾着観測には大測距儀（十メートルから十五メートル）、大型弾着観測鏡のほか、飛行機をもって距離測定や弾着観測などをする、飛行機利用の砲戦であった。

射法も、個艦射撃でなく、二隻から三隻の集中または統一射撃（着色弾をつかって、艦別に白、赤、青などの弾着を出す）であって、これにかんする猛烈なわが海軍の訓練は、当時〝月月火水木金金〟と報道されているとおりである。

また主力艦には、四〇センチ以上の大型砲弾を搭載していたのだが、これが正しく敵側に命中の場合は、大戦果をあげることができるが、万一、敵弾に見舞われたときには、弾火薬庫爆発などのおそれがあった。

そこで、どのようにすれば敵弾被害を最小限度にくいとめることができるかの挙艦応急訓練も真剣におこなわれた。

もちろん山本五十六長官自身、主砲弾薬庫のスミズミまでもぐって研究を願った。主力艦、とくに旗艦の砲術長として、その責任の重大であることや、とくに射撃術力の優劣が直接、艦隊作戦の勝敗に反映することにかんし、山本長官からこまかい指導があったり、また教示されたことが多かった。

艦隊の攻撃および防衛のためには、上下をとわず、団結心が寸分の余地もないほど、かたく組まれていたことは、わが海軍の美点であったと当時をなつかしく偲ぶこともある。

われわれは昭和十六年十二月七日の夕刻、突如、士官室に准士官以上の集合を命じられ、矢野英雄艦長から、いよいよ明八日未明を期して、日米開戦するの発表を聞いたのである。かねて覚悟はあったものの、いまさらながら愕然として、かたく決意するところが多かった。

武蔵の主砲弾。全長1m98cm、45口径46cm用の九一式徹甲弾

明くる八日十二時、わが主力部隊は柱島水道を出撃した。出撃前、長官よりよばれて直筆の書をいただき、私は感激をあらたに一意職責の遂行をちかったのである。

兵術思想の転換期に武蔵砲術長を拝命

緒戦の真珠湾攻撃は、予期以上の大勝に終わった。そしてわが大海軍兵術思想の最後の転換期において、世界第一と格《かく》づけられた大和・武蔵の両巨艦が、みごとに完成した。

翌十七年二月には、主力部隊の編制替えがあって、大和が連合艦隊旗艦となって、山本長官は長門から移乗し、お別れした。

艦隊作戦の進展にともなって、昭和十七年六月のミッドウェー作戦、ついでガダルカナル島の攻防戦、あるいはソロモン諸島方面の各種戦闘がおこなわれたが、いずれも戦勢はわれに利なくして、とくに機動部隊は大打撃をうけ、母艦勢力においては、劣勢となった。

この間、私は長門砲術長一年五ヵ月間の勤務をぶじ終えて、昭和十八年二月、連合艦隊旗艦となった武蔵砲術長を拝命し、ふたたび山本長官とおなじ艦に勤務することとなった。艦隊戦闘の様相は、洋上の艦隊決戦からしだいに航空殲滅戦へと変わって、艦隊の行動には航空機の助力なくして、その作戦遂行が不可能となったのである。

そのために連合艦隊司令部としては、南方島嶼に点在する各航空基地において連日、激戦を展開している航空関係員の士気の鼓舞《こぶ》と、その昂揚《こうよう》とによって、一挙に戦勢の挽回を企図し、そのため山本長官自身の、最前線の指揮と視察をねがったのである。

忘れもしない昭和十八年四月三日、神武天皇祭の当日、武蔵艦橋で厳粛な遥拝式《ようはいしき》がおこなわれて、その直後、山本長官は軍刀姿もりりしく、幕僚をしたがえて勇躍、最前線に出発されたのである。

当日は快晴の好日和だった。

開戦いらい山本長官としては初めての離艦であったが、これが永遠の別れになろうとは、夢想もしなかったのである。

かくて山本長官は、約二週間にわたる南方洋上に点在する、各航空基地の指揮激励を終えて、最後の基地ブイン上空にさしかかったころには、敵戦闘機二十数機がすでに上空にあって、待機していたのである（味方通信暗号が完全に敵側に解読されていた）。

もちろん味方にも護衛戦闘機六機がついていたのであるが、ここにトモエ戦が展開され、無念にも長官機は被弾、ジャングル内に炎上墜落したのである。長官は機上で軍刀の柄《つか》をにぎり、従容自若、生けるがごとく、壮烈なる戦死をとげられたのである。

当時の航空機の搭乗者は、つぎのとおりである。

一号機＝長官、副官、樋端航空参謀、軍医長、今中通信参謀

二号機＝参謀長、主計長、室井航空参謀、友野気象長

数日後、長官の英姿はまったく異なった姿で、白木の小さい箱におさまって帰艦した。そして、これを出迎えた乗員一同はひとしく、いい知れない悲涙にむせぶとともに、敵の殲滅をさらに誓ったのであった。

山本長官はよく口グセのように、米本土を衝き首都ワシントンにおいて城下の盟をなさしめ、ニューヨーク沖にて観艦式を施行するといっていたが、この壮図も半ばにして壮烈なる

戦死をとげられたことは、かえすがえすも残念である。

古来、名将はよくその死所をうるとの言葉があるが、山本五十六元帥の戦死は、まさにそのとおりだと思う。

かくて山本長官の後任として、古賀峯一大将が昭和十八年四月二十五日、武蔵に着任された。やがて武蔵は、山本元帥の国葬をおこなうため五月十七日トラック島発、五月二十二日に東京湾着、武蔵長官室にて荘厳なる告別式をおこない、遺骨は駆逐艦で東京にはこばれた。六月五日、全国民悲しみのうちに盛大なる国葬がおこなわれたことは、ご承知のとおりである。

やがて武蔵は、東京湾より横須賀軍港に回航、六月二十四日、天皇陛下の行幸があって艦内を巡覧になった。天皇陛下が武蔵型戦艦を御覧になったのはこれが初めてであった。

武蔵はその後、呉軍港において各部修理をおこない、七月三十一日、長浜沖を十数隻の巡洋艦、駆逐艦をしたがえて発し、八月五日、ふたたびトラック島泊地についたのである。

トラック島泊地は、前進根拠地であるから毎日、艦船の出入りがひんぱんであったが、わが主力部隊は礁内に碇泊のまま、警戒を厳重にしながら連日、諸訓練を実施していたのである。

また、だいたい月に一回は環礁内で出動訓練をおこない、各種射撃など、もっぱら戦力の練成向上につとめていた。

百発百中の術力発揮の機会なく

昭和十九年二月の初頭、武蔵は各部修理のため一時、横須賀に帰着し、ついで二月下旬、パラオ島に入泊した。

このころより敵機動部隊は、サイパン島近海を遊弋《ゆうよく》して、付近の島にたいする攻撃は日ましに熾烈となり、サイパン島上陸の企図が明白であった。

かくするうちに、敵機動部隊（戦艦二隻、空母二隻、巡洋艦、駆逐艦十数隻をもって編成）が、パラオ諸島の付近海上で捕捉され、空襲の危険が感ぜられたので、艦隊司令部はパラオ島の陸上に移動し、武蔵・大和をふくむ主力部隊は急遽、沖縄方面に避退を命ぜられ、三月二十九日午後三時半、パラオ西水道より出港した。

ところが敵は、すでに主力部隊の出撃あることを察知して、水道両側に潜水艦を配し、攻撃の機会をまっていたのである。

武蔵は浦風、磯風の両駆逐艦を護衛として出港したのであるが、水道の中途において、左斜め前方占位の磯風より、潜水艦発見の信号があって間もなく、雷跡数本をみとめた。ただちに魚雷回避運動をとったが水深が浅く、水道もまたせまく回避運動は思うにまかせず、面舵一杯にて回避中、不運にも左艦首に二本の魚雷が命中し、数名の戦死者を出したのである。

魚雷命中の瞬間、船体に大きなショックをうけたが、さすがは不沈戦艦にふさわしく、二本ぐらいの魚雷をうけても、戦闘力には少しも影響のないことを実証したのである。

しかし今後の戦闘力発揮の関係もあり、被害個所を早急に修復のため、武蔵は呉に直行すべしとの命令が出た。

一方、パラオ陸上では、主力部隊の出撃後、予想どおり数回にわたる大空襲があった。四月一日未明、連合艦隊司令部は、大型水上飛行艇二機に乗って、比島ダバオ方面に脱出したのであるが、そのさい長官乗用機に事故があり、古賀長官は殉職された。大型水上飛行艇はその頭部が重いので、着水のさい頭部を突っこんだか、または比島のジャングル地帯に墜落したとの説もあるが、その真相はいぜんはっきりとしていない。

かくて武蔵は四月三日、ぶじに呉へ入港し、修理を終えて五月四日、さらに呉を発し、佐伯湾、中城湾をへて五月十六日、ボルネオ北東岸沖のタウイタウイ泊地に進撃した。

ここで「あ」号作戦の準備をととのえたのであるが、当時、本作戦司令部は大鳳(超大型空母)にあって、作戦目的は敵機動部隊を一挙に撃砕して戦勢の挽回を期せんとするもので、図上演習などによる作戦うち合わせはもちろんのこと、各術科にかんする詳細なる各部の検討が終わって、この作戦こそはと全軍必勝を期していたのである。

六月十五日午前七時、「あ」号作戦が発動され、天皇陛下より全軍将士への激励のお言葉をいただいた。

しかし、かんじんの母艦部隊の実力は、開戦はじめとくらべて術力が低下していたことなどのため、敵部隊への索敵攻撃が不成功に終わったことや、とくに残念だったことは旗艦大鳳が出撃後、わずか数時間で敵潜の雷撃をうけ、戦闘指導が一時、混乱状態となり、夜戦決行の計画も中止となり、無念にも艦隊は中城湾に帰投した。

戦艦武蔵の前檣楼から見た46cm三連装主砲の偉容

かくして待望の「あ」号作戦も失敗に終わったのである。

戦闘の様相の転変にともなって、百発百中の術力を発揮する機会をあたえられず、やがて私は昭和十九年六月下旬、越野公威中佐と砲術長を交代して、思い出の深い武蔵を退艦したのである。

武蔵飛行科パラオ上空の突撃行

巨艦搭載の零式観測機はどんな活躍をしたか

当時「武蔵」一飛行長・海軍大尉　佐久間　武

昭和十八年六月二十四日、その日は朝から気持よく晴れて、第二次大戦の激闘の最中とも思えない、なごやかな横須賀軍港の一日であった。

武蔵の巨砲とともに生まれ、巨砲とともに、すべてをかけて飛びつづけてきた零式水上観測機（零水観または零観と略称）であったが、まだ華々しい戦果をあげる機会にめぐまれない悲しさが、じわじわと私の胸に襲ってきた。

四六センチ砲九門斉射の、目もくらむ白熱と轟音のなか、標的と艦との間で弾着を観測したり、一分間に五万発も発射できる大小の砲、機銃のために曳的《えいてき》を引っぱって飛んだことも多い。いずれも射線がちょっとでも狂うと、飛行機に当たるという、命をけずるような訓練の連続であった。しかしそれが、まだ報われないのだ。

武蔵には、零式観測機八機が搭載できるようになっていた。翼をたたんで後部格納庫にスッポリ格納できて、ほかの艦のように上甲板に繋止して、風浪に苦労することはなかった。

ひろびろとした後甲板には二基のカタパルトがあり、飛行作業、整備作業ともに整然と実施することができた。

だが、しだいにラバウルなどの激戦の水上基地に零式観測機をさかれて、当時、わずか二機、予備の一機で巨砲を守りつづけてきたのである。われわれの愛称「零水観」は、ズングリした胴体にテーパーした複葉主翼、単浮舟に太い支柱、九六〇馬力

泊地に停泊する武蔵。甲板には日除けの天幕、前檣楼頂部には21号電探のアンテナが見える

のエンジンをつんだ二座水上機で、三菱の傑作機の一つであった。

大きなフロートをもっているので、スピードはあまり出なかったが、旋回性能は抜群、そのクルリクルリと反転しながらおこなう空戦は、零戦といえども格闘戦において一目おいていた。前部に固定銃七・七ミリ二梃、後部におなじ口径の旋回銃をもち、四六センチ巨砲の弾着を観測し、その修正を通報して、視認距離外の砲戦を指導するのが本務であった。

敵戦闘機の攻撃を排除しながら、正確な着弾観測をおくる任務はたいへんな作業であったが、それだけに武蔵の主戦力をにぎるという、誇りにみちた零式観測機隊員であった。当時、飛行科員は搭乗員四クルーの八人と、二十人の整備員で、少なくなった零観二機を駆使して、旗艦武蔵とともに戦いにのぞんでいた。

トラック島で上空哨戒をおこなっていたとき、敵機B24が単機できたのを追っかけて、空中戦を挑んでみたこともあったし、軍艦が出入りするたびに、単調な対潜哨戒に精魂をすりへらしたことも多い。

しかしこれらは、赫々たるほかの陸上機の戦果のかげに、無用の長物とさえいわれた巨砲が、いつかは轟然と火をふいて凄《すさ》まじい戦果をあげるまでの、忍耐の一つであると隊員は信じていた。

昭和十八年七月、武蔵はふたたび南洋の戦場へと出航して行った。

武蔵の飛行甲板で飛行科全員の記念撮影。2列目の中央が佐久間飛行長

胃袋が背中に抜けるようだ

渡辺二飛曹は、すでに五百時間以上の飛行経験をもつ若いパイロットである。彼はだれよりも水上機を愛し、また水上機のなかでも零観を、自分の身体と一体であると感じるほど熱愛していた。

「発射用意」

彼はカタパルトで、機械的にエンジンを一杯にふかした。九六〇馬力のエンジンは、全力回転をして身ぶるいをしている。

「発射！」

掌整備長の手にもった小旗が振りおろされると、轟然たる発射音とともに、胃袋がうしろに抜けるような加速度を感じたのも瞬間のうち、十五メートルばかりのカタパルトを離れてフワリと空中に飛揚した。

スティックの繋止索をはずし、もうはるか後方になった武蔵をふりかえりながら、哨戒任務のため高度をとった。

かなり眼に疲れが感じられるころ、水平線の彼方にパラオ諸島の一部が、陽炎《かげろう》のうえに浮きあがったように見えはじめた。

わが戦艦武蔵が夏に南洋へ進出した後、このときにはすでにマキン・タラワ島は米軍に占領され、昭和十九年二月十七日には、南洋最大の海軍拠点であったトラック島も、スプルアンス中将の率いる機動部隊に強襲されて手痛い打撃をうけ、クエゼリン、メジュロ、ウオッゼ、ヤルートなど、マーシャル諸島は軒なみに米機動部隊の攻撃をうけていた。

しかし、ここ西カロリンのパラオ諸島はまだ空襲をうけたことがなかった。このコロール島と指呼の間に、大きいバベルダオブ島がある。このバベルダオブ島の西南岸に、アミオンス水上基地があった。

艦隊が南洋の島に仮泊すると、搭載されている水上機は、すべておなじ水上基地に集まって、先任者を基地指揮官として、統制された哨戒との訓練任務をおこなった。携帯天幕に仮説ベッドをおき、白砂にそれぞれの飛行機をつないで、原始生活と近代生活をおりまぜた、気分のよい生活がいとなまれていた。

武蔵観測機もこの基地につながれ、武蔵飛行長が基地指揮官となった。

まず潜水艦一隻をヤリ玉に

昭和十九年三月二十八日、渡辺二飛曹は、きょうの航法訓練と哨戒のコースを図版上にひいていた。

「おい渡辺二飛曹、出発するぞ」私が声をかけると、「出発準備完了しています」と彼は答えて、搭乗員の整列をうながした。

「航通訓練兼哨戒に出発する、基地から二四〇度、一五〇マイル、右へ五〇マイル、飛行後帰投、高度五〇〇メートル」

飛行長はかんたんに指示して出発を命じた。

エンジンがかかり、二機は翼をつらねて水煙りをあげながら離水した。渡辺二飛曹のクセで、離水してちょっと後ろをふり返ると、フロートの海水が霧を吹いたように、一条の線となって尾をひいている。

高度五百メートル、やっと飛行長機の左うしろへピタリとついた。リーフを過ぎてすぐであった。突然、編隊にしてはめずらしい、急な左旋回をはじめたと思うと飛行長が、左手を風防から出して下の方をさしている。

後席の佐々木二飛曹から伝声管で怒鳴ってきた。

「潜水艦らしいぞ!」

彼は少し編隊をひらいて下をみると、リーフにくっついたように、細長い黒い影が見える。その中心のところに、キラリと光るものがあった。潜望鏡だ……。

しかし、なんと勇敢な敵潜水艦だろう。残念ながらわれは爆弾をもっていない。電報を打つとともに、飛行長は編隊をとき、渡辺機に監視を命じて、全速力で基地へかえって行った。

潜望鏡は直上ふきんが死角である。彼はなるべく敵潜水艦の直上で小まわりしながら監視をつづけた。すこし影がうすくなったような気がする。彼はヤキモキしながら飛行長以下、攻撃隊がくるのを待った。それも我慢ができなくなって、途中まで見に行こうかと思ったころ、

「来たぞー」と後席からの声、基地から五機がきおいこんで到着した。

まず零観二機が潜爆ダイブをおこなった。それぞれ黒い影の左側と直上に、遅動信管がはたらいた六〇キロ爆弾が二発ずつ海水をもりあげた。つづいて零式水偵が二五〇キロを一発ずつ、白い泡の真ん中へ三機つづけざまにぶちこんだ。

しばらく見ているうちに、白い泡のなかから、黒いしみがボッボッと出はじめた。戦果確認は水上艦艇にたのみ、一同は凱歌をあげて基地にかえった。

ひとつ空戦でもやったるか

明けて三月二十九日朝はやく、念のため敵潜水艦を攻撃した地点に確認の一機が出かけたが、黒く長い帯状の重油の流出を見とどけ、「敵潜水艦一隻撃沈確実」を旗艦あてに打電したのであった。

その日の午後、一同は気をよくして午睡《ごすい》をとっていたが、「艦隊が出て行くぞ」というだれかの声に、あわててみなが外へ出てみた。

カタパルトから射出される直前の零式観測機。武蔵には3機あった

旗艦武蔵はもとより、大小の艦がなんの知らせもなく、音もなくしずしずと、マラカル湾を出て行くではないか。われわれ艦載水上機を残したまま！　基地の連中は判断にくるしみながら、茫然とながめていた。

しばらくして、水上基地あての発光信号がきた。「敵機動部隊、明朝パラオ空襲の算大なり、艦隊は北上避退す、水上機隊は基地にとどまり、明朝の索敵にあたれ……」

翌三月三十日、アミオンス基地は午前三時ごろから騒々しい空気につつまれた。エンジンの試運転の音、機銃弾を積むもの、燃料を積むものの、零観をふくむ水上機八機は早朝索敵のため、あわただしく準備された。そして午前四時半、予定のコースにしたがって、暁闇をついて索敵機は発進した。

周囲はまだ暗い。渡辺二飛曹は南方のコースであった。わずか東方に夜明けにちかい白さがあるだけである。

「よく見張れよ」と彼は、後席の佐々木二飛曹にいった。「よーし」と佐々木二飛曹は答えたが、まだ敵は遠いと思ったのか、

「敵艦は、われわれをおいてけぼりにしたが、どうもおもしろくないな」と話しかけてきた。

「いや、この際しようがないさ、パラオの港でガチャガチャと大勢の艦隊がやられるより、避退した方がよいさ」と渡辺二飛曹。

「四六センチ砲のお守りだけでは能がないなあ、今日はグラマンと一丁、空戦をやったるか」「きのうは潜水艦一隻やったたし、グラマンの二、三機でも落とせば零戦のヤツラと対等だ……」

鳴りつづける後部旋回銃
東の空がだいぶ明るくなってきた。基地を出てから二十分くらいたっただろうか。

「おいなんだ、よく見ろ!」

けたたましく渡辺二飛曹が怒鳴った。

佐々木二飛曹は、双眼鏡で指さす方を見た。敵空母だ！　しかも四隻、暗い海面と白みかけた暁方《あけがた》の空の間に、まるで悪魔の使いのような背をみせている。チカチカ光るのは飛行甲

板で試運転をしている無数の艦上機らしい。

「電報だッ、基地の一六〇度五〇マイル、敵空母四隻、発艦準備中」

渡辺二飛曹が指示し、佐々木二飛曹は必死に電鍵《キイ》をたたいた。敵の機動部隊が基地の五十マイルちかくまで接近しているとは、まったくのショックだ。昨日の潜水艦といい、すでに勝ちほこった米軍の強引さが、いまさらのように痛感される。

「ほかに母艦らしいのはいないか」「ほかは駆逐艦三、四隻だ」

佐々木二飛曹は双眼鏡でたしかめながら言った。白みかけた空にはすでに、グラマンらしい黒点が多数見え、それがぞくぞくと増加していく。

「高度をさげて帰るぞ」と後席にいって、渡辺二飛曹は反転した。高度百メートル、海をはらうようにして基地にむかった。

「後ろを注意しろ」と彼が怒鳴ると同時だった。黒いズングリしたグラマンが突っこんできた。彼は後ろをチラリと見て、頃合いをはかって水面すれすれに垂直旋回。瞬間、機首をあげながら行きすぎて、腹をみせたグラマンへ固定銃をぶちまくった。手ごたえがないのか、グラマンはグーンと高度をとった。

左に一機、右に二機、彼はいままでにない緊張感に身ぶるいしながら「なにくそ！」と操縦桿を強くにぎり、スロットルをいっぱいにひらいた。

左の方からまた一機が突っこんできた。高度が低いので、敵も無理な攻撃はできない。こんどは上方を注意しながら、はやめに旋回して、敵を追尾に夢中になるようにさそった。そして敵機銃の火をふく瞬間、右へ機をいっぱいにスベらした。

「ガーン」

左翼端に二〇ミリ機銃の穴が二つあいた。後席の旋回銃がなりつづけている。敵グラマンは、左翼をかすめて海に突っこんだ。

「ザマ見ろ」

敵の追いすぎか、旋回銃による撃墜かわからない。

舵のききがわるい。左のエルロンがやられたらしい。敵はさらに六機、七機とまし、もうダメかなと思ったとき、バベルダオブ島の椰子林がちかくなった。エンジンのスイッチをきり、椰子林の上へ機首をあげながら、バリバリ、ガーン、バシン……椰子林をなぎたおして零水観はとまり、彼は気をうしなった。

つぎの日、三十一日の昼すぎ、ペリリュー島の望楼《ぼうろう》から「敵上陸部隊見ゆ」との報告があったのである。そしてその夜の零時半、二式大艇がアミオンス基地に着水した。

基地指揮官である武蔵飛行長は、燃料を満載することを主張したが、司令部の航空甲参謀室井《むろい》中佐は時間をおしみ、ただちに古賀長官以下司令部の要員は二機に分乗して、午前一時すぎダバオにむけ離水した。行く手には、黒い悲劇的な死がまっているのも知らずに。

誕生から最期まで武蔵機関科兵曹の体験

共にすごした三年有余、限りなき哀惜の賦

当時「武蔵」機関科指揮所・海軍上等機関兵曹　太田清忠

私が武蔵の艤装員付を命ぜられ、横須賀海兵団を出発したのは昭和十六年の十月初旬であった。私は十数名の下士官とともに、ひじょうに張りつめた気持で長崎にむかったが、車中での会話でも、つとめて注意してあまり口をきかず、ただ黙々と行動した。

十月五日早朝、われわれは長崎に到着した。しかし、長崎駅に降りてみると、異常な光景に出合った。改札口をでて数歩のところに佐世保海兵団の衛兵が立っており、同行の一下士官が長崎海軍監督官事務所をたずねると、行き先を教えられるとともに、二、三の注意をうけた。また、大波止《おおはと》から乗りこんだ渡船の進航方向右側の窓はベニヤ板でとざされ、外部はまったく見えない。数分後、対岸の三菱造船所水の浦岸壁についたが、造船所の入口にも衛兵がいた。（二三〇頁地図参照）

監督官事務所につくと上官が紹介され、以後、われわれはこの艤装員事務所を艤装員長有《あり》馬《ま》馨大佐の姓をとって有馬事務所とよぶようになった。

前甲板正面より見た武蔵。一番砲塔の位置が最も低くなった波型甲板や錨鎖の様子がよくわかる

つづいて衛兵司令職の鈴木大尉より、呉工廠において完成をまぢかにした一号艦（のちの大和）では、軍機保護法のため、数十名が軍法会議にかけられて呉海軍刑務所に投獄されており、長崎市内での行動、市中人との交際にたいする充分な注意をうけた。水の浦の小高い丘にあった宿舎に入って、われわれは事の重大さに、より驚くばかりであった。

翌日からはじまった事務所内での私の仕事は、機関科関係の図面の管理助手であった。ときおり造船所より電話がかかってくるが、その際むこうは、

「八〇〇番船の事務所ですか」と問いかけてくる。造船所では、二号艦（のちの武蔵）を八〇〇番船とよんでいたからである。

数日後、「警戒隊」と書かれ、番号のはいった腕章をわたされて、乗艦艤装勤務をゆるされた。

はじめて艦を見学したのは十月十日ごろであったと思う。警戒隊の腕章をつけて造船所の門をくぐり、さらに一の門、二の門をはいり、第三の門を通るとき、守衛室の守衛が私の警戒隊の腕章をみながら、腕章にうってある番号を手帳に記入してから、はじめて門をあけて向島岸壁にいれてくれた。

はじめて見た二号艦の姿に、私はしばらくは呆然として立ちすくんでしまった。やがて艦内にはいり、機械室、罐室などをいちおう見学したのち、最上甲板にあがった。主砲塔などはまだ木の板でかこってあり、外部からはなにも見えない。また、私のような機関科員には、入ることすら許されなかった。

しばらく上甲板に立って、対岸の大浦天主堂やグラバー邸のある方向をながめてみると、民家は造船所の見える戸や窓はすべて雨戸でとざされ、異様な街の風景であった。

また、長崎湾内の航路浮標の上には、佐世保海兵団より派遣された警戒隊員が双眼鏡をもって、湾内を監視している。

外出をゆるされて市内を歩いても、市民とは親しく口をきくこともできない毎日であった。士官以上は、宿舎あるいは自宅より事務所の往復にさいして軍服の着用がゆるされず、背広であった。

やがて二ヵ月がすぎ、太平洋戦争が勃発、造船所の内外はさらにきびしい警戒体制がしかれた。このとき、呉では一号艦が完成して「大和《やまと》」と命名され、広島湾の柱島において訓練中であった。

昭和十七年五月下旬、二号艦も完成を前にして、長崎をあとに呉軍港にむけて初航海にでた。このとき、長崎市民、造船所の人びとの見送りはまったくなく、じつにさびしい船出であった。

呉軍港に入港後は、各部の試験が約二ヵ月にわたっておこなわれ、八月五日に完成、二号艦は軍艦「武蔵《むさし》」となり、日本海軍が建造した最後の戦艦となったのである。

トラック泊地につどう大艦隊

八月五日、武蔵は第一艦隊第一戦隊に編入され、いよいよ艦隊訓練がはじまった。私は機関科員として、瀬戸内海での出動訓練、停泊中の運転訓練、戦闘機関運転訓練などを約六ヵ月間にわたっておこない、その成果はしだいに目的にちかづいていった。

武蔵は罐十二罐、主機タービン四基、推進軸馬力十五万馬力（四軸合計）で前進全力二十九ノットをだしたが、各軸各機ともまだ余裕があり、長門型より機関はすぐれていたと思う。

このころ、連合艦隊旗艦は大和がつとめていたが、近日中にも旗艦は武蔵にうつるとのことで、旗艦としての諸訓練は激しいというよりも、きびしさをましていった。

とにかく日夜の切磋琢磨《せっさたくま》は、私の艦隊勤務のなかでもっとも生きがいがあり、栄光の海軍生活であった。

この超ド級戦艦が、艦隊の旗艦として長官が指揮をとる作戦艦なのか、第一線の先頭にたって四六センチ砲により、水上戦で敵艦隊と交戦する世界の最新鋭艦として、その能力を充分に発揮するのか、当時の私には知るよしもないが、私にとっては、信頼のおける大戦艦そのものであった。

昭和十七年もおわるころには、五ヵ月間の戦闘訓練がおわり、南太平洋の最前線に出撃する準備を完了、呉軍港において、各科の軍需品搭載が毎日のようにつづいた。私は機関科倉庫次長として、くる日もくる日も、多数の作業員をつかって、備品、消耗品、材料、機関付属品、艤装品をつみこみ、潤滑油、軽質油、重油の補給と、じつに多忙であったが、出撃を前にして、はやくも気持は南太平洋にとんでいた。

その後、約一ヵ月にわたり、瀬戸内海における単艦航海や長門、陸奥との合同編隊航海、豊後水道における主砲発射訓練や航空戦隊との対空戦闘、高角砲、機銃等の発射訓練と、しだいに前線にちかづいていく毎日の日課であった。

昭和十八年一月十八日、トラックにむけて柱島を出撃する。冬の瀬戸内海、豊後水道はあまり波もたかくなく、前進強速ですすむ。しかし、豊後水道をでると同時に、速力は両舷前進三戦速、二十四ノットとされた。

艦橋からは「大洋にでた、対空警戒、対潜を厳になせ」との命令がだされ、武蔵に乗艦してはじめての戦闘航海である。

つづいて「艦内哨戒第一配備」が令され、夜間になると、敵潜水艦にたいする警戒のため「之字運動航走」をおこなった。之字運動とは、ある一定の方向に約一時間走り、つぎに右か左へ約三十度ほど舵をきって航走することを、くり返しおこなう航法である。

一月二十二日、トラック着、大和のほか数隻の艦艇が在泊中であった。いよいよトラック環礁内で、連合艦隊旗艦としてのきびしい艦隊勤務がはじまったが、四ヵ月後には山本長官が戦死、武蔵は内地へ帰投することになった。

六月九日、横須賀に入港して軍需品の補給や整備をおこなったのち、ドック入りのため呉に回航された。当時、横須賀で武蔵のはいれるドックでは、第三号艦（のちの空母信濃）が艤装中であったからだ。

呉より再度出撃したのは七月下旬で、これより約半年間、トラック基地での戦務は、連合艦隊司令部としての任務を遂行したにすぎず、戦艦として敵艦と交戦する機会はなかった。私は武蔵が太平洋戦争中に水上戦闘（海上砲戦）をおこなう機会が、はたしてあるのかという疑問をいだきはじめていた。

昭和十九年三月二十九日夕刻、パラオから出撃中、敵潜水艦の魚雷をうけて前部に大きな破口を生じた。このとき、前部の各倉庫に約二千トンの海水が浸水したが、前部艦体がわずか一センチほど下がっただけで、速力も二十二ノットから二十四ノットに増速して航走した。さすが武蔵は、世界最強の戦艦であると痛切に感じたのであった。

魚雷が命中したとき、私は機関科指揮所の航海当直中で、命中と同時に艦橋より四戦速への増速が指示された。機関科の各部に異状はなく、罐はぐんぐんと噴燃器《バーナー》を急速に増し、タービンも軽快な音をたてて回転していく。

私は魚雷命中の残念さよりも、速力をまし、夕暮れの南太平洋を一気に北上するわが武蔵

武蔵前檣楼から望む艦首。乗員が小さく見え、甲板の広さ、艦や砲の巨大さがわかる

に、ある種の優越感と日本造船技術のほこりを、身にしみて感じたものである。

マリアナ沖にほえた巨砲

呉海軍工廠において魚雷による損傷個所を修理したが、このとき武蔵は各部の兵器の改装がおこなわれた。両舷中部の副砲はとりはずされ、三連装二五ミリ機銃と単装機銃が増備された。さらに艦橋上の十五メートル測距儀に電波探知機が装備され、対空戦闘のための兵装が充実された。私はこれを見て、もう水上戦による艦砲射撃の戦いはないと思った。

昭和十九年六月十三日、マリアナ海域における「あ号作戦」が発動された。そして、日米の艦隊は私の予想どおり、空母を主体とした作戦を展開したのであった。

武蔵においても、戦闘の中核となったのは対空射撃関係の高角砲、機銃であり、数回にわたる主砲射撃では、四六センチ三式対空弾が発射されただけであった。この三式対空弾の威力は、戦後にいたるまで、米軍航空関係者の話題となった。

しかし、この作戦もけっきょくは、数量にまさる米航空部隊の攻撃により、味方空母が沈没するなどで作戦中止となっておわったが、なんとも後味の悪い海戦であった。

この海戦で米軍は、日本の空母群壊滅の作戦をとってきたが、これに対してわが機動部隊司令部は、敵のこの作戦行動を見破れなかったのではないかと思われる。かくして、わが空母数隻を沈没させた米機動部隊は、深追いせずに前進基地へ帰ったのである。

これからの戦闘は、対空戦になる様相がいよいよ大きくなった。そして、技術の発達した米空軍の来襲にたいしての心がまえの必要を痛感した。

リンガ泊地は、シンガポール南方の静かな環礁内の泊地であった。

泊地ではつぎの作戦にそなえて、日夜の猛訓練がはじまっていた。潜水艦を電測によって位置を捕捉する訓練、また対空射撃の訓練は、これまで以上のはげしさでおこなわれた。

この時期、艦内の各所では下士官兵を中心に、海戦における戦艦対航空機の戦闘について討論がさかんにおこなわれ、その第一に、もはや大口径砲（主砲）は不要ではないかとの意見もあった。

なぜならば、今後、主砲による対水上艦射撃はのぞめず、対空戦闘では、射程四万メートルか三万メートルの航空機にたいする三式対空弾の射撃はあっても、一万メートル以内の近距離では、高角砲や機銃の受持となり、敵機の損傷、撃墜率も高いからだというのである。

これらは、戦闘員同士によるちいさな討論であって、おなじ戦艦に乗り組む戦友のあいだではそれ以上は発展せず、日夜の訓練に各戦闘配置では、十二分の技をみがきつつあった。

戦闘訓練とともに、艦内防御にたいする訓練もおこなわれた。すなわち、応急作業訓練である。艦内各所に被弾したさいに応急作業をほどこし、戦闘に支障のないようにすることであるが、これは戦闘中でもあり、非常に困難な作業となる。

この作業員の編成は、工作科員を軸として、主計科員、軍属であるコック、洗濯屋、理髪屋もくわえられ、作業は運用科員が指揮をとることになっていた。また、医務科員も負傷者の治療など、応急作業には瞬時の心のゆるみもゆるされないのである。

私が所属していた機関科各部では、応急運転訓練がおこなわれた。

機械室、罐室、発電機室、管制盤室、水圧機室、舵取機室、推進軸管通路などにおける応急訓練は、「戦闘時応急処置研究会」を数度にわたってひらき、細部にいたるまで研究討論して、日夜の訓練にその技をみがいたのであった。

リンガ泊地における三ヵ月の訓練期間は、私にとって海軍入隊以来もっとも練度のたかい艦隊訓練であったと同時に、これが最後の艦隊としての戦闘訓練でもあった。

命とりとなった小さな過失

昭和十九年十月十八日、「捷一号作戦」が発動され、リンガ泊地を出撃した艦隊は一路ボルネオ島北西岸のブルネイ湾にむかった。

ブルネイにおいて最後の給油をおえ、十月二十二日午前八時に出航後まもなく全艦隊は三隊にわかれ、わが武蔵はパラワン島にそって北上した。だが、わが艦隊には空母は一隻もなく、したがって直衛機は一機もおらず、敵機対艦隊の戦闘は必至である。

私は今回の作戦を知り、もしレイテに突入して水上戦を展開できるならば、戦艦武蔵の主砲、副砲を駆使して、かならずやレイテにおける海戦には勝つと思った。

なぜならば、武蔵乗組員がリンガ泊地における日夜の戦闘訓練でみがきあげた技をふるうならば、勝利は確実のものであったからだ。

十月二十四日午前三時四十五分、私は機関科指揮所の航海当直についた。このとき機関は両舷前進二戦速、二十二ノットにてスルー海を通過して左舷にミンドロ島をのぞみ、やがてシブヤン海にはいった。

戦闘がはじまれば速力が増速され、前進一杯まで指令がきたならば、公試運転中に記録した四軸十五万馬力による二十九ノットが再現されるのは確実であり、この大戦艦が波頭をけたてて航行する雄姿を、ぜひ見たいとねがった。

午前六時三十分、艦内哨戒第一配備。七時、戦闘配置そのままでいると、艦橋より「敵機来襲の公算大」との伝達があった。その数分後、こんどは「敵戦爆連合約三十機、数群にわかれ艦隊上空に触接しつつあり、距離約三万五千」と知らせてきた。

いよいよ敵機来襲である。

このとき、艦橋より速力通信器《テリグラフ》が「両舷前進三戦速」を指示し、通信器の鐘は高らかに鳴る。つづいて「機関全力三十分間待機となせ」がきた。

指揮所内は、機関長以下全員が緊張の雰囲気につつまれた。

しかし、機関科各部指揮所への通信連絡は、伝令員の日ごろの訓練によって敏速におこなわれ、つぎつぎと「了解」の答えがかえってくるとともに、主タービンや各補助機械は轟音をたてて回転、罐はしだいに噴燃器《バーナー》を増していく。

「全機、全罐、戦闘用意よし」

機関科全員の士気は大いにあがり、艦橋よりのつぎの指令に待機する。このときの機関運転の諸元は、前進三戦速、二十四ノットであった。

午前十時ごろ、敵機による第一次来襲があった。突然、第二機械室（左舷内側機械室）上部で爆発があった。二五〇キロていどの爆弾が命中したのだ。命中弾は最上甲板をこわし、上甲板の工作科機械工場をつらぬいて、第二機械室の上部アーマー（二百ミリ厚鋼板）で炸裂したが、この鋼板をつらぬくだけの破壊力はなかった。

しかし、ここにおいて、重大な過失があったのだ。

早朝、第二機械室より烹炊《ほうすい》所に送気していた低圧蒸気元弁をしめわすれた結果、上甲板を通じて烹炊所にいたる蒸気管が破壊され、噴きだした蒸気が猛烈ないきおいで給気口より第二機械室内にふきこみ、数分間で室内温度が上昇した。このため、機関科指揮所を第一機械室（右舷内側機械室）にうつし、ここで機関科全体の指揮をとった。

第二機械室は室内の温度が急上昇したため、運転の続行ができず、ただちにタービンを止めざるをえなくなった。

突然の被害に、機械部員は熱気の排除に最大の努力をかたむけたが、熱射病でたおれる者が続出した。元気な部員が最上甲板(飛行甲板)へ患者を救出しながら、熱気排除をつづけた。

第二機械の停止と同時に、第二系統罐である二、六、十号罐もただちに火を止めなければならなかった。この急速消火のため、罐室内の温度が急上昇し、ここでも熱射病患者がつぎつぎとでた。

このように第一次来襲によって機関科部員は予期せぬ被害をうけ、機関の各部に損傷がないにもかかわらず、戦闘員の熱射病により「三軸跛《は》航《こう》運転」となり、数時間は速力二十二ノットがせい一杯であった。

機関科総員退艦せよ

十二時ごろ、こんどは艦橋と機関科指揮所をむすぶ諸計器が不能になった。速力通信器、回転増減器、舵角指示器、高声令達器《スピーカー》、直通電話器などである。

これは艦橋ふきんの被弾のため、各回線が切断されたからと思われる。しかし、一般交換電話器ひとつだけが顕在であったので、以後は、この電話器で艦橋と機関科指揮所間の連絡をおこなった。

一方、機関科各部の通信は可能であったが、これは機関科各室の上部天井板が、二百ミリの鋼板でまもられていたからであろう。

午後二時ごろ、第二水圧機室より、
「水圧機室上部に浸水しつつあり、応急排水を乞う」との悲痛な電話が指揮所にはいった。
ただちに、応急班にこのむねをつたえ、修理、排水を依頼したが、
「浸水は数百トンにたっし、なお浸水しつつあり、排水は不可能なり」という。その後、数回にわたって救助の要請があったもののいかんともしがたく、沈没時まで救出することができなかった。

三時をすぎるころ、第四機械室（左舷外側機械室）にも数発の魚雷が命中し、機械室外壁板が破壊されて浸水がはじまった。このため、第四機械部員は涙をのんで室を去らざるをえなかった。

このとき、私は後部飛行甲板で治療中の第二機械室部員を見舞ったが、熱のためか意識はまったくないような状態で、ある者はとびあがり、発狂したようになって海中へ飛びこむ者さえあった。また、罐室から救出された者は治療中に被弾し、全員が無残な戦死をとげた。この戦死者のなかには、私の同年兵が二名いた。

このころ、最上甲板の機銃射撃装置は敵弾に破壊され、銃員の大半も戦死するという状態で、最上甲板は戦死者の無残な死体で、目をおおうばかりであった。武蔵は二軸跛航《はこう》運転で速力が低下しつつも、最後の応急処置をおこなうため、注排水作業がはじめられていた。しかし、艦は刻々と左舷前方にかたむいてゆく。右舷の注水区画に注水するが、傾斜の復原はできなかった。

午後六時ごろ、武蔵は速力停止、いまや敵機の来襲はおわり、栗田艦隊も遠ざかっていった。午後七時十五分、艦橋より機関科指揮所に最後の通信電話がはいった。

「機関科総員退艦せよ」

機関科各部に電話連絡ののち、私は機械室の階段をあがっていった。そして、その数十分後、暗黒のシブヤン海にこの身をおどらせた。私は波たかき暗黒の海に身をうかべながら、武蔵の姿に目をむけた。

数分後、煙突より火柱があがり、左舷前部へつんのめるように回転すると、武蔵は艦底を上にむけ四軸の推進器が見えたが、やがて八百メートルの海底へ沈んでいった。

武蔵とともに三年と十数日を暮らしてきた。さらばである。私は暗黒のシブヤン海を力いっぱい、生命のつづくかぎり泳いだ。

私は昭和十二年一月、海軍徴募兵として横須賀海兵団に入団していらい、八年八ヵ月にわたり従軍した。そして、昭和十六年十二月八日朝、長崎の海軍監督官事務所において、臨時ニュースで太平洋戦争の勃発をきいた。

しかし、三年間にわたる対米戦争で、私がこの目でみた各作戦、数度の海戦は、あまりにも無残な戦いであった。当時のわれわれ一下士官兵には、それから逃れることはできなかった。わが身には、国のためといい聞かせながら太平洋上で戦った。戦争を賛美する者に、戦争はできるものではない。そんな生やさしいものではないからである。

私は現在、武蔵会員として毎年、靖国神社で慰霊祭をおこなっている。戦死した者の慰霊のため、残された遺族のなぐさめのために、それがわれわれ生存者のつとめと信ずるからである。

私は戦艦「武蔵」最後の立会人

第二艦橋見張員の戦闘報告

当時「武蔵」信号員・海軍二等兵曹　細谷四郎

昭和十九年十月二十四日午前八時、シブヤン海ふきんに達するや、敵偵察機B24発見の第一報が入った。B24は銀翼をかがやかせ、超低空に大きく旋回して、南の太陽の反射をわが艦隊にうつしながら、触接偵察をはじめた。

各艦が一斉に高角砲を発射するが、高々度のためにとどかず、敵機はわがもの顔に触接をつづけている。やがて一、二時間以内には、かならず敵機動部隊の来襲があることを覚悟しなければならない。

艦内は一瞬にして緊張する。

上空には味方機は一機も出撃していない。比島方面の味方航空基地は、この数日来、敵機動部隊の奇襲攻撃で大打撃をうけ、再編成にせい一杯の状態で出撃できず、空は敵機のひとり舞台であった。

上空は雲量が六パーセント、雲はうすく陽はあさい。やがて電信員の報告が入ってきた。

「方位一二〇度、敵艦載機らしきものを認む。距離一二〇」

ときに午前九時三十分。きたるべき時がやってきたなと思った。艦長は緊張した顔で、艦橋内を見まわしながら、戦闘準備を令した。

巨艦を襲う蜂の大群

伝令は、ただちに各部署についた乗員に伝えた。われわれ見張員は、われさきに敵を発見せんものと、二十センチ双眼鏡で大空をぐっと見つめている。緊張の一瞬だ。

まもなく、艦橋にいた小林兵長から〝敵機動部隊を発見す〟との報告が入った。その正体は、名にしおうグラマンＦ６Ｆである。強敵ではあるが、相手にとって不足はない。見張り部署にいるわれわれは、ただちにこの報告を信号手に知らせて、敵機発見の旗旒《きりゅう》信号が他艦に発せられた。

敵編隊は刻々と近づき、艦より十五度ほどに見えたとき、その編隊をといて攻撃態勢にうつらんとしている。すでに艦内各部署は、戦闘準備も完了している。

やがて上空に達したグラマンは、艦隊めざして攻撃を開始した。しかし第一次攻撃では、ほとんどわれに被害なくほっとしたが、つぎの第二次攻撃こそ、勝敗を決する激戦を覚悟しなければならない。〝浮かべる城〟とうたわれたわが巨艦武蔵は、ゆうゆうと白浪をけって前進している。攻撃態勢は万全である。

第一次攻撃で、それほどの戦果をあげることができなかった敵機は、こんどは戦法を変え碧《あお》い空は、すでに彼我の弾幕で、まるで曇《くも》り空のようにうすぐらくなっていた。

しかし第一次攻撃と同じように、わが武蔵はほとんど被害らしい被害はうけていない。それでも、右舷部に魚雷を二、三本うけている。さほどの痛手《いたで》ではないと思っていたが、艦はしだいに右舷に傾斜しはじめてきた。

一方、大和にむかった敵機も、この世界に誇る巨艦を射止《いと》めんものと、その攻撃は熾烈をきわめている。まるで蜂の大群が、巨象《きょぞう》に立ちむかっているようだ。

しかし一瞬、天に冲する水柱と爆煙で、大和の姿が視界から見えなくなった。撃沈されたのではないかと、われわれは息をのんだ。三十秒、四十秒、一分——まだ爆煙ははれない。二分がたった。爆煙がしだいにはれてくると、あの大和の雄姿が、しだいに輪郭《りんかく》をあらわしはじめた。やはり不沈艦だけのことはある。大和は至近弾をうけて、少し傾いただけで、なんの被害もうけていなかった。われわれは、ほっとして胸をなでおろした。

直撃弾をうけるも戦闘力に異状なし

第三次攻撃隊の来襲が、各見張り部署からつぎつぎと報告されてきた。第二次攻撃が終わってから五分ほどたっている。艦橋に眼をやると、なにやら砲術長が大声で怒鳴っているのが見えた。

「主砲を打たなくては、われわれは仕事にならん。また砲術員たちに対しても、いつまでもオアヅケをしているのを、黙って見ていることができない」

なるほど、それは当然であろう。砲術長は、なんとかして主砲を打たせてくれと艦長にたのむのだが、なかなか許可がでない。しかし砲術長には、艦長の気持も十分にわかるような気がする。さぞ艦長は苦しいだろう。——艦長もまた砲術畑出身なのである。

砲術長は艦橋にきて、男泣きに涙を流している。世界にほこる武蔵の対空戦闘用「三式弾」があるかぎり、そうやたらに上空には敵機は来られまい。ことに各艦一斉に、この三式弾をぶっぱなしたら、わが艦隊の被害もより軽微ですんだことと思う。それほど三式弾の威力は大きかった。

ともあれ第三次攻撃は、わが武蔵一艦にその全力を集中してきた。一艦ずつ射止めようとする敵の戦法にも、うなづけるものがある。たかが駆逐艦や巡洋艦ならば、攻撃力を分散しても戦果はあげられるが、大和、武蔵という強敵中の強敵ともなると、やはり持てる力を集中しなければならないのだろう。敵サン考えたなと、われわれはいっそう攻撃態勢をかためた。

まず雷撃である。前後左右から一斉に攻撃をかけてきた。「ゆさぶり戦法」である。しかし武蔵は、いぜんとして一定の速力で航進している。

やがて航海長の仮屋実大佐は、全速を令した。防空見張所と後部見張所から、艦爆隊の来襲をつげてきた。さあ、いよいよ勝敗を決する第一段階がきたのだ。転舵また転舵、武蔵の回避運動はつづいている。魚雷の一斉攻撃なのだ。

回まるで〝悪魔〟のように尾をひいて、武蔵に襲いかかる魚雷数十本——。大部分の魚雷は避けることができたが、なにしろ空いっぱいの敵機からの銃弾と、海一面をおおう魚雷の航跡——。

この海と空との同時攻撃に、さすがの巨艦武蔵も、ただただ回避運動をつづけるばかりである。そしてついに、右舷前部に二、三本、同じく右舷の中、後部に六本の魚雷が命中した。また甲板ふきんには、直撃弾と至近弾を無数にうけてしまった。

武蔵は、しだいに右に七度ほど傾きはじめた。傾斜はますばかりである。敵機は致命弾をあびせようと、必死な攻撃をくりかえしてくる。しかし武蔵は、このくらいのことでは蜂どもの餌食《えじき》になるような、そんな戦艦ではない。

乗員たちの必死の注排水作業のかいあって、みるまに復原しはじめた。そして、またもとの完全な戦闘態勢にもどることができた。しかし問題は速力である。もし速力が落ちたら、それこそ大変である。やがて航海長から、

「武蔵、速力は二十六ノットなり。戦闘になんらの支障なきとみとむ」との報告が入り、われわれはほっとして、ふたたび戦闘部署にとびついた。

その間にも、敵の第三次攻撃は執拗なまでにくりかえされている。見張所の窓をかすめる銃弾の無気味な音は、いっそうわれわれの戦闘意欲をかきたてる。ほんとうなら怖じ気づいてしまうものだが、ふしぎなもので、この不沈艦ならば絶対大丈夫という安心感から来るものであろう。

しかし、ついにわれわれの仲間からも重傷者がでた。信号所にいた伊沢一等水兵ほか二名が、敵の一三ミリ機銃弾をうけたのだ。私は無念の涙がこみあげてきた。ちくしょう、仇はかならずとるぞ！と、傷の痛さに顔をしかめる伊沢たちを、ほかのものに命じて救護室にはこんだ。

艦長の英断をうながした砲術長の熱意

やがて熾烈をきわめた第三次攻撃も、ようやく一段落となり、つぎの第四波にそなえて大至急、腹ごしらえをせよとの命令がくだった。さっそく私は、艦橋伝令員の和田兵長とともに食事をとった。しかし、なんと飯のまずいことか。それもそうだろう。内地のレストランとか、わが家のキッチンで食べるのとちがって、激戦の合間《あいま》をぬっての食事では、うまいはずがない。

各部署をみても、食事をとるものはほとんどなく、第四波にそなえて機銃やら副砲、主砲などの手入れに余念《よねん》がない。とくに機銃員は、連続三時間あまりの激闘でつかれきっている。食事などをとる余裕はあるまい。私も食事を途中でやめて、ただちに部署についた。

「第四次攻撃隊見ゆ」の報告が入った。猪口艦長は防空指揮所で敵編隊のしだいに近づいてくるのを見ながら、なにやら口のなかでつぶやいている。緊張しているのであろう。

その艦長に、砲術長がしきりに頼みこんでいる。主砲発射の許可をもらっているのだ。

「主砲と三式弾を打たせてください。一発も打たないで武蔵を犠牲にすることはできません。

砲員がかわいそうです」

しかし艦長もまた、同じ気持だろう。敵機が上空に来てからでは、なんの役にも立たなくなるのだ。いま三式弾をぶっぱなせば、約一トンほどの風圧を敵機にあたえ、敵を動揺させることができるのだ。とくに雷撃機や爆撃機は、重量がかかっているから、効果はテキメンである。

猪口艦長は苦悶した。艦隊の使命上、いま主砲で三式弾を発射させることはできない。しかし艦長は、やはり機を見るに敏《びん》であった。そのうえ、砲術長の熱意と部下思い、そしてみずからも武蔵と運命を共にするという決意にほだされて、静かに口をひらいた。

「越野砲術長、君にすべてをまかせる」

いい終わると艦長は、じっと眼をつむって、ふたたび上空に顔を上げた。砲術長の顔は、みるまに喜色《きしよく》満面、こおどりして艦橋を降りていった。そのときの砲術長の顔を、私は一生、忘れることができない。

さあ、いよいよ武蔵じまんの、いや世界にほこる主砲、三式弾のお出ましだ。砲員たちは、まるで水をえた魚のように、装填準備にかかっている。武蔵の本領が発揮される時が、ついに来たのだ。

やがて「敵大編隊、視界内に発見」の報が入ってきた。「航空一三〇」の旗旒信号が、たかだかと上がった。機数と方向をしめす信号である。

砲術長は、まるで武蔵の攻撃力の主役は自分にあるといわんばかりに張りきって、右舷戦闘準備の命令を下した。航海長もまた、この主砲、三式弾の一斉射にそなえて、その態勢をととのえている。

「目標敵編隊、右方九五度、高角二五度、距離六〇、各砲塔用意——発射！」

海上を圧し、艦内に轟音と大衝撃をのこして、三式弾は敵機めがけて武蔵をはなれた。砲術長は各砲塔員につぎつぎと発射を令する。砲弾はまるで息つく暇《いとま》もないほど、空中に散開する。そして敵編隊のなかに勢いよく飛びこむ。

あわてた敵編隊は右に左に、まるでクモの子を散らしたように、この三式弾をさける運動にうつっている。しかし敵もさるものだ。この三式弾を逃がれた何機かが、波状攻撃態勢をとってまっしぐらに武蔵に襲いかかってきた。ほかの艦には目もくれず、ただ武蔵一艦のみに攻撃力を集中してきたのだ。じつに当をえた戦法である。

武蔵前部主砲塔。一番副砲も見える。この巨砲が火を噴いたのは三式対空弾の発射だけだった

雷撃機一機が放った魚雷が、右舷に命中した。また艦爆隊も、艦橋にむかって一斉射をくわえてきた。武蔵はまるで阿修羅のごとく海上を這《は》いずりまわっている。航海長の転舵

操縦もむなしく、一挙に十五発の直撃弾を、艦橋および中部の要所にうけ、一瞬、武蔵は大きく動揺した。

すると突然、大爆音が耳をつんざいた。飛散する鉄の塊《かたま》りが、まるで砂を投げつけたように飛び散る。各部署の配置要員の何名かが、海中にまた艦上にたたきつけられた。

動揺は、いっそうはげしくなってきた。つぎの瞬間、頭上の大爆音とともに第二艦橋が変形し、ガスや爆煙がもうもうと入ってきた。艦橋内は、たちまちガスが充満し、息苦しくなってきた。いそいでガスマスクをつけて、艦橋の窓をすべて開き、ガスを追い出す作業をはじめた。

刻々とせまる武蔵の最後

浸水はいっそう激しくなってきた。傾斜もいよいよ大きくなってきた。このときすでに猪口艦長は、武蔵敗れりを予知していたのだろう。艦長の眼には、一すじの涙が光っていた。

第四次攻撃は終わった。武蔵の損傷個所を調べると、被弾は無数、数字にはあらわせないほどの甚大さだ。艦は十度以上も左に傾斜し、右舷中、後部にはけんめいに注水作業をほどこすが、ほとんど効果もなく、いよいよ傾斜は大きくなる。

艦内はと見れば、乗員の大部分が重、軽傷を負って苦しみもがいている。海上には数十名の乗員が、油と爆煙のなかを泳いでいる。〝武蔵は絶対に沈まない〟——われわれはこれを合言葉《あいことば》に、けんめいな応急修理作業をおこなった。

やがて僚艦大和から信号がとどいた。
〝×サヨ×〟「武蔵は、駆逐艦島風を横付けして、摩耶の乗員を移乗すべし」
〝×サヨ×〟「貴艦（武蔵）の被害状況を知らせよ」
武蔵は返信をうった。
〝×カヨ×〟「本艦、左舷前部に浸水大なり。しかし速力十四ノットで航行可能」
〝×サヨ×〟「武蔵は駆逐艦清霜、浜風を警戒艦とし、サンホセに回航せよ」
大和では、まだ武蔵が戦闘可能とみたのであろう。栗田長官は第六次攻撃はないものと判断して、大和、長門、金剛、榛名の主力をはじめ、残った艦艇をもって再編成を令した。編成が終わり、艦隊は進撃を開始した。しだいに遠ざかる艦隊を、猪口艦長は第二艦橋に降りて静かに見送っている。痛々しい姿だ。武蔵は、すでに前甲板は海中に没し、艦内はすでに海水があふれている。これ以上、注水安定作業をやっても、しょせんは無駄である。
艦長は、意を決して大和に打電した。
〝×カヨ×〟「浸水はげしく、航行不能なり。指示を乞《こ》う」
しかしこのとき突然、電源が切れてしまった。艦内は真っ暗だ。もちろん発光信号はできない。大和との距離は、すでに二万五千メートルもはなれている。さいわい二次電池に切りかえることができたが、しかし距離からいっても、二キロ信号灯をつかうほかない。
さっきの信号が大和にとどいたのか、ややしばらくして信号が入ってきた。
〝×サヨ×〟「武蔵は全力をあげて前後進、付近の島に座礁させて陸上砲台とせよ」

なんということだ。不沈艦をほこった武蔵が陸上砲台とは――。無念というよりも、くやし涙が私の頬をつたわった。

これが栗田艦隊との、最後の別れとなった。

左舷高角砲指揮官シブヤン海の死闘

当時「武蔵」高角砲分隊士・元海軍大尉　山元　奮

武蔵に乗艦してまもない昭和十九年三月、私は一度、戦死したことになっていた。

それは三月二十七日、『敵大機動部隊、ニューギニア北方西進中、パラオ方面空襲の算大である。敵の攻撃を避けるため急遽外洋に避退せよ』との艦隊司令部の決定にもとづき、艦隊は急遽、出港の準備にかかった。

当時、パラオ島アイライ飛行場の建設作業に協力していた艦隊乗員を帰艦させるため、武蔵からも艦載艇の派遣が指示された。

その艇指揮となった私は、巡洋艦戦隊の乗員を送りとどけて武蔵に帰りかけたが、武蔵は満潮のとき以外は通過が不能の難所パラオ環礁の西水道をいそいで通過するため、「当地に残り警備隊司令の指揮をうけよ」と信号を送りながら出港していった。そこで私と艇員は、パラオ基地警備隊の配下にはいり、翌早朝から予想される敵の空襲にそなえた。

早朝からの敵艦載機による空襲は、間断なくつづけられて熾烈をきわめ、在泊の艦船、タンカーなどはほとんどが沈没または大破した。陸上施設も各所が爆撃、機銃掃射をうけて随所に黒煙がたちのぼり、身近にはじめて戦火をうけたのであった。

しかも、初めてみる落下傘つき爆弾の海中投下にいたっては、最初はそれがなんであるかわからなかったが、あとでこれが感応機雷敷設であることを知った。これでパラオの泊地や水道は閉ざされてしまった。艦隊が港外に待避していなかったら、かりに空襲に生き残っていたとしても、身動きできなかったことであろう。

敵機動部隊が引き揚げたのち、私はパラオ上空の空戦で墜落戦死した味方パイロットの遺体収容に従事し、ウルクターブル島付近の海中と、海岸近くの陸上で二遺体を収容することができた。

しばらくしてわれわれは米潜水艦乗組の捕虜一名をつれ、内地向け要務飛行の大型飛行艇に便乗して、おりから呉軍港で修理入渠中の戦艦武蔵に帰艦したのであるが、このころ、すでにパラオ空襲の熾烈な情況は艦内にもつたわっていたので、私はパラオで戦死したにちがいないということになっていたのである。

やがて敵の反攻にそなえて計画された対処要領「捷号作戦計画」は、敵の比島方面への進攻と同時に捷一号作戦が発動された。

このため武蔵は、艦隊とともにシンガポール南方のリンガ泊地を出撃、北上して十月二十日正午、艦隊の集結地にさだめられたボルネオ北西岸のブルネイ湾に仮泊、ここでレイテ突入にそなえて最後の準備がはじまった。湾内は南方の陽ざしが強く、波静かに澄みきって、戦争さえなかったら平穏そのものといったところであった。

明けて二十一日、同期の甲板士官野村中尉と私は、武蔵副長加藤《かとう》憲吉大佐の指示により不要物件の陸揚げなどの作業を命ぜられて、小さい集落の桟橋に艦載艇でむかった。近づいた桟橋では、わが軍の民政官と数人の現地人代表が丁寧にわれわれを出迎えてくれた。

作業の終わった夕刻、バナナ、ヤシの実などたくさんのみやげを積んで帰艦した。航海長仮屋《かりや》実大佐は、熟れるまで少々時間のかかる青みがかったバナナを部屋の天井につるし、「突入前に食べられないかなあ」と食べるのがいかにも待ちどおしそうであった。

左高角砲の攻撃で始まった死闘

十月二十二日、最後の泊地ブルネイを出撃、激戦が予想される戦場にむかう気持は、浮沈をほこる武蔵乗組になっていらい初めて、なんともいえない緊迫感を胸にひしひしと感じていた。

サイパン沖海戦（マリアナ沖海戦）のときは、砲術士として部厚い装甲下の主砲第二発令所長であったので、直接、戦闘のもようを見ることはできなかったが、こんどは高角砲分隊士として、戦闘配置は左舷四〇口径一二・七センチ連装高角砲の射撃指揮官（右舷は高角砲分隊長西岡大尉）となったので、戦闘のもようを直接みることもできるのだ。敵機が来襲したら、撃って撃って撃ちまくろうと意気ごんでいた。

航行中は、対潜対空戦闘に即応できるよう指揮所のすぐ後ろに設けられた高角砲待機所で食事、仮眠をとり、下にある私室にもどることはまずなかった。

明くる二十三日の早朝、パラワン島近くにさしかかったとき、二艦隊旗艦の重巡愛宕《あたご》、ついで重巡摩耶《まや》が一瞬のうちに敵潜水艦の魚雷攻撃をうけて沈没したときには、まさに悪夢を見ているようであった。

大艦沈没のあっけなさに気がめいるとともに、ブルネイ湾でひさしぶりに出会った期友の安否が気づかわれ、その顔が走馬灯のごとく去来した。

その日の午後、摩耶の生存者が救助にあたった駆逐艦島風から移乗してきたが、ついに期友東郷中尉の顔を見出すことはできなかった。

いよいよ敵機の行動範囲にはいる二十四日、ミンドロ島の南方を迂回してシブヤン海に進出した艦隊は、敵の空襲を予想して早朝から愛宕にかわった旗艦大和を中心とした輪形陣を整形し、朝食をはやめにすませて厳重な対空警戒配備のまま、一路レイテに直行した。

午前八時十分ごろ、「総員配置につけ」のラッパが鳴りひびき、対空見張員が北方高々度に、機体が陽光に白くひかるB24三機の機影を発見した。おそらく、わが艦隊の動きを偵察監視するのであろう。

わが方には艦隊護衛の戦闘機が一機もついていないので、ゆうゆうと飛んでいる。ちょうど輪形陣の針路が武蔵の高角砲射界方向に味方の艦艇をはさまない位置になったとき、艦橋から、

「左高角砲、目標左後方高々度の大型機」と指示された。私が指揮する高射機では、ずっと

目標を捕捉していたので、ただちに「目標よし」を報ずると、艦橋でも射距離は有効射程外ということがわかっていたと思うが、威嚇の意味もあってか、「左高角砲、砲撃はじめ」が下令された。私はただちに「撃ち方はじめ」を令し、数斉射を発射したが、弾丸の炸裂位置は編隊のかなり下方であった。まもなく「砲撃止め」が令され射撃をやめたが、敵機も雲間に姿を消していった。

こうして、シブヤン海における武蔵の敵機との死闘は、まず左高角砲の威嚇射撃からはじまったのである。

艦腹をつらぬいた二十本の魚雷

レイテ突入前に敵機の攻撃をうけることは、とうぜん予期されていたが、それがついに現実となって間近にせまってきた。

午前十時、まずレーダーが飛行機群らしきものを探知したので、艦長猪口少将はただちに艦内に「対空戦闘用意」を発令した。ついで「主砲右九〇度にそなえ」が令された。

はじめは訓練どおりに、主砲発射のさいの火炎と爆風を避けるため高射機の天蓋を深く閉ざし、わずかのすきまから見張りをつづけ、敵機の来襲にそなえた。まもなく「主砲砲撃はじめ」が発令されると同時に、九門の主砲が大きく火をふいて、無数の焼夷弾子がはいった対空用三式弾が、敵機の編隊を網でつつむようなかっこうで弾幕をひろげていった。

数機を落とされた敵は、なおも隊形をたてなおして輪形陣に接近し、武蔵艦上にもアブのようにたかってきた。主砲にかわって、「副砲、高角砲砲撃はじめ」が令され、つづいて機銃がいっせいに火をふいて、挙艦一体となって敵機をねらい撃ちした。

一機も艦隊掩護の戦闘機がいないわが輪形陣の上空は、太陽を背にした方向からつぎつぎに急降下しては、爆弾投下と機銃掃射をしながら艦上すれすれに機体をひきおこして避退してゆく。敵機に照準を合わせる暇のまったくないあわただしさである。

みるみるうちに甲板の上は、命中弾や至近弾の被害で死傷者が続出した。指揮装置の高射機と高角砲の砲側を連動させる電路が各部で被害をうけ、敵機の照準も、高射機照準から砲側照準にきりかえざるをえなくなった。

さらに追いうちをかける敵の魚雷攻撃は、武蔵の両舷側に容赦なく命中し、そのつど舷側にわきのぼる水柱は、しばらく空中に静止するかのようであった。その水柱がくずれおちるまでは、突っ込んでくる敵機の照準はまったくできないほどであった。

午前十時からはじまった敵の波状攻撃は六回におよび、傷ついて速力が落ち、だんだん輪形陣から離脱してゆく武蔵一艦に、とくに敵の攻撃は集中した感じであった。命中魚雷は右舷に七発、私のいる左舷側に十三発、命中爆弾十八発、至近弾十九発をうけて、武蔵は満身創痍となった。

左舷艦首のほうは、すでにわれわれの士官次室や寝室のあった付近まで海水が甲板を洗い、また煙突付近からは弾片で破れた蒸気管から蒸気が間欠的に断末魔のうめきのように吹きだして、なんとも形容しがたい様相に変わってしまった。

渦とともに海底に消えた巨艦

敵機も避退し、やっとわれにもどった感じで指揮所の後ろをふりかえると、高角砲待避所はみるかげもなく吹きとび、多数の戦死者で足の踏み場もないほどである。バナナの熟れるのをたのしみにしておられた航海長仮屋《かりや》大佐も、艦橋に命中した爆弾で戦死された。まだ命のある戦傷者の治療を手伝って運びおわったころ、数時間にわたる戦闘中の空腹がよみがえってきた。戦死者には心で合掌しながら、待機所跡から探しだした缶詰をみんなと大急ぎで立ち食いしながら、つぎの戦闘にそなえた。

敵はすでに致命傷をあたえたとみてとったか、あるいは日没までの攻撃時間なしとみたのか、それからあとの攻撃はなかった。左舵に傾いた艦の傾斜はだんだんと増し、艦橋から、「主砲、副砲、機関科関係員、退艦用意」が令された。そのためわれわれは、武蔵の後方に待機している味方駆逐艦の横付けを期待して、負傷者とともに艦尾右舷方向に移動していった。だが、そのころ艦橋から、

「潜望鏡らしきもの発見、高角砲、機銃関係員配置につけ」が下令された。私どもは傾いて足場の不安定な自分の配置でふたたび待機したが、しばらくして誤認であることが判明した。

艦の傾斜はいよいよその度をくわえて、砲側の打殻や右舷にうつした移動重量物が、つぎつぎに左舷側に音をたててころがりはじめた。

人間の本能というものか、身を支えられなくなったわれわれも、持ち場をはなれてだんだ

10月24日午後、駆逐艦清霜（中央）に護衛されながらもシブヤン海で激しい攻撃にさらされる武蔵

ん高いほうへと、艦の傾斜で高くなった右舷側へ動いていった。

四周がほとんど暗くなりかけたころ、艦は左側に横倒しのかっこうとなった。主砲、副砲の関係員であろうか、水平になった右船腹をつぎつぎに走りゆく影が見えたが、まもなく見えなくなった。

命中した魚雷で舷側に生じた破孔に、足元が暗いために落ちこんだようであった。

それからの沈み方は早かった。艦体が大きいだけに艦尾を天空につきだし、大きなウズを残して沈んでいった。

水中に没した私は、しばらく体全体を押し下げられている感じであったが、とつぜん起こった水中爆発（原因不明）の音をかすかに感じた瞬間、急に体が「フワリ」と浮きあがる気がした。

いそいでもがくと、やがて水面に浮かんだ。

（俺は生き残ったのだ）と思うまもなく、付近の海上が一面火の海と化した。海面に浮いた重油に火がついて、一なめりの火炎が走り去ったのである。

そのため、大急ぎで海中にもぐって難を避け、つぎに頭を海面に出したときには、武蔵の艦尾と巨大な推進器が大きく眼前の火炎のなかにうつしだされていた。ときに時刻は暗くなった七時三十五分、われら乗員でさえも不沈を確信し、誇りとしていた超大型戦艦武蔵《むさし》は、ついに戦死者一〇三七名とともにシブヤン海に姿を没していったのである。

重油の海に流れる軍歌

海軍における士官の戦闘服装は、編上靴にゲートル着用であった。海中に投げだされた私は、上衣のポケットに分隊員の身上書類をいれていた。

これをすてるのは最悪の場合だと思っていたので、まず立ち泳ぎしながら、ゲートルをといていった。ついで靴を脱ごうとするが、靴ヒモが水を吸っているため、なかなかゆるまなかった。やっとのおもいで靴を脱いだ。身が軽くなった私は、しばらくして足にペッタリとくっついて動きの悪いズボンを脱ぎすてた。とうとう上衣と褌一つという姿になった。

とにかく体力をへらすまい、泳ぐのではなく、浮きつづけることで頑張ろうと心にきめて、負傷者を浮流物につかまらせて真ん中にいれ、元気なものはその周囲を泳ぐといった人間の輪形陣がたちまちできあがった。これだけの人間があつまって泳いだら、南海特有のフカも近寄れないであろう。

おたがいに励ましあう軍歌の大合唱は、重油で頭から真っ黒になって、目だけギョロギョロさせているお化けそのものの生存者の口から、たえまなく歌いつづけられていった。

あてもなく泳ぎつづけているうちに、私を三歳のときから女手ひとつで育ててくれた母親の顔や、兄弟の顔が走馬灯のごとくおもいだされた。さいわい南の海は温かいのでありがたい。

何時間泳いだのか、真夜中すぎとおもうころ、近づいてくる駆逐艦がかすかに見えてきた。泳いでいるみんなに、やっと助かるんだという元気がでてきた。近くに漂泊した二隻の味方の駆逐艦のほうに方向をかえて泳ぐのだが、疲れと潮の流れのためか、なかなか泳ぎつかない。

やっとのことで私は、駆逐艦清霜の舷側に泳ぎついた。縄ばしごは目の前に吊られているが、それをにぎる力がない。負傷している者を前に押しやって、つかまらせ救助してもらう。こちらもやっと救いあげてもらった。甲板上は救助された者でいっぱいであり、足の踏み場もない。

明け方になってみると、救助されてからの安心感と疲労からであろうか、眠るようにうずくまったまま息絶えている人もあった。

救助された駆逐艦の航海長に、同期の巻中尉（八戸市助役）を見出したときは本当にうれしかった。彼が戦給品の虎屋のヨウカンと着がえ用に真新しい褌をくれた。そのときの嬉しさは、いまもなお忘れられない。

駆逐艦二隻に分乗したわれわれ生存者は一路、マニラに向かったが、上陸先がマニラ湾入口のコレヒドール島に変更された。こわれた敵の兵舎跡に入ったわれわれは、副長加藤《かとう》大佐のもとで自活態勢をととのえながら残務整理にあたった。

マニラからの補給が十分ではなかったので、とりあえず山芋掘り作業隊と海岸の貝取り作業隊が編制された。茶は島に繁茂しているネムの木の葉が代用された。

生存者は、沈没したときに大なり小なり油を飲みこんでいた。体調が十分でないところに、山芋と油をすった貝の汁ときているからたまらない。毎日、下剤をかけているようなもので、体力はなかなか回復しなかった。

在島してしばらくすると、レイテ方面に進出の予定であった第九震洋隊（頭部を爆装して体当たりするベニヤ板製高速艇隊）が、マニラ湾防備のため島にやってきた。その隊長が同期の中島健児中尉だった。内地からわりあい無傷で進出できた独立部隊だったので、糧食も保有していた。

武蔵の生き残りの同期野村中尉、機関科の村山中尉、私とそして中島隊長の四名は、期せずして生存と再会をよろこびあい、コレヒドール島の中腹でルソンの月をながめながら酒と缶詰で語りあった同期会は格別であった。

私たちは、つぎの配置につくため同島をはなれたが、中島中尉の一隊と武蔵残留部隊は、ともに反攻の米軍と死闘をくりかえし、ついに玉砕したのであった。

また、同期の戦闘機乗りであった猪口智中尉は、武蔵と運命を共にされた尊父猪口敏平艦長戦死のその十日後に、比島タクロバン方面で悲壮な戦死をとげたのである。

悲運の超弩級戦艦「武蔵」の生涯

世界を驚嘆させた造艦技術の結晶「武蔵」の運命

当時「武蔵」乗組・元海軍大尉　三輪隆夫

大艦巨砲の王者、武蔵と大和の誕生を語るには、古く明治末期の国際的な軍事背景にさかのぼらなくてはならぬ。日清、日露の両戦役で、血をもって独立をまっとうした日本が、満州に権益を得て国威を発展しはじめたころ、それまで外国のことには干渉しないという基本政策をとっていたアメリカは、アジア、とくに中国大陸にたいして異常な関心をしめし、ようやく対日圧迫に乗り出そうとする気勢をしめすにいたった。

一方、バルチック艦隊を撃滅した日本海軍としては、つぎの目標を米海軍とし、これにじゅうぶん備えなければならぬと考えていた。

大正五年、米海軍は戦艦十隻、巡洋戦艦六隻を基幹とする十・六艦隊を三ヵ年計画で完成すると発表した。これに負けてはおれぬというので、日本は翌年、八・四艦隊案をつくって議会を通過させた。しかし、これだけではどうしても安心ができぬというので、大正七年、八・六艦隊案を採用した。

戦艦武蔵の前檣楼頂部後方。15m 測距儀の上に対空用21号電探のアンテナが装備されている

すると米国では第二次計画として戦艦三十二隻、巡洋戦艦十六隻、巡洋艦四十八隻その他、という世界第一の海軍を建設する意図を明らかにした。これで日本海軍に手も足も出せまいとする無言の圧力をかけたわけだ。

ところが日本海軍も黙ってはいなかった。すなわち大正九年に八・八艦隊計画を確立し、これが大正十二年に実現すれば戦艦十六隻、巡洋戦艦八隻を基幹とする大艦隊になるはずであった。しかし当時はちょうど、第一次大戦が終わったところで、世界的な経済不況が訪れたため、大正十年から一一年にかけてワシントン軍縮会議となり、日米建艦競争にブレーキがかけられたのであった。

ところでこの条約は、米、英、日の主力艦保有率が五・五・三に決定されただけではなく、新たな建造は保有艦の代換であって、しかも昭和六年以後でなければならぬという制約があり、これが後のロンドン軍縮会議でさらに五年間延長されてしまった。

対空用 21 号電探のアンテナ

日本海軍が劣勢のまま米海軍に対抗するには、艦の性能を優秀にするよりほかに道はない。けれども旧式艦を廃棄して新鋭艦を造ろうとしても、戦艦の艦齢を二十年にすると定められてしまっているので、それまで待たなければ造るわけにはいかぬ。こういうことで日本海軍の発展は、政策的に頭をおさえられて、軍首脳部を焦らせ、のこされた唯一の方法として、猛烈な艦隊訓練を選ばざるを得なかったのである。

昭和十一年末、ワシントンおよびロンドン両海軍条約の期限が満了するとともに、いわゆる無条約状態に入った。当時、日本の海外発展はあらゆるかたちで外国から非難され、国際的に孤立化する傾向をしだいに濃くしていった。

やがて来るべきものが避けられぬ場合を考慮し、それに備えるのは国防当局者としてとうぜんの責任である。量的欠陥をおぎなうに質をもってする方針ですすんできた海軍は、ただちに昭和十二年度において第三次補充計画として戦艦二隻、航空母艦二隻をふくむ建艦に乗り出し、ここに世紀の戦艦武蔵の建造内命が同年一月、三菱長崎造船所に下された。

本艦の設計はすでに二年前から着手されており、艦政本部を中心に、造船界の世界的権威者である平賀博士の助言を得て、慎重な検討がくわえられていた。

条約廃棄を見越しての極秘準備作業である。

相当詳細に設計された計画案だけでも、二十種類あまりにも達したが、ついに昭和十二年三月、最終設計要目が決定され、いよいよ建艦作業がはじめられた。かくて長崎造船所第二船台上において、ひそかに起工式が挙行されたのが、翌年三月二十九日のことであった。

うぶごえをあげた武蔵

世界にも類例をみない巨艦の建造は容易なわざではない。造船所では船台をはじめ、ガントリークレーンや関係工場、施設などの拡張からはじめなければならぬ。武蔵建造のため特別に、大型曳船一隻、動力船二隻がつくられ、さらに呉海軍工廠から四六センチ砲塔および砲身を輸送する専門の特務艦で、約一万トンの樫野《かしの》も極秘裡に建造された。

しかし、造船関係者をなによりも心配させたのは進水である。計画どおりにいくにしても、なにしろ、進水時の艦の重量はじつに三万五七三七トン、これをわずか数十秒間で海上に浮かべるとなると、複雑な圧力や大きなモーメントが船体に加わる。とくに艦尾がしだいに水に入って浮力がつきはじめるときに、艦首部には七八七〇トンという強い圧縮力がかかることになるが、これをうまく解決しなければならなかった。

この難作業も、昭和十五年十一月一日に、伏見宮軍令部総長が台臨されて無事完了した。明くる十六年九月十日、艤装員長有馬《ありま》馨大佐ほか四名が発令され、筆者がはじめてこの超弩級艦の威容に接したのは、それから約二十日後のことであった。

当時はすでに罐や主機械も装備されていたが、まだ機械室や罐室間の隔壁は十分仕切られておらず、また砲塔も積まれていなくて、最上甲板には恐ろしく大きな穴が船底まであいていたのが印象的であった。われわれ艤装員の宿舎は造船所の対岸で、武蔵が係留されている真向かいの丘の上にあり、防諜上イギリス人ハリスの邸宅を買収したもので、ここから造船所の有馬事務所に私服で通勤したものだった。

そうした矢先、十二月八日の日米開戦の報がつたえられた。そのころの私はまだ若かった。多くの同期生は太平洋のいたるところで活躍しているだろう。自分だけ陸上勤務で緒戦にも参加できないことを残念に思いつつも、いまに世界中をあっと驚かせる大戦艦に乗り組み、米海軍が得意とする輪形陣と対決するんだと、心ひそかに期待の胸をふくらませていたのであった。

同じ想いは巨大な戦艦武蔵ももっていたことであろう。ひとたび日米開戦となるや、造船所の人びとは相つぐ建造工期のくり上げによって、文字どおり昼夜兼行で完成を急いだ。海軍監督官も艤装員もけんめいであった。

そして翌年五月、呉に回航し、東洋第一をほこる呉海軍工廠第四ドックに入って最後の仕上げを終わり、六月の徳山沖における運転公試、七月の砲熕公試ともに好成績をおさめて、待望の完成引き渡しがおこなわれたのが昭和十七年八月五日正午のことであった。同日、武蔵は連合艦隊第一戦隊に編入せられ、本籍を横須賀鎮守府と定められたのである。

いざ初陣の戦場へ

建艦史上最大の巨砲、四六センチ三連装砲塔三基を主兵装とし、これが最大仰角四五度で一斉射撃をくわえれば、四万メートル遠方の敵艦を撃沈することができる。

だが当時はまだレーダーは出現していなかったから、艦に搭載している水上偵察機と観測機が呼吸をあわせて大遠距離射撃をやらねばならぬ。

あるいはマスト頂上に装備された、これまた世界一の十五メートル測距儀、重さが一トン半にもおよぶ九一式徹甲弾の弾道を精密に計算し、風や上層気象や地球自転の影響まで修正して、射撃諸元をととのえる主砲発令所、砲弾を装塡し、砲塔を旋回したり、砲を俯仰させる砲台とその動力源を供給する水圧機室、発電室、方位盤で照準をさだめ、発砲を管制する主砲射撃指揮所、こういったところに配置された人びとが、一身小手足のように動かなければ百発百中は期待できぬ。

機関部ではぎっしりつまった複雑な機械、装置、配管配線などをすべて頭に入れてうまく操作しなければ、十五万馬力の全力を発揮して二十七ノットの高速は出せぬ。防御の点でも艦内一一〇〇個もある水防区画をよく研究して、あらゆる被害を計算し、注水装置のとりあつかいに備えなければ、せっかく立派にできた艦の船体傾斜をうまく復原できぬかもしれぬ。こういうことで乗員は、おもに内海西部を舞台に、必死の訓練作業をつづけたのであった。

かくて急速向上に明け暮れした武蔵は、昭和十八年一月十八日、呉軍港をあとに、はじめて南方に出撃することになった。

われわれにとっては初陣である。当時、連合艦隊はミッドウェー作戦の成果が思わぬ不振におわり、局面はようやく東南方面に移っていたのである。武蔵は大和より半年あまりおくれて完成し、それだけに司令部施設が改善されていた。

二月十一日、紀元節の佳節を卜《ぼく》して、連合艦隊司令長官山本《やまもと》五十六大将は、旗艦を大和から武蔵に移した。おりしも長期にわたるガ島攻防戦で空海の大消耗にもかかわらず、情勢は好転せず、同島からの撤退を余儀なくされたときであった。

それから間もなく、山本長官は自ら深く決意するところあってか、四月上旬、最前線において作戦指揮をとるべく、武蔵をはなれられたのであるが、その舷門を出られるときの長官の両眼は、いつになく見送りの有馬艦長をしばしじっと無言で見つめるようにして答礼されたのを今でもよく記憶している。

前線指揮を終えて四月十九日夕刻には帰艦される予定であったが、長官はもどられなかった。

二十日になっても帰られず、司令部に居残っていた幕僚の動きがどうもただごとではない気配が感じられ、何かあったことが直感された。長官をはじめ六個の白木の小箱と、重傷を負った参謀長、艦隊主計長が武蔵の右舷梯から、人目を避けるようにして司令部室に入ったのは、十八日ブインの変があってから五日目の四月二十三日、ちょうど乗員の大部分が午睡をゆるされて艦内で休養している最中のことであった。

栄誉にかがやく武蔵

翌々日、灼熱の太陽がまぶしくトラック島の環礁内海面を照らしつけている中を、予定どおり横浜から飛来した大型飛行艇二機が、あざやかに相ついで滑走着水した。横須賀鎮守府司令長官古賀《こが》峯一大将が交替着任されたのである。

古賀長官はかつて第二艦隊司令長官として一万トン巡洋艦高雄《たかお》に乗っておられたが、当時、少尉候補生だった私の顔を、二年後にも忘れずに覚えておられたのには敬服し、感激もした。

だが武蔵に着任された長官は、きわめて多忙であった。いままで補佐していた主要な参謀は全部失われてしまって、作戦全般の経緯を知っている者がいない。つまりうつりが悪いわけだ。

そんなところへ五月十二日、敵は今度は北方で作戦行動をはじめた。アッツ島上陸の無電が武蔵の電信室に飛び込んできたのである。ただちに重巡那智、摩耶をはじめ、駆逐艦が急行するよう司令された。

しかし、南方トラック島とアリューシャン列島とでは、直距離でもゆうに三千カイリはある。当時の通信状況では東京近くの大和田通信所を中枢とし、その他の中継通信所を経由して暗号電報を授受していると、まる一昼夜ぐらいもかかって報告され、あるいは命令がとどくといった具合で、こんなことではとても現地の状況にそくした作戦指揮ができるはずがないのである。

五月十七日、武蔵をはじめ、連合艦隊は大挙して北上することになった。途中、北方行動

昭和18年6月24日、昭和天皇「武蔵」行幸時の
記念写真。右端人物の後方に二番副砲が見える

に必要な装備や軍需品の補給も考えねばならぬ。

内地にも近づいた五月二十一日、山本長官戦死のラジオ放送を艦内で聞き、明くる二十二日、武蔵は横須賀軍港に入ることを避けて、木更津沖に投錨した。この夜、前長官の艦内最後のお通夜がおこなわれ、二十三日正午、駆逐艦に御遺骨を移し、東京へお送りした。

一方、北方戦況は悲報のみ多く、ついに玉砕してしまったので、残念ながら武蔵をはじめとする機動部隊の北方出撃は取りやめとなった。われわれは横須賀港沖合はるかに碇泊して、ひさしぶりに内地のようすを知って喜んだのであった。

こうした際、武蔵にとってもっとも光栄とする行事がおこなわれた。それは陛下の行幸をあおぐということで、六月二十四日に定められた。

乗員一同つつしんでお迎えし、白の夏服に白手袋で威儀を正して甲板に整列した。私が陛下を拝したのは少尉候補生のときがはじめてであったが、そのとき将兵に答礼され、甲板を歩かれる姿やお顔のようすから、ほんとうに日本はいま重大なときであり、国の元首として、また大元帥として苦悩されておられるような印象を強くうけた。

陛下は大演習のときにも比叡などにお乗りになったことがあり、戦艦について一応の知識はおもちのようであったが、艦内巡視で艦橋はもとより、はじめて艦底の機械室にもお入りになった。そして前甲板の方に進まれたとき、一番砲塔と二番砲塔のふきんで、従来の戦艦と違ってなだらかな傾斜をしているのはなぜかと御下問になった。

まわりには長官はじめ司令部要員や、東京から随員としてきた軍令部、艦政本部、海軍省などの高官が多数いたが、とつぜんの問いに即答する人はいなかった。

そのとき御一緒だった高松宮が、すかさず建艦のいきさつから理路整然と、そのわけを御説明されたというエピソードがある。

殿下ももちろん武蔵にははじめてお出でになったが、建艦についての御関心は深く、つねに侍従武官を通じていろいろな知識を得ておられたものらしい。私は今でも、このとき陛下とともに末席で撮影された写真をもっている。裏面には公表あるまで「極秘」の印がおされ、その保管は厳重にすべきむね海軍省副官の名で注意が書かれてあった。

レーダーに戦機を逸す

ところで戦況は依然はかばかしくなく、開戦前から日本海軍がもっとも心配していた長期戦の傾向がみえはじめ、はじめ予想していたような艦隊決戦の時機はまだやってこない。持久戦となれば国力の差からして、日本が不利となるのは当然である。

武蔵は一時、呉方面で整備や訓練作業に忙しかったが、八月にはふたたびトラック島付近にその勇姿を現わした。古賀長官は八月十五日、連合艦隊第三段作戦要綱を下令し、敵艦隊が太平洋正面に来攻したら、連合艦隊は全力をつくして邀撃決戦をするが、当面の主作戦を南東方面として戦力充実をまって攻勢をとり、おいおい邀撃帯を前進させようとする方針を明らかにした。

こうしたなかに、米軍も戦力のたてなおしをはかり、戦備をととのえていたようであったが、十一月に入るや、にわかに敵の動きが積極的となり、ブーゲンビル島沖では数次にわたる激しい航空戦が展開され、つづいて二十一日、ギルバート諸島方面に進攻してきた敵に対し、長官はZ作戦の発動を令した。

しかし、ラバウル方面ですでに多くを損耗した母艦航空部隊や海上部隊は、とうてい参加する力もなく敵のなすがままとなった。

そのころのトラック基地はまだ空襲もなく、昼間はきまったようにスコールが訪れ、星月夜にわれわれは南十字星の神秘な輝やきと、黒々とそびえる武蔵の前檣を複雑な感慨をもって眺めたものだった。

しかしそれもつかの間で、昭和十九年二月にはついに敵B24がトラック島を偵察にきた。もう大空襲は必至だが、艦隊決戦を本領とする戦艦がむざむざ敵機の好餌となってはならない。

艦隊主力は直接、そして武蔵だけは一たん横須賀に帰って軍需品を補給した後、パラオに集結した。しかし、ここも安心できる本拠地ではなかった。三月下旬になると敵機来襲の算大というので、長官以下司令部は陸上に移って、武蔵はふたたび後退を余儀なくされてしまった。

古賀長官がセブ島付近で、乗っていた二式飛行艇で遭難殉職されたのはその直後、三月三十一日であった。

日本海軍はすでに局地的制空権を確保するだけの航空兵力さえ失っていた。かくなるうえは戦艦自体が強力な対空兵装を備えなければならぬ。一二・七センチ連装の高角砲六基と二五ミリ三連装機銃八基ぐらいではとうてい役に立たぬ。

ちょうど三月二十九日、パラオ港外で敵潜水艦の魚雷攻撃をうけて小破した修理もあり、呉において対空装備を強化するための突貫改装工事がおこなわれた。そして、最上型の主砲に相当する一五・五センチ三連装副砲を左右一基ずつ撤去し、二五ミリ単装または三連装機銃をところせましとばかり積んで一三〇梃にもおよんだため、甲板はまるでむかでの足が生えたようだと評する者もあった。

このとき武蔵は第一機動艦隊に編入されていたわけであるが、工事もおわり、多くの陸兵や軍需品を積んで、内海の常用艦隊泊地・柱島をあとに、空母六隻とともにボルネオ北東岸に近いタウイタウイ泊地に向かった。

予定どおり五月十六日、この泊地に集合した第一機動艦隊は、これらのほか新鋭空母大鳳《たいほう》をふくむ正規空母三隻、第一、三、四、五、七戦隊、水雷戦隊、補給部隊などをあわせて七十余隻という大艦隊である。

このなかで武蔵は、第二艦隊第一戦隊にぞくし、大和、長門とともに遊撃部隊の主力をなしていたが、第一機動艦隊の総指揮官小沢《おざわ》治三郎中将の指揮官旗もはや戦艦には掲げられず、空母にあげられていたのであった。

敵はニューギニアに、あるいはマーシャル群島内に出没して活発な動きをみせていたが、六月に入って全面攻勢に出てきた。

武蔵は第五戦隊とともに、ビアク島に上陸した敵を求めて、一たんは渾作戦に向かったが、サイパンの情勢が急変したため、ハルマヘラから北上して、あ号作戦に参加した。

六月十六日、渾部隊は比島東方上で本隊と合同して機動部隊の前衛に配されたのであるが、この作戦も順調な進展をみせず、たのみとした母艦の第一次攻撃隊は敵のレーダーにひっかかって不意打ちをうけ、第二次攻撃隊も発進が早きにすぎて、敵機が来襲したころには燃料つきて応戦にいとまがなく、しかも敵潜の散開線に封ぜられて水中からも攻撃され、大鳳をはじめ翔鶴、飛鷹の三空母を失うという惨敗におわってしまった。

テニアン基地に待機していた角田覚治中将が指揮する第一航空艦隊も、小沢艦隊に呼応して善戦し、サイパン来攻の敵部隊に大きな損害をあたえたけれども、けっきょく戦勢を挽回するにいたらず、七月十日、米軍はサイパンの完全占領を発表したのであった。

目ざすはレイテ湾の敵

つづいて米軍は七月二十一日、グアム島に上陸、二十四日にはテニアンに上陸、そして早くも八月二十日には、サイパンを発進したB29の編隊が本土上空に現われはじめた。

「連合艦隊果たして健在なりや」とようやく国民からも疑念をもたれはじめたころ、大和、武蔵を基幹とする第二艦隊の第一遊撃部隊は、シンガポールの南方リンガ泊地において猛訓練をつづけていた。もっぱら夜戦だった。

内地が危険であるというのに、遠く二七〇〇カイリも離れたところにいたのはわけがあった。それは燃料の問題である。艦隊の動力源は重油であり、これなくしてはいかに優秀艦といえども、思うように活動できるわけがない。この泊地なら石油の宝庫パレンバンとは一五〇カイリぐらいの距離で、じゅうぶんな訓練ができる。

かくて三ヵ月の訓練がつづいたが、その間にも、九月には北のペリリュー、南のアンガウルが失われ、さらに比島ではマニラが大空襲をうけて、湾内停泊の二〇〇余隻の艦船が撃沈されてしまった。わが方も十月十二、十三、十四日の三日間にわたり、台湾沖に出現した敵機動部隊を捕捉攻撃し、ひさしぶりに大きな戦果をあげた。こうしたところへ、「敵の有力部隊、上陸中」の報が入り、これが武蔵を最後にした捷号作戦発動のきっかけであった。

十月十七日、作戦は開始された。十八日午前一時、猛訓練の想い出をあとにリンガ泊地を夜間出港し、二十日正午ボルネオ島の北西岸ブルネイ湾でしばし待機したのち、いよいよ二十二日午前八時、第二艦隊の第一、第二部隊出撃、第三部隊はスリガオ海峡を近道するのでおくれて出撃、いずれも目ざすはレイテ湾の敵であった。戦艦七隻、重巡十一隻、軽巡二隻、駆逐艦十九隻という堂々の陣容であった。

捷号作戦というのは、これよりさき大本営がいままでの防衛線を後退し、比島、台湾、南西諸島および日本本土をつらねる線をもって敵を激撃しようとする計画をたて、地域別に一号ないし四号に区分したものであった。

この比島でなんとしても敵に一大痛撃をあたえなければ、早晩、日本は戦力を失って自滅する。だからこの作戦ではどうしても栗田艦隊のレイテ殴り込みを成功させねばならぬ。それには内海にあった第三艦隊、すなわち小沢中将のひきいる機動部隊を南下させ、レイテ湾ふきんの敵機動部隊をさそい出し、できるだけ多くの敵機をこれに引き受けさせれば、航空兵力をもたぬ栗田艦隊がレイテに突入することができるだろう、と考えられた。

また別に志摩清英中将の指揮する第五艦隊も内海から出撃し、台湾海峡をまわってルソン島の西に進出し、包囲攻撃体勢の一翼をになうことになった。

二十三日早朝、第二艦隊旗艦の愛宕がはやくも敵潜の雷撃をうけて沈没、つづいて高雄、摩耶も攻撃されて、摩耶は轟沈、高雄は操舵故障におちいり、駆逐艦二隻に護衛されてブルネイにひき返していった。明くる二十四日朝、武蔵は第一戦隊司令官宇垣《うがき》纒中将の指揮下で、大和、長門とともにミンドロ島南方を通過、タブラス海峡からシブヤン海に進んでいた。

死闘じつに九時間ついに沈没

午前八時十分、B24三機があらわれ、ゆうゆうと大きく旋回しながら偵察して飛び去ったが、一機だけは残って刻々情報を打電していたらしい。およそ五つからなる敵機編隊が、第一次攻撃をかけてきたのはそれから二時間後のことであった。当時の武蔵には電探が装備されており、敵機来襲は予知されていたけれども、まだとても射撃に利用できる程度のものではなかった。

測距儀をつかう水上目標射撃の訓練には相当の自信があったが、多数同時に多方向から向かってくる敵機を目標とするのはだいぶ勝手がちがう。一万メートル以内になって主砲をうつと、猛烈な爆風のため高角砲や機銃の射撃を妨害するので、この距離内の敵機にたいする射撃は、高角砲、機銃にまかせて主砲射撃は中止しなければならぬ。

第一次空襲十七機のうち、一機の投下した爆弾が一番主砲塔直上に命中したが、なにしろ厚い装甲で防御してあるのでハネかえしてしまった。ただ至近弾四発のため、艦首水線下に破孔を生じ浸水したほか、はじめて二名の戦死者を出したのである。

だが息つぐ暇もなく第二次空襲がはじめられ、主砲は一斉に火をふき出した。十数機の敵機は、わが三式対空弾の弾幕をものともせず、太陽を背にして猛然と襲ってくる。つづいて高角砲や十四群の機銃がうちはじめ、数百、数千の弾丸が敵機にあびせられた。

今度は前より激烈ではじめて敵機を撃墜もしたが、武蔵にも数発の至近弾、命中弾のほか四本の魚雷をうけ、はじめの一本が右舷中部に命中して右に傾斜し、ついで左舷側がやられた。雷撃爆撃はほとんど同時攻撃で、急降下による二五〇キロ爆弾の一発は最上甲板、上甲板を貫通して中甲板で炸裂し、この火炎が第二機械室に侵入したため、左舷内側の一軸が使用できなくなった。

敵の第三次空襲がはじまったのは正午過ぎてからであった。一〇〇機に近い敵編隊がはるか上空を旋回しながら、虎視眈々として攻撃の機をねらっている。やがて第三戦隊の主砲の火ぶたが切られると同時に、戦爆連合の十数機が武蔵に殺到してきた。右舷に魚雷一発、至近弾三発をうけた。

つづいて十分もたたぬうちに第四次が二十機ぐらいで襲ってきたが、もうこのころは武蔵のあちらこちらに無数の被害がでて、とても統制ある射撃はできない。

だが小なりとはいえ、多数連続射撃のできる機銃は、近距離に迫ってくる敵機に正確な照準をつけて撃墜し、各個射撃ではあるが、大いに活躍しつづけた。そしてさいわいにも第四次では命中被害をうけることなくすんだ。

しかし十二時五十三分にうけた第五次の攻撃では、いままでの被害のすべてに相当する大損傷をこうむった。魚雷四本おもに右舷に命中。直撃弾四発おもに前部左舷に命中して前甲板は中甲板まで浸水、かろうじて注排水によって左右の傾斜は修正されたが、トリムは前部に四メートルとなる。このため三軸で二十四ノット出ていた速力も、艦首がさがって二十二ノットになり、浸水被害が大きくなるにつれて、やがてその速力も出ず、しだいに落伍していった。

第六次空襲は午後二時四十五分、右舷上空にあらわれたのは今までにない大群である。容易に沈められぬ武蔵に最後の止めを刺すべく、一斉に襲撃してきた。応ずる高角砲、機銃の射音、頭上を乱舞する敵機の爆音、炸裂する轟音、艦の周囲に林立する水柱、そしてものすごい火炎と黒煙で、全艦内はたちまち凄惨な修羅場と化した。

魚雷は右舷にも左舷にも食い入り、直撃弾は各所に炸裂した。この猛烈をきわめた攻撃のために、傾斜修正につとめたが、左へ六度傾斜し、艦首は水面下に沈んで一番主砲塔のまわりを海水が洗っていた。速力もぐっと落ちて六ノットとなり、左傾斜は少しずつ増していった。

今日の攻撃でうけた被害は、命中魚雷二十（魚雷一本で重巡でも大破する）、命中爆弾十七、至近弾多数という猛烈なものであったが、それでも武蔵は不沈艦の名のごとく沈んではいなかった。最後の激闘から四時間、午後七時十五分にはおいおい浸水がまして十二度となり、注排水の効もなく、それから五分後には「総員退去」が下令された。

さらに数分経過したころ、傾斜は三十度に急増し、それが四十度、五十度にもなったとき、船腹に連続の爆発がおこり、急に武蔵の巨体は前にのめるようにして左舷へ横転していった。時まさに昭和十九年十月二十四日午後七時三十分。

艦長猪口敏平少将は、日本海軍の伝統にしたがって艦と運命を共にされた。二四〇〇名の乗員中、およそ一割あまりが戦死、海に飛び込んで数時間泳いだのち、駆逐艦に助けられたのはその約半数の一〇〇〇余人であった。

建艦史に残る不朽の名誉

武蔵は沈んだ。思えばレイテ海戦は特攻作戦であった。この海戦に参加した米艦隊が、正規空母、改造空母、護衛空母あわせて三十隻、その搭載機およそ一四〇〇機をようしていたのに対し、日本側は陸軍もふくめて基地航空機四五〇機、母艦機一〇八機にすぎず、決戦当日には計二一二機に減耗していた。いかに世界最強をほこる武蔵といえども、航空機の援護を欠いたのでは、いたずらに敵の好目標になるにすぎなかった。

かくてその昔、昭和九年十月に軍令部の要求によってスタートし、艦隊決戦を唯一の目標とし、営々として二〇〇万工数、一〇〇〇億という巨費を投じた超弩級戦艦も、ついに敵の主力艦に巨砲の集中をあびせる夢を実現することなく、シブヤン海の底に永遠に眠ってしまった。

制空権なくして制海権の確保はあり得ないという、そういう舞台にいつの間にか変わっていたことに気がついたときは、もう手おくれであった。過去にとらわれず、先見の明をもって対処しなければ、かくのごとく悔いを千載に残すことになるのである。

だが、多くの尊い犠牲をはらった武蔵は、すべてを無駄に失ってしまったのであろうか。決してそうではない。世界に類例をみない優秀な巨艦を建造した日本の造船技術、これこそ日本の誇りであり、建艦史にのこる不朽のほまれであろう。

戦艦「武蔵」建造その絢爛の人間模様

造艦技術確立のシンボル武蔵誕生秘話

当時「武蔵」監督官・元海軍技術大佐　梶原正夫

久里浜沖に黒船が現われ、上を下への大混乱を起こしたのは百数十年も前のことであったが、そのころ日本には、三百トンの木造船「咸臨丸」をはじめとする少数の船があるだけで、黒い鉄の船などは思いもよらぬものであった。

まして鉄が浮くなどとはもってのほかで、木は浮くけれど、一銭銅貨は浮かばないと信じられていたその当時、それが想像を越えた、大きな船のかたちで目の前に現われたのであるから、怖れ、おののいたのも無理はない。

日本は、四面を海にかこまれた島国でありながら、どうしてそんな船の存在を知らなかったのだろうか。阿部仲麻呂の悲劇をつたえる遣唐の船、足利時代の八幡《ばはん》船、江戸初期に東南アジアの一帯を航走した御朱印船《ごしゅいんせん》など、船の歴史は古い。その勇敢な海国男児が海を忘れ、なぜ黒船に驚かなくてはならなかったのだろうか。

これは言うまでもなく三百年の鎖国の結果であり、これが、これほどまでに立ち遅れてしまった原因である。

それからの五十年というものは、当事者の苦労と努力は大変なものであった。まずフランスの技師ベルニーの指導のもとに、横須賀海軍工廠の前身、横須賀鉄工所を開設し、はじめて西洋式の船舶が建造されたのは安政二年（一八五五）であった。

かくて明治二十七、八年には清国海軍を破り、さらに十年後には強大なバルチック艦隊と国運をかけて戦い、日本海海戦に大勝利を得るまでに成長した。

しかし、外国依存の風潮はまだあった。日本で最初の装甲巡洋艦鞍馬《くらま》と生駒《いこま》の進水のとき、横浜に在住していた外国人がその進水を危《あや》ぶみ、賭けに負けたほうが姿をくらますというエピソードも残っている。

英国に発注した巡洋戦艦金剛《こんごう》にならって、姉妹艦比叡《ひえい》、榛名《はるな》、霧島《きりしま》を、ついで戦艦扶桑《ふそう》、山城、伊勢、日向を、さらに戦艦長門《ながと》、陸奥をつくるにいたって、ようやく英米に追いつき、対等の軍艦建造ができるようになった。

八八艦隊、八四艦隊の計画がすすめられている矢先、ワシントン軍縮会議がひらかれ、大艦の建造は一頓挫した。そのとき日本では、戦艦加賀《かが》、土佐が進水し、巡洋戦艦天城《あまぎ》、赤城が船台上にあった。会議の結果、建造中および就役中の多くの艦が廃棄された。

主力艦が制限されると、補助艦の競争がはじまり、三千トン級の巡洋艦夕張《ゆうばり》と七千百トン級巡洋艦古鷹、加古、青葉、衣笠がつくられ、一万トン級巡洋艦妙高《みようこう》、那智、羽黒、足柄が出現するや、外国の専門家は口をそろえて「一万トンの制限排水量のなかで、あれだけ強大な性能をもたせ得るとは考えられない。なにか技術上の間違いがあるのではなかろうか」といったものである。

これらの艦は、まったく従来の型をやぶって、日本独得の新機軸をもって建造された優秀なものであって、このころから日本の建艦技術は英米を抜いて、世界のトップに躍進したのである。

艦齢をこえた艦の代艦として、世界の風雲急をつげるなかで無制限となったときにそなえて登場したのが、大和、武蔵である。最後の戦艦陸奥《むつ》が大正十年に竣工してから、昭和十二年に大和が起工されるまでに、十五年の年月が経過している。陸奥の三万二七〇〇トンにくらべて、大和、武蔵は約二倍の六万九千トンであることが、いままでの戦艦にくらべていかに飛躍的なものであったか、またこの巨大な戦艦を、十五年のブランクののちに建造するという苦労のほどは、想像に絶するものであった。

未曽有の大戦艦の建造には、異常な決意と、すぐれた設計、高度の技能、総力と協力、綿密な準備と国民の信頼と支持が絶対に必要である。直接その任にあたるわれわれは全身全霊を結集して、この巨艦建造に体当たりしていったのである。

公試運転の大和艦上できく開戦の報

大艦の建造には、長い年月を必要とする。戦争がはじまってからいくら騒いでも、とうてい間にあうものではなく、戦列にくわえられることなく、むなしく終戦をむかえることが多

〈第1図〉

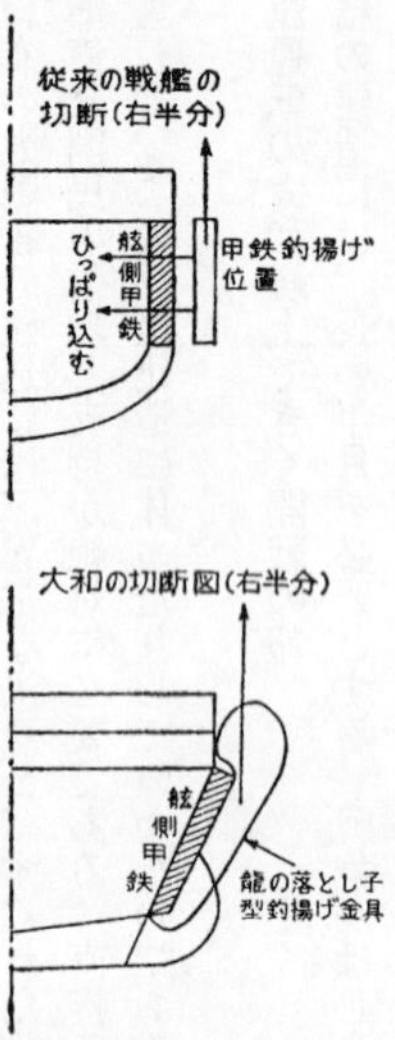

■大和建造における画期的な工作法といわれた辻技師の考案になる舷側甲鉄取付金具

い。大和や武蔵が揃って戦列にくわわることができたのは、じつに幸いなことであり、日本海軍に大きな威力をくわえたことは事実であった。

大艦の場合、建造の意図がきまってから約十年の年月が必要である。大和も昭和九年にはすでに基本計画にはいっていたし、昭和十一年には呉海軍工廠が建造の準備にはいり、特殊施設の建造と併行して工作法の研究と準備をいそいだ。

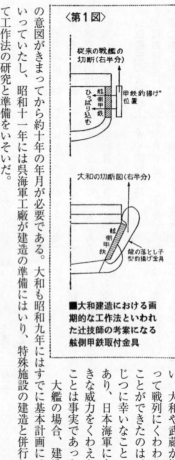

十五年ぶりにつくる大艦には、どこにどんな困難が横たわっているかも知れないので、万全を期さねばならず、しかも、もっとも強力なものに仕上げなければならないので、毎週、研究会議をひらいて、あらゆる問題を検討した。

たとえば、舷側甲鉄の取付けである。従来のものは垂直であり、重量もそれほど大きくはなかった。大和の甲鉄は、重量が二〜三倍の三十トンから四十トンである。一トンは人にして約二十人分の重量であるから、三十トンとすれば六百人の重量に匹敵する。少しぐらい押しても突いても、かんたんに動くものではない。しかも下向きに傾斜して取り付けなくてはならないので、その作業がむずかしいばかりでなく、じつに危険でもある。

これにはいろいろな案が出された。その一つとして〝龍《たつ》の落とし子〟のような取付け金具をつくり、釣る位置を加減することによって、釣り下げるだけで所要の傾斜となり、そのまま簡単に取り付けることができるという、じつにみごとな工作法である。(第1図参照)

この案は設計主任の片山有樹技術大佐から激賞され、採用されたが、その発案者は私の部下であり、船殻工場生《は》え抜きの辻影雄技師であった。

これと併行して、現図工事がはじまった。現図とは、青写真の工事用図を広い室の、真っ黒にぬった床のうえに白色で実物大につくる作業であり、それから型板をつくり、加工がはじまるのである。

現図工事がそうとう進んだころになり、ディーゼルとタービンを併用するという初期の計画が、タービン専用に変更された。艦のかたちは大きく変わり、せっかく何週間もかかってつくった綿密な現図を、すっかり黒くぬりつぶして、はじめから作りなおさなければならなかった。少しでも不安や疑問のある場合は、躊躇することなく改正した。

大和の起工は昭和十二年十一月であったが、そのときには組み立てるばかりになっている加工材が、すでに山と積まれてあった。起工の数日後には艦底のかたちがだいたいわかるところまで、組立は急速にすすんだ。

起工が工事のはじまりと思っている人が多いが、その前に計画、設計、建造、準備、工事着手(加工開始)などのために、五年以上の年月がついやされているのである。

起工の翌年、長崎駐在の海軍監督官に転任した私は、約三年間の後ふたたび呉海軍工廠に帰任した。そのとき大和は艤装中であり、私の担当は設計主任であった。艤装工作図の作製、諸試験、公試を通して、ふたたび大和の建造に従事し、そして引き渡しに立ち会った。

大和とは、よくよく縁がふかかった。竣工の前の十日間ちかく、九州の佐伯を泊地として、あらゆる公試や試験をつづけていた大和は、じつに順調な経過をたどって作業がすべて終わり、一日はやく呉にむかって瀬戸内海を走っていたが、艦上で開戦布告の詔勅を聞いた感動は、いまでも脳裏からはなれることがない。

民間会社での建造には、いろいろな困難がともなうけれども、主力艦の建造は四隻の姉妹艦のうち二隻を海軍工廠（横須賀、呉）に、二隻を民間の造船所（三菱、川崎）にわけて建造された。

信濃は横須賀海軍工廠でできたので、大和とほぼ同じような状態である。ただし、横須賀は船台のまえの海面がせまいので、あらたに造船船渠《ドック》を新造した。大和、武蔵、信濃の三艦に共通していえることは、造船所のちかくに山があって、機密保持にはじつに都合がわるいのである。これは、わが国の造船所の多くがそうであるが、島国のために海岸と山のあいだに十分な平地がないので、アメリカやアジア諸国の造船所とは、大いにちがうわけである。

横須賀工廠の新しい船渠は、横須賀港を抱く半島の先端のほうにつくられたので、他にくらべて有利であった。また、ここには三五〇トンの埠頭起重機を艤装岸壁に新設した。信濃は戦艦の第三番艦であったが、戦訓によって途中から航空母艦に変更された。

歴史はくりかえすというが、関東大震災のとき船台にあった巡洋戦艦天城《あまぎ》（ワシントン会議で航空母艦に変更して生きのびることになっていた）が、損傷をうけて解体のやむなきにいたったため、廃棄の運命にあった戦艦加賀《かが》が、神戸から曳航されてきて航空母艦に改装されたが、そのときの担当官が私であったことも、なにかの因縁といえよう。

機密保持のための厳重警戒

長崎は〝二つの顔〟を持っている。

元亀二年（一五七一）に開港した長崎は、支那、南洋、ヨーロッパとの貿易交通の門戸《もんこ》であり、またポルトガルやオランダなどの文明の窓口でもあった。若山牧水が、

出船《でふね》、入船賑《いりふねにぎわ》いながら、いにしえの寂《わ》びをもちたり長崎港は

と謳ったように、街のすみずみまで異国のにおいを漂わせながら、国際都市長崎は四百年にわたって栄えてきたのである。

香焼島、神島を入口とした南北にながい長崎港は、山につつまれた天然の良港である。港の東岸には大浦天主堂があり、英国の貿易商人のグラバー邸《てい》や、エリザベス・ラッセル女史の活水女学院がある。

東山手《ひがしやまのて》、南山手の一帯には外国人の居留地がつくられ、各国の領事館や商社がならんでいた。港の西北部の稲佐にはロシアの居留地があったし、長崎を永住の地とした外人墓地がある。そして「異国の街」の、東岸の丘《おか》をへだてた西岸にひろがっているのが、東洋一の設備

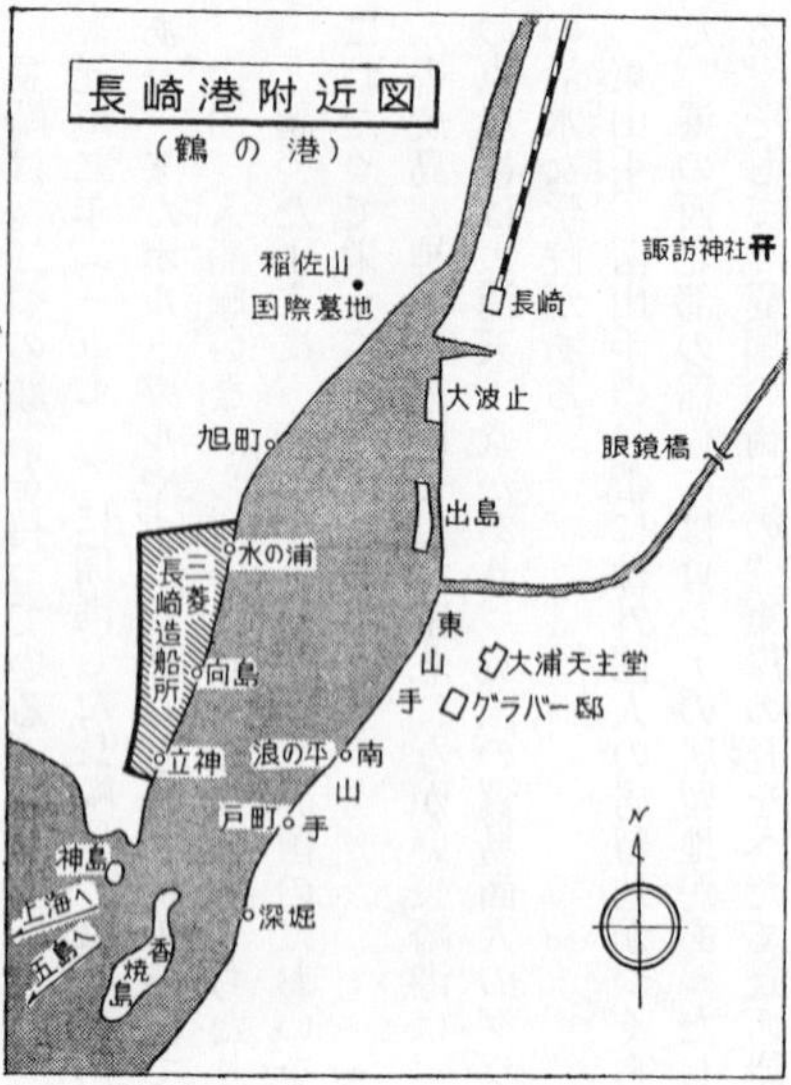

と、一万五千人の従業員をようする三菱長崎造船所である。

古い歴史をもった国際都市長崎と、鉸鋲のひびきやモーターのうなりがこだまする工業都市長崎とが、真正面に向き合っているのである。

そして、港の奥の大波止《おおはと》から、この西岸のあちらこちらにかよう交通船は、長崎の海上交通の動脈であり、これはまた五島列島をはじめ、港外の島々との重要な交通路でもある。

この大波止にとなり合う、オランダ屋敷のあった出島《でじま》は、上海がよいの発着点として、長崎丸や上海丸の出港のドラがひびき、五色のテープが飛んだものだった。

ともあれ、この長崎の三菱造船所で、武蔵もまた長い準備期間をへて建造にはいったが、建造準備とともに、まず手をつけなくてはならないのが、機密保持であった。

武蔵は、どこからも見えないようにスダレのなかで建造しようということになり、船台のうえに橋のように架《か》けられたガントリークレーンの柱に、棕梠《しゅろ》のスダレが二重に張られた。

ビルの建築工事の現場に張られたかこいのようなもので、それが丸ビルの二倍ぐらいの高さで、また東京駅丸の内側の半分を、すっぽり包んでしまうほどの大きなものだった。周囲の山々から、どのていどに見えるかを、山にのぼってたしかめることにした。お正月の元旦に、初詣《はつもうで》と称して調査したこともある。

工事がすすむにつれて、機密保持はしだいに厳重になっていった。諏訪神社の裏山にある、市民運動場にのぼることも禁じられた。そして、制限された高さ以上のところからの写真撮影も禁じられてしまった。

軍艦ができると、建造地にちなんだ風景画が艦長室にかかげられることがならわしとなっていたので、帝展に入選したこともある私の義弟が、依頼をうけて長崎にやって来たのも、ちょうどその頃であった。

完成まぎわの巡洋艦利根《とね》に、長崎の風景を描こうとして、あちこちと見て歩いていたが、唐八景から見た断崖にくだける波頭に魅せられてしまった。それをきいた私は、場所を変更するようにいった。そこは、制限された高さを越えたものであったからである。しかし画家の執念はつよく、その後もひそかに唐八景にかよっていたが、ついに憲兵隊に発見されて連行されてしまった。

こっぴどく叱られたあげく、その目の前で、描きかけの絵を破られてしまった。艦長室にかけられたのは、描きかえられた眼鏡橋の風景であった。

このように厳重な機密保持のための警戒がおこなわれているなかに、次のような市民に対しての取締りにもきびしいものがうかがわれる。

留守番の奥さんが、主人がつとめる造船所を双眼鏡でのぞいていて、憲兵隊に引っぱられたり、造船所の裏にある社宅の石段には、お稲荷様の鳥居のように枠が立ちならび、遠くが見わたせないようにされていた。

浪《なみ》の平《ひら》小学校など二ヵ所の屋上にもうけられた監視塔には、消防署の見張りのように、一日中、監視員が立ち望遠鏡で造船所をのぞく人や、写真をとる人たちを見張っていた。

また、ときどき飛行機が上空をかすめることがあったが、定期の航空路線からはずれているので、民間機のはずはないので、数度にわたるつよい抗議を航空会社につきつけたので、それからは飛んでこなくなった。

大波止からの連絡船は、造船所側の窓をしめさせ、また監視員がつねに乗船していた。八〇〇番船とよばれた武蔵の関係者は、いちいち登録して、身分を証明しなければならないほどであった。

関係者を動転させた現図紛失事件

こうしたきびしい警戒のなかに、大切な極秘図の一枚が姿を消すという事件が起こった。会社側と監督助手から知らせが入ると、平田首席監督官は、ただちに会社と監督官に徹底的な捜査を命ずるとともに、艦政本部にこれを報告した。それからの毎日は、夜といわず昼といわず、あらゆる場所の捜査がはじまった。

図面の取扱いはじつに厳重であった。格納庫も取扱者も、さらに出納簿も、監督官は毎月、現品とてらしあわせ、青写真の複写にまで立ち合うというきびしいなかに、これはまさに海軍省をもおどろかした重大事件であった。身心ともにくたくたに疲れ、さすがに長崎の酷暑を感ずる余裕すらなかった。ついには監督官事務所が調べられるということになり、やがて憲兵がやって来た。

そこには、憲兵といえども見せることのできない機密のものもあったが、こうなっては、万全をつくすほかはない。だが憲兵が来るはずだった次の日の朝になっても、憲兵は来ない。すでに設計関係者は、すべて憲兵隊の取調べをうけ、また留置されて取り調べられているものもあった。

そのうち憲兵隊から、「一人の図工が昨夜、すっかり自白しました」という電話がかかってきた。そしてその日の午後、その若い図工が現場検証のため連行されて来た。やがて、憲兵の立ち合いのもとに現場検証がおこなわれた。

憲兵が見まもるなかを、その図工は極秘の原図をまるめて、自分の机の抽出《ひきだし》にかくした。そのとき終業のベルが鳴って、技師や同僚の図工たちは帰っていった。その図工はもう一人の図工と室のなかを掃除して、紙クズをひとまとめにした。相棒の図工が、それをしばる綱を取りに行ったあいだに、すばやく抽出の図面を、紙クズのなかに突っ込む。

これを見ていた一人の憲兵は、その所要時間をはかっており、もう一人の憲兵は巻尺《まきじゃく》で所定の距離をはかっている。やがて二人の図工は紙クズをしばって、それをにないながらゴミ焼き場の焚口《たきぐち》まで持って行って、そのまま火のなかに投げ込んだ。

彼は、なぜこんなことをしたのだろうか。

特別製図室に入るものは、身もとの確実な、優秀なものにかぎられていた。室内の雑役係《ざつえき》も、そのかぎられた人でやらねばならず、それは若い人たちの受持ちであった。同僚のなかには一般製図室勤務として、のんきに専門的な仕事をしているものがいることを思うと、自分のめぐまれない境遇に、いや気がさしてくる。そこで、

「一日もはやく逃げ出すためには、大きな失敗をして不適格とされることだ」と考えるようになる。こうした、あさはかな動機が思わぬ混乱をまき起こし、あたら前途有望の青年の人生をあやまらせたことは、じつに残念なことである。

バランスのとれた攻防力を

もし軍艦に完全な防御がほどこされて、砲弾やミサイルに攻撃されても、びくともせず、それでいて大きな攻撃力を持つことができたら、これほど強力なものはないであろう。

もちろん、そんなことはとうてい考えられないことである。なぜならば、もしそれだけの攻撃力や防御力を持たせたら、重量が大となってその艦は、浮きもしなければ、また走りもしないであろう。艦として存在し得るためには、防御力と攻撃力を、ともにゆるされる範囲内にとどめて、釣り合いを取らなければならないからである。

近距離戦で、小口径砲や魚雷だけに攻撃された時代には、舷側防御だけでもよかったが、

砲の口径が大きくなり、爆弾による攻撃を予期しなければならない時代ともなると、甲板防御が必要となってくる。かぎられた重量で全艦を甲鉄でつつむとすれば、必然的にうすい防御となって、効果がなくなる。弾火薬、機関室などの重要部分にかぎり、集中防御とすることは当然の成り行きであろう。

大和、武蔵においては、その範囲や厚さが飛躍的に大きくなった。舷側甲鉄は四十センチとなり、また甲板甲鉄は三十センチとなって、機雷防御のため弾火薬庫に艦底甲鉄がはじめて使用され、重防御とされたのである。

上空から俯瞰した三菱長崎造船所の全景

それればかりではない。重量を軽減してできるだけ攻撃力をますために、形状も結合法も複雑なものとなって、製造、組立ともに高度の技術を要し、関係者をなやましたが、重量にくらべて防御効果は非常に大きくなった。

私が監督官として着任したとき、造船所の幹部に対して、

「私は十分に建造所の立場を理解して勤務するつもりだが、建造所側も、監督官の立場を理解して作業をすす

めてほしい。監督官として希望するところはただひとつ、優秀な艦をつくってもらいたいことである」といったが、重要な部分の不良は遠慮なく、やりなおしを要求した。だが、これに対して会社側はよく理解し、そして協力してくれた。

例をあげるならば、前端防御隔壁甲鉄の一部にキズを発見したときのことである。接手が複雑で、レゴ細工のようになかなかの一枚を取りはずそうとするとき、何枚かをつぎつぎにはずさねばならないが、これを躊躇することなく取りかえてくれた。

進水を前にしたエンジニアの期待と不安

たくさんの観客でうずめつくされた船台の両側、そして船台には、あたらしく化粧された船体、また仮設された檣楼には万国旗がひるがえっている。

やがて命令書の朗読が終わり、進水主任が押した第一のベルを合図に、港内の艦船から一斉にサイレンが鳴りわたり、最後に支索《しさく》が切断される。艦首の薬玉《くすだま》がわれて、無数の鳩と五色のテープがはためき、色紙の吹雪《ふぶき》が散る。

やがて船体は、なめらかに船台をすべり、ゆったりと海上に浮かぶ。このときの感激があればこそ、それまでの苦労が苦労と思えなくなるのである。

よく、案ずるより産むがやすし、といわれるが、しかし、すべてが何の事故もなく進水できるわけではない。進水には多くの失敗の例があるのだ。

進水台は、船台の傾斜部から海中にまでのびていて、かつて水雷艇が進水したときは、進水の直前に水中台が浮き上がってしまった。進水主任がかけつけて、洋服をきたまま水のなかに入って行ったが、どうにもならない。

ご臨席の宮様は、すでに到着されて式場にいられる。やむなく許可をもらって中止ときめ、あらためて翌日に進水したということもあった。

また、すべり台（船の下に取りつけ、下の固定台の上をすべる部分）の節《ふし》が進行中にはずれて、固定台の接手に突きささって動かなくなったり、固定台の一部が引っ込んだため船体が止まってしまったり、そうかと思うと、式のはじまらないうちに船台からすべり出してしまって、浮かんだ船を前にして命令書を読んだという一幕もあった。

進水にたいする当事者の苦労は、じつに大変なものがある。薬玉《くすだま》がわれても、当事者の顔にただよう緊張感はまだとけない。ぶじに海上に浮かんで、初めてホッとするのだ。しかも今日まで、大和や武蔵のような、こんな図体のでっかい艦の進水をやったことがないのである。

多くの研究実験をおこなって綿密な計画をたて、これと併行して進水台をつくるという作業は、すでに一年半も前からはじめられていた。進水台の幅はいままでの戦艦の約三倍もある巨大なものであった。

またいままでのような、いわゆるジョウロをつかった手動式では、うまく船台を流れず、ましてヘット（牛脂）の付着もうまくいかない。しかし、固定台の両側にレールをしいてヘットを走らすと、きれいに流れ出してくる。これは、造船所側の考えによるものであった。

対岸がすぐ近くにせまる三菱長崎造船所の船台から、どうしたら武蔵の、あの巨体を進水させることができるかは、技術関係者にとって、ひとつの大きな悩みでもあった。

武蔵とならんで建造されていた商船が、いよいよ進水するときに、対岸の山から見ていると、進水した船が足もとの岸にせまって来るようであった。だが、それ以上に巨体の武蔵ともなると、もしかしたらそれ以上の不測の事故でも起こしそうな気がして、それを考えるたびに不安感が身体をおおうのであった。

さて、いよいよ進水ともなると、いままでスダレのなかに隠されていた極秘艦の武蔵を、どうしても外に出さなくてはならぬことになる。それは、長崎港にあつまる群衆の眼前に、すべてをさらすことになり、極秘としていままで苦労をかさねて来たことが、すべて水泡に帰してしまうことになるのである。

また、周囲の山の黒山のような人だかりのなかには、外国人が何人か、かならずこの状況をみて、つぶさに巨艦の進水状態を観察することであろう。それなら、どうしたらあくまで極秘をまもり通すことができるであろうか。

われわれ関係者は、ここにおいて大きな暗礁に乗り上げてしまったが、それに対してこういう案も出てきた。それは暗夜のうちに進水して、それが終わったら、ただちにふたたび棕《しゅ》櫚《ろ》のスダレのなかに隠してしまう、ということである。

だが、これはあまり期待できない。よほどのことのないかぎり不可能にちかいことだとされて、取りあげられなかった。

昼間におこなった進水のときでも、事故が起きて失敗するという例もあるくらいで、まして暗夜ともなると、いわずもがな、ということになる。また進水は昼間にやるべきであるという原則からすれば、それには見物する人たちの集まらないような方法をとって、進水式の日時を発表することなく、突然おこなわなければならない。

進水の前の日には、セッチングといって、盤木や支柱でささえられた艦の重量を、すこしずつ進水台にうつすという作業をしなければならない。この作業は夜を徹しておこなうので、進水の手順を知っている人だったら、その夜、進水台ふきんに終夜、電灯がついていたら、つぎの日は進水であるとわかってしまうので、その前から幾度も、べつな仕事の徹夜作業をして、セッチングを偽装したこともあった。

第二船台を走るわが武蔵の晴れ姿

やがてわが巨艦武蔵の、晴れの進水式の日(昭和十五年十一月一日)がやって来た。その前日、私は他の関係者とともに出張のため、造船所をあとにした。しかし、これが出張という名目で、事実は武蔵進水に立ち合うための、偽《いつわ》りのものであることはいうまでもない。

やがて、長崎造船所に隣接する監督事務所には〝出張〟した関係者が、ぞくぞくと集まってきた。それぞれが手に下げたカバンのなかには、進水式のための正装の洋服がしのばせてあった。

ふつうは、夕方からおこなうセッチングも、武蔵の場合は午前中からはじめられたので、作業は順調に、しかも正確にすすんだ。

進水台のスダレのなかには、ごくかぎられた参列者が並んで見まもるなかを、天皇陛下のご名代として臨席された伏見宮殿下が、スダレの中につくられた長く、ゆるやかな回廊をまわって、武蔵の艦首にもっともちかい高い式台におつきになった。

地上から三十メートルちかくあるだろうか。武蔵の巨大な艦首が目の前にせまっている。恒例の進水行事の合図のサイレンもなく、晴れの進水式の幕が切っておとされた。関係者が緊張のうちに見まもるなかを、作業は順調にすすむ。

監督官としての私の全神経は、いままさに生まれようとしている巨艦武蔵に集中し、なにかしら、身体がこわばってくるのを禁じえなかった。十二分に準備され、設計されている自信と安心感がありながら、やはり進水式ともなると違った感じがするのは当然であろう。ガントリークレーンと舷側との間は、約一メートルしか離れていない。ドラグチエーン（進水速度をゆるめるために取り付けた錘《おもり》）が、ぶじに作動してくれればしめたものだ。

やがて支索が切断された。しかしどうしたことか、武蔵の巨体はビクともしない。片唾をのんで見まもるうちに、やがて武蔵は船台をはなれはじめた。それはまさに万雷が、遠くからものすごい勢いで襲ってくるようであった。豪快な音をたてて重量感にみちた巨体が、周囲のすべてのものを圧倒するかのように驀進して行く。

ドラグチエーンがはずれる、ものすごい響き、そのためまき上がる砂塵――歓喜と安堵のどよめきが、船台いっぱいにひろがる。

しかし私の身体のなかからは、まだ緊張感は去ろうとしない。

やがて「どうにかぶじに……」という私の願いが武蔵に通じたのか、すべるように船台を走っていく。そして、ついに長崎湾の静かな水のうえに武蔵の巨体が浮かんだのだ。滂沱《ぼうだ》として涙が私の頬につたわってくるのを感じた。

そのとき、どこからか参列した関係者のあいだから、思わず「バンザイ」の声が起こり、やがてそれは万雷の拍手となって造船所にひびきわたった。

「大戦艦武蔵ここに生まれる！」

その威容を前にして、ともに苦労をわかちあって、建造に全力をつくした関係者と汲《く》みかわした祝杯のまたウマかったこと――。涙で顔がクシャクシャになっているもの、たがいに手を握り合ってぶじ進水式の完了をよろこび合うもの、さらには感無量のあまり言葉も出ずにじっとガントリークレーンの一角を凝視しているもの――。そこには、よろこびと苦しみが交錯する〝人間模様〟を見るようであった。

こうして武蔵の進水式は、なにひとつ事故もなく、みごとに終了したのである。この感激は私の生涯での〝最大の興奮の一瞬〟であった。

戦艦「武蔵」建造の秘密

造艦技術者数十人により完成された極秘資料「海軍造船技術概要」に見る武蔵

「海軍造船技術概要」執筆陣

三菱長崎造船所で建造された武蔵と、呉工廠で建造された大和とのあいだには、その建造上において一体どんな差異があったか。特筆すべき点をあげると、次の通りであった。

(イ)艦型が巨大であった

武蔵のすえつけられた第二船台のガントリークレーンの柱と武蔵の舷側とのすきまは八〇ミリ（約二・五尺）であったので、工事がすすむにしたがって、狭い場所での作業が極度に拘束されるようになった。

また、艦型が大きくなると、進水重量を増すこととなり、進水工事のあらゆる部面からみて、工事がむずかしくなってくる。しかも、ぜんぜん経験のない、とくに大型の戦艦を、その予定までもくりあげて建造していくことが、ただ厖大な鋼鉄の量を積み重ねればできるものと考えるのは、いかにも認識不足である。だが武蔵の場合は、それより数ヵ月前に起工されていた大和の経験をいかすことによって、武蔵の現場工事は比較的らくに進行できるような条件にめぐまれていたといえる。

(ロ)進水に危険発生のおそれがあった

艦が厖大になってくると、建造が困難になってくるという、その困難のうちでもっとも重要なものは、進水の問題であった。それゆえに進水は、武蔵の建造工事中で、最重要要件として取りあつかわれ、真剣な研究と計画計算がおこなわれた。

このため長崎造船所において、ごく概略な艦型を想像して進水計算をおこなったのは、工事の開始よりなんと三年半もはやい、昭和九年の秋であった。このときは五万五千トンのごく通常の艦型を予想したのであったが、もちろん、この計算はこの時かぎりで終わりとなった。このため覆面《ふくめん》をぬぎはじめた武蔵の進水について、本格的な研究と計算とを開始したのは、昭和十二年四月であった。

こうして四十二ヵ月、われわれは遂に成功をかちえた。計算のごとく正確に、なんらの故障もなく、その巨体は予定の位置に、海上ゆうゆうたる姿をうかべた。時まさに昭和十五年十一月一日、午前八時五十六分であった。

薬玉《くすだま》をはなれた鳩は美しく空をはばたき、五色の色紙が雪のごとくまったが、構内にはかぎられた少数の関係者のほかはなく、晴れの誕生を祝う軍楽のしらべもなく、静寂そのものであった。それはまさに厳粛というほかのない鬼気《きき》せまる光景であり、壮大という言葉そのものであった。

大和と武蔵とを比較するとき、この進水方法のちがいが、もっとも重要なものである。武蔵の進水重量は、じつに三万五六〇〇トンに達した。これは完成した陸奥の公試排水量にひとしく、また進水台の幅は十三フィートにおよび、まさに世界最大のものであった。英国のクイーンメリー号の進水重量は、三万七三〇〇トンといわれているが、この中には水バラストを積んでいたのだ。その水バラストの量は不明であるが、進水性能の改善のために効果をうるには、おそらく二千トン程度は必要と計算される。

ところが、武蔵の進水重量中には、このような余剰物は一トンも搭載されていなかったのだ。かくして武蔵の進水は、おそらく名実ともに世界最大のものであったと推察される。

(ハ)高度機密主義の適用

建艦工事にたいする秘密主義政策は、兵力の充実とともに、年を追うごとに強化の一途をたどっていたが、武蔵の建造にいたって、ついにその絶頂に達した。

計画と図面類は飛躍的に増加した。〝軍機〟と〝軍極秘〟と〝秘〟の指定のため、図面類の重要なる部分はぜんぶ抹消され、各部分間の連絡が完全に遮断されていた。

関係従業員の数は極度に限定され、またその資格にも段階をつけられた。一枚の図面を見るとき、必要な他の関係図面を見たくとも、資格がなければ閲覧《えつらん》できない。かりに資格はもっていたにしても、その借り出しには一つ一つ認印を必要とするありさまで、非常に面倒なものであった。しかも、関係図面によらなければならないような部分は、もともと機密程度を高くしてあるがために、その図面から姿を消しているのだ。

かくして、数千種におよぶ図面の大部分は、その閲覧がおのずから不便になるように仕組まれていた。

昭和十二年の初夏、長崎造船所において、その建造にとりかかったとき、ごく少数の従業員の最初の宣誓がおこなわれた。

「肉親、交友にも、いっさい漏洩《ろうえい》せず、万一宣誓に反するようなことがあれば、会社あるいは海軍において適当と思われる処置をとっても異存なし」という趣旨の宣誓書を、各自が提出した。

工事がすすむにしたがって、従業員の数も多数を必要とするようになったのは当然であったが、身もとの確実なものだけとし、その数も必要最小限度にとどめた。身もと調査をおこない半身撮影の写真台帳をつくり、これを登録して家庭の状況、思想、宗教までも調査して記入した。憲法、警察、監督官が密接な連絡をとり、造船所においては守衛を増員して、武蔵関係の従業員の行動を、日夜やすみなく監視した。

また、無数の部材を格納したり、あるいは現場に取りつけたりするにしても、遮閉物に制限されて、人・物ともに動かねばならなかった。

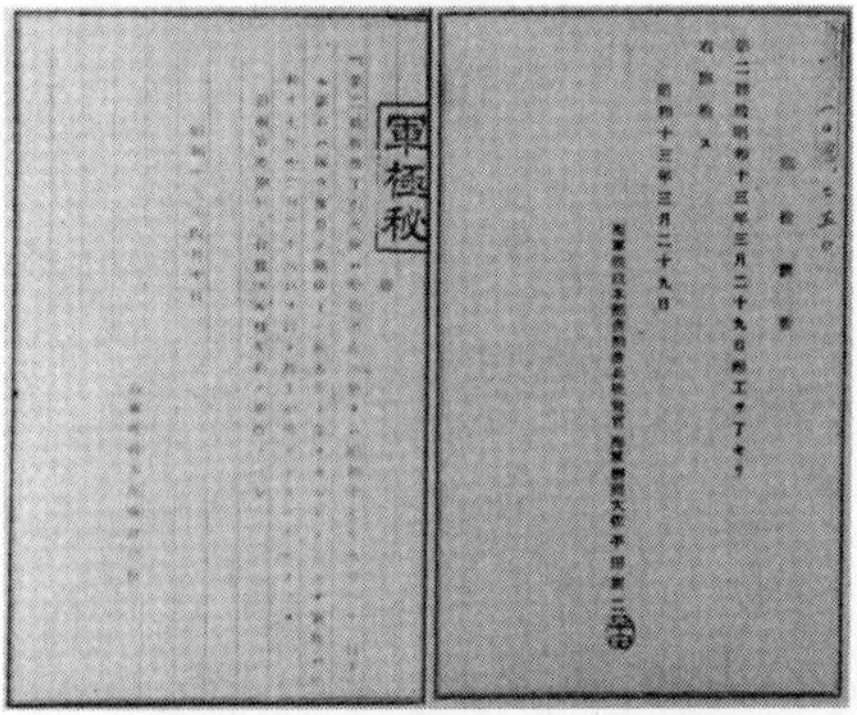
軍極秘

戦艦「武蔵」の起工を確認した海軍艦政本部監督官による臨検調書（右）と昭和17年12月28日を竣工引渡日と規定した契約書

さしも広い船台においても、一度、隔離をほどこすと、あたかも座敷の中で一間槍《けんやり》をふりまわす以上にせまくなり、不便となった。

これらの機密保持が、進水計画と工事の上におよぼした影響もまた甚大であった。その性質上、高度の機密事項ばかりを取りあつかう進水計画においては、じつに苦心さんたんたるものがあった。進水工事も、進水作業も、このようにして、むしろ無意味とも考えられる困難のもとに遂行された。

あの進水の朝、不幸にして船台端の二重遮蔽がうまくひらかなかったならば、われわれはそのまま幕をつきやぶって、進水させる覚悟をきめていた。しかし、もしそうなったならば、甲板上の仮艦橋はもぎとられて、計測器具はふっとび、甲板は洗い去られて、何百人もの血をながしたことであったろう。従業員たちの心理や労力、時間上におよぼした影響はいうにおよばず、機密保持のための諸施設に要した費用だけでも当時の金額で、数百万円という巨額の国費が注ぎこまれた。

建造準備と工場施設の拡張

とくに重要な艦船の建造をはじめるにあたっては、あらかじめ船台を準備し、建造のために必要な施設を計画して、工場の拡張を行なっておかなければならないことは当然であり、そしてそのためには、相当の準備期間が必要であった。

武蔵の場合は、だいたい昭和十年の春ごろから船台の準備をはじめた。そして、その拡張と補強工事をじっさいにはじめたのは、昭和十二年の末からで、それが完了したのは十三年九月末であった。

この第二船台のガントリークレーンは、巡洋艦筑摩《ちくま》の建造当時すでにでき上がっていたが、武蔵建造のために、さらに一径間だけ船首部のほうに延長した。そして、昭和十年五月には進水台の試作をして、その工作法を研究していた。

また、進水用の獣脂《じゅうし》を入手するための調査もおこなった。しかし、本格的な進水計画は、昭和十二年の四月下旬にいたって開始された。このころには、すでに工場施設の全般についての計画がたてられ、順をおって着々と工事が成りつつあった。昭和十二年六月下旬、すでに呉で建造に着手されていた大和の船殻《せんこく》工事に、長崎造船所から最初の従業員を派遣して、その技術を習得させ、また現図を写させた。

このようにして武蔵は、昭和十三年の起工をむかえるのだが、その間、長崎造船所において実施された工場施設の拡張について見ると、つぎのようになる。

(イ)ガントリークレーンの新設

第二船台にガントリークレーンが新設された。そのデータはつぎのとおり。長さ三二三メートル、幅（柱の中心の距離）四五メートル、（柱の内面間距離）四〇・五メートル、高さ（有効高さ）三六メートル、起工・昭和九年十月十五日、竣工・昭和十一年三月二十一日。

(ロ)第二船台の拡張と補強

船首部一径間の延長工事は、昭和十三年十月に起工され十四年一月にできあがった。

a　造艦関係工場その他

工場名称		寸法（米） 長さ	幅	高さ 軒	棟	面積（米²） 建坪	延坪	棟数	備考
1	現図場	138.7	33.0	17.0	23.0	4,350	13,050	1	鉄骨三階建新築
2	木工場	197.0	35.0	20.2	25.6	6,810	24,450	2	同上新築（1階は木機工場およびアートメタル板金工場）
3	艤装工場	136.0	40.2	20.2	25.6	5,210	14,800	2	同上新築
4	鉄機工場	92.9	18.3	9.2	15.1	1,710	1,710	1	鉄骨平家拡張
5	鍛冶工場	34.0	24.3	10.5	15.7	826	826	1	同上拡張
6	官給兵器艤装品倉庫	30.0	12.0	8.3	11.4	360	1,080		木造三階建新築（眼鏡類の格納所は防湿装置とした）
7	甲鈑類仮置場	第一置場					2,050		
		第二置場					770		

b　造機関係工場

工場名称		寸法（米） 長さ	幅	高さ 軒	棟	面積（米²） 建坪	延坪	棟数	備考
1	機械工場	45.7	42.7	19.5	25.5	1,950	2,590	3	鉄骨平家（一部二階）
2	仕上工場	38.4	28.2	23.3	32.3	1,090	1,090	1	同上

武蔵を建造するのは、わが長崎造船所の第二船台であったことはいうまでもないが、この船台は、古くは駆逐艦三隻をならべて建造したことのある親子三本の船台が一緒にくっついている。

これらの三本の船台を、武蔵を据えつけるために一つの大きな強力な船台に、ほとんど新しくしたといってよい。

すなわち船首のほうへは六〇メートルのばし、中央部では幅を一・五メートルから八メートルひろげた。また海寄りの半分一三〇メートルの長さにわたって、中心の幅二〇メートルの部分に、三〇〇ミリのジョイスト（根太または梁のこと）を打ちこんで補強した。

この部分は、進水時に強力な圧力をうけるためで、ジョイストはもとからある本杭のあいだをぬって、三フィート間隔の網目に打ちこみ、計算の結果をもととして補強したもので、われわれは、これによって自信をもって建造をはじめることができた。

船台のコンクリート部の大きさは長さ二三六メートル四〇センチ、最大幅三三メートル五〇センチであった。

(ハ)諸工場の新設と拡張

主要な諸工場の新設と拡張は、右頁の表のとおりであった。

(ニ)諸施設の拡充について

ⓐ向島艤装岸壁の新築……進水後の艤装工事をおこなうために、艤装岸壁を所内の向島地区の海岸に新築した。この岸壁の長さは約二四〇メートル、水深一一メートル（最小）を保持するために前方の海底を、二万立方坪浚渫《しゅんせつ》して出来あがったりっぱなものである。

この岸壁には八トン搭型走行起重機一台を設置し、工事用の圧搾空気を供給するため、五〇〇馬力、二七〇馬力各一台の空気圧搾機室と、電力供給のため合計九〇〇ＫＶＡ容量の変圧機をもった変圧機室とが付属している。

また、岸壁の背部には材料置場として、山をきりとって、面積が約三九〇〇平方メートルの空地を設けた。

ⓑ一五〇トン海上起重機船一隻の新設……主として甲鈑の陸揚搭載や主機、罐、副砲などの重量物運搬用として、能力一五〇トンの海上起重機船一隻を新しく設置した。寸法は表（1）のとおり。

ⓒ三五〇トン海上自走起重機船一隻の新造……主砲の積込用のために旧海軍から貸与され、その組立は長崎造船所でおこなった。このような大型の起重機船は、造船所としては、ふだんでは使用する目当てはない。台船の寸法は表（2）のとおり。

ⓓ曳船翔鳳丸の新造……主要寸法は表（3）のとおりである。

■表1

長さ×幅×深さ(米)	60.0×26.8×4.7
平均吃水(〃)	2.0
排水量(瓲)	約 2,950
最大傾斜(度)	5
捲揚の高さ	主捲き150瓲、水面上50米 補捲き 50瓲、　〃　38米
旋回半径	(台船フェンダーの外面からの最大半径) 150瓲にて22米0　120瓲にて30米0 50瓲にて35米0

■表2

長さ×幅×深さ(米)	70.0×32.0×6.0
平均吃水(〃)	3.1
捲揚の高さ	主捲き350瓲、水面上45.5米 補捲き 80瓲、　〃　56.5米
旋回半径	(台船フェンダーの外面からの最大半径) 350瓲にて22.5米　250　〃　27.5米 80　〃　31.0米

■表3

長さ×幅×深さ(米)	37.2×9.5×4.9
馬力	1600B.H.P
速力	8ノット

■表4

〈主要寸法〉	長さ×幅×深さ(米)　24.4×15.2×3.1
〈設備〉	300kW 発電機1台、A.C.およびD.C.共発電可能、250HP空気圧搾機1台、非常用消防ポンプ1台…能力20瓲/時、排水ポンプ1台…能力20瓲/時、一階甲板は倉庫および工具庫、二階甲板は事務室と食堂になっている。

ⓔ動力船二隻の新造……その主要寸法およびその設備は表（4）のとおり。
ⓕ大型浮標二個新設
ⓖ甲鈑加工場……多数の甲鈑をうけいれて搭載前に加工するため、第一船台をこれにあて、面積六一〇〇平方メートルを使用した。第一船台に設備してあるクレーンは五十トン、三十トンのものが各一台、十トンおよび五トンのものが各二台である。
ⓗ砲塔精削機一基を新設……砲塔の精削用として、四〇HP電動機つきの十四メートル移削面機一基を新設した。

武蔵の建造はこうして秘匿された

前にも述べたように戦艦武蔵の建造については、極度の機密主義がとられた結果、計画の内容ばかりでなく、武蔵の実態そのものまでも徹底的に隠蔽されることになった。

武蔵に関するすべての部品、材料にいたるまで、そのことごとくが秘匿された。船台上にあるあいだは、第一および第二船台をトタン板と棕梠縄網《しゅろなわもう》とでかこみ、監視所を設置して長崎港周辺のあらゆる部分、山も市街も海上も、とにかく第二船台を望見しうると思われる地点のことごとくに対して、望遠鏡をもって監視した。

進水してしまうと、隠蔽もかんたんにはいかない。しかし、舷側に擬装《ぎそう》のための網をはり出して、できるかぎりその大きさを推定されることを防いだ。従業員に対する措置については、前に記述した通りである。

対岸左手の武蔵建造船台を目隠しすべく外国領事館前に急造された二階建ての倉庫（中央）

こうして、人と物の両面から極度の警戒措置が講じられた。なにを建造しているのか、その実態を察知されないこと、軍艦を建造しているとわかっても、その大きさを推察されないこと——この二つの目的をふくんでいたものと思われる。この武蔵の秘匿については、人的な犠牲と物質、労力、時間の注入によって、その目的は十分に達しえたものと考えられる。

工場施設その他において講じられた措置のうちで、その主なものをあげると、つぎのとおりである。

▽軍機第一類工場

戦艦武蔵関係の製図工場、現図場、船台付近、甲鈑類置場、砲塔置場、艤装岸壁、および全海面、そして佐世保、呉の両工廠へ回航するさいの船渠付近は、軍機第一類工場として指定されて、えんえんたる囲壁をめぐらし、監視人を配置し巡回にあたらせた。

この区域内に立ちいることのできるのは、特定の軍機徽章をつけているものにかぎり、他の者は絶対に近寄らせなかった。同じ宣誓者でも軍機徽章を交付しないものがあり、職員の徽章には一貫番号を、工員の分には、そのほかに写真がとりつけてあった。軍機第一類工場の出入口には、資格者の台帳が備えてあって、いちいち首実検した。

▽船台の遮蔽

進水までのあいだ、船台上の武蔵を望見したり、撮影されたりするのを防ぐため、すでに記したように、その周辺に遮蔽物をつくった。

起工一年前に研究の結果、ガントリークレーンの柱の外側線に、高さ十八フィートのトタン板の壁を張りめぐらした。また、付近の山々からの盗視を防ぐために、壁の上部には直径十六〜二十ミリの棕梠縄製のスダレを一重ないしは三重にたれさせて船台をかこみめぐらせた。

この船台の遮蔽は、じつに壮観というべきで、棕梠縄のスダレが高く天に冲し、高いところではガントリー上約十二フィート、地上から二百フィートに達していた。

当時、長崎に旅行した人びとは、だれも港の中央に魔のごとくそびえたった異様な暗黒の塊りに、まず注意をはらわれたであろう。

第二船台内では、この遮蔽の影響で通風がへり、冬は多少あたたかく、午後になると明かに光線が不十分となった。

棕梠縄スダレは一枚の大きさ十五メートル×十メートル、使用枚数五五〇枚、面積八十四万五千平方フィート、スダレの総重量四〇八トン、使用した棕梠縄の総延長二七一〇キロ（東京〜長崎間往復二二二〇キロ）。

棕梠縄の総重量は、このように莫大な量にのぼり、九州地方では一時は品物が涸渇したために、漁撈に大きな影響をおよぼすにいたり、業者からの抗議がでるしまつだった。

トタン板塀の面積九万九五〇〇平方フィート、総遮蔽面積（船台）九十四万四五〇〇平方フィート、スダレはガントリー柱の間に鋼索《こうさく》を張って、これに吊った。また、これら遮蔽のうける風圧にたえうるように、ガントリー柱には補強工事をほどこした。
▽監視所の設置
造船所の対岸や背後の丘陵、住宅地帯、あるいはまた港内の船舶から望見したり、撮影されたりするのを防ぐために、四ヵ所に監視所を設けて、十二センチ×八センチの双眼望遠鏡で日中はいつも監視していた。
▽船台対岸地区の買収等
船台まむかいの必要と思われる地区の住宅などを買収し、あるいは同方面の海岸に、市の倉庫を建設して妨害物とするなどのことが行なわれた。
▽警戒隊の編成
武蔵の進水後は旧憲兵、警察官のほかに、旧佐世保海兵団より警戒隊を編成して、派遣してきた。監視所の数もまし、それらを周囲の丘陵や要地にもうけて、旧憲兵隊、旧要塞司令部と連絡して、その警戒は峻烈をきわめた。白地に赤く〝警戒〟としるした腕章をつけて、警戒隊は三々五々、市中に船中に、いたるところに銃剣をきらめかした。
▽進水に対する秘匿措置

進水の日時を秘匿するため、九月初旬から何度も船台で徹夜作業がおこなわれた。進水作業あるいは計測関係者そのほかのだれ一人として、進水日時は知らされていなかった。もちろんだれも知らないでは、絶対に進水はできるはずのものではないが……。

このようにして、進水日の数日前から、いろいろの佯動《ようどう》がなされ、結局のところ、十月三十一日の午後二時に、船台遮蔽囲壁の出入口を予告なしに閉鎖し、交通を遮断した。内部にいた従業員の大部分は、夜の冷気にたいする準備がなかったため恐慌をきたした。

進水日の当日は、早朝から長崎市中、海岸、山地に、警戒兵や憲兵、警察官を配置し、必要な区域では、武蔵が岸壁に繋留しおわる正午ごろまで、交通を遮断した。海上でも警戒船によって、いっさいの船舶の出入港を禁止した。

船台からすべりでる船体は、おりからの朝靄《あさもや》のため、少しはなれた場所からは観察不可能であった。船台のはしの遮蔽は一週間前に、上方にまきあげうる棕梠縄スダレと左右にしぼれる帆布幕の二重遮蔽にきりかえた。

進水のためには、武蔵をいつまでもトタン張りの中に閉じこめてはおけない。また、水中固定台は、どうしても陸上の遮蔽の内側から外の海中に足をつき出さざるをえない。獣脂をぬって水中に白く光るこの二本の足は、海面に筏《いかだ》をうかべて隠蔽してあった。

スダレは深夜にまきあげ、筏は進水日の当日、朝八時に撤去し、幕はトリガー索の切断後にひらき、進水の直後ふたたび閉じて、露出した進水台を秘匿《ひとく》した。また、その朝に撤去した筏をただちにもとにもどして、水中固定台の上部の海面をおおってしまった。

▽命名式参列者

伏見軍令部総長宮殿下が御名代として御差遣になり、前日の午後三時三十分、極秘のうちに長崎に到着された。海軍からは、当時の海軍大臣、艦政本部長、佐世保鎮守府長官、艦政本部第四部長のほか、ごく少数の関係者が参列し、会社からは会長、常務などの少数が前日到着して、進水をまっていた。

また、前日の午後七時、佐世保鎮守府から警備隊と軍楽隊とが海上から到着し、進水後、その日の夕刻に引きあげた。当日は知事、警察部長、旧憲兵分隊長が警衛のため特に入場をゆるされた。このほかには、進水作業員および計測関係者あわせて一二五〇人の従業員が居合わせただけであった。

軍楽隊は御名代宮殿下の御入場のときと、御退場のときとの二回、君ヶ代を奏楽したが、武蔵進水の瞬間に奏せられるべき軍艦行進曲は、とくに行なわれなかった。

▽進水後の秘匿措置

甲板に用意してあった擬装網を、進水中にすでに舷側にたれひろげて外舷の見とおしを困難にするようにした。また、港内にあって艤装中の春日丸（のち改装空母大鷹となる）を移動繋留して、繋岸中の武蔵を蔭にするようにした。港内には近接航行を禁止するように、航行禁止区域を設け、そのうえ砲塔上部には巨大な上屋根を設置した。

▽その後の措置

進水直後、進水台を船体から取りはずすためには、それまでの方法によれば、どうしても港外の水深の大なる海面に曳行《えいこう》することが絶対に必要であったが、秘匿上不可ときまり、画期的な取りはずし装置を創造して現位置で取りはずし作業をおこなった。この装置の詳細については後記する。

入渠のため、佐世保および呉に回航したりするさいは、関係者は夜がふけてから行動し、艦もまた払暁《ふつぎょう》のほかには、港を出入りしなかった。また、出入港のときには、港外の島々まで旧警戒隊、旧憲兵、警官で埋められていたことはいうまでもない。

佐世保および呉に入渠中、あるいはまた試運転中の従業員はどうであったかというと、いずれも盛夏の候に、甲板上にかりに敷いた畳の上で、仕事につかれきった身体を起臥していた。

鋲うち作業の炉から出る煙や、溶接作業のために発生する悪ガス、鉄の床、鉄の壁、鉄の天井を、直接つたってくる騒音、これらが充満して通風がわるく暗い小さな室々で、夜ともなれば蒸し暑さに転々として、昼間の汗くさい作業衣のまま、ただ横になるというだけの生活をつづけた。

家庭への通信もおさえられつつ、機密保持のために、鋼の箱である艦内から一歩も出ることをゆるされない明け暮れであった。

武蔵の進水はこうして行なわれた

▽進水に関する実験

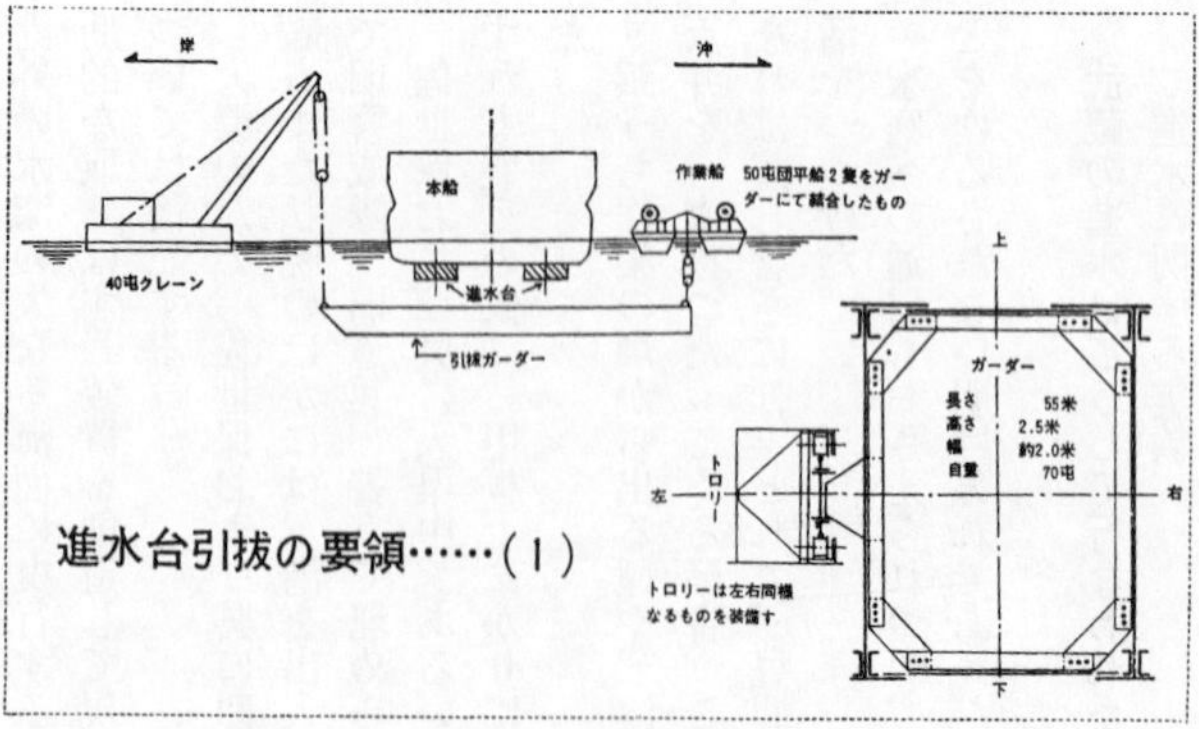

進水台引抜の要領……(1)

滑走試験……十三フィート台を用いて、四回試験、始動力、摩擦係数などを実験した。

獣脂耐圧試験……三個の幅六フィート台をつかって、五十時間連続して荷重をかけてみた。

鞍板模型耐圧試験……十分の一の進水台前端部の模型をつくり、水圧機によって荷重をしだいに加えて、各部のゆがみを記録し、一万六〇〇〇トンの実圧力に上昇させて、実験をおわった。この結果、構造の強度は十分であることをみとめた。

進水実験……商船ごとに、各種の計測をおこなった。とくに一五〇トン運貨船の進水のときは、獣脂平均力として進水させた。

盤木構造の研究……砂ジャッキ、砂袋盤木、特型盤木、砂箱支柱などの研究。

鞍板充塡材料の研究……鞍板と船体の間には、それまでは天塩松などを仕上充塡《じゅうてん》していた。しかし、長崎では重巡利根いらい、軍艦の場合もコルク屑セメント（比重約一・三）を流しこみ、充塡していた。（船

進水台引抜の要領……(2)

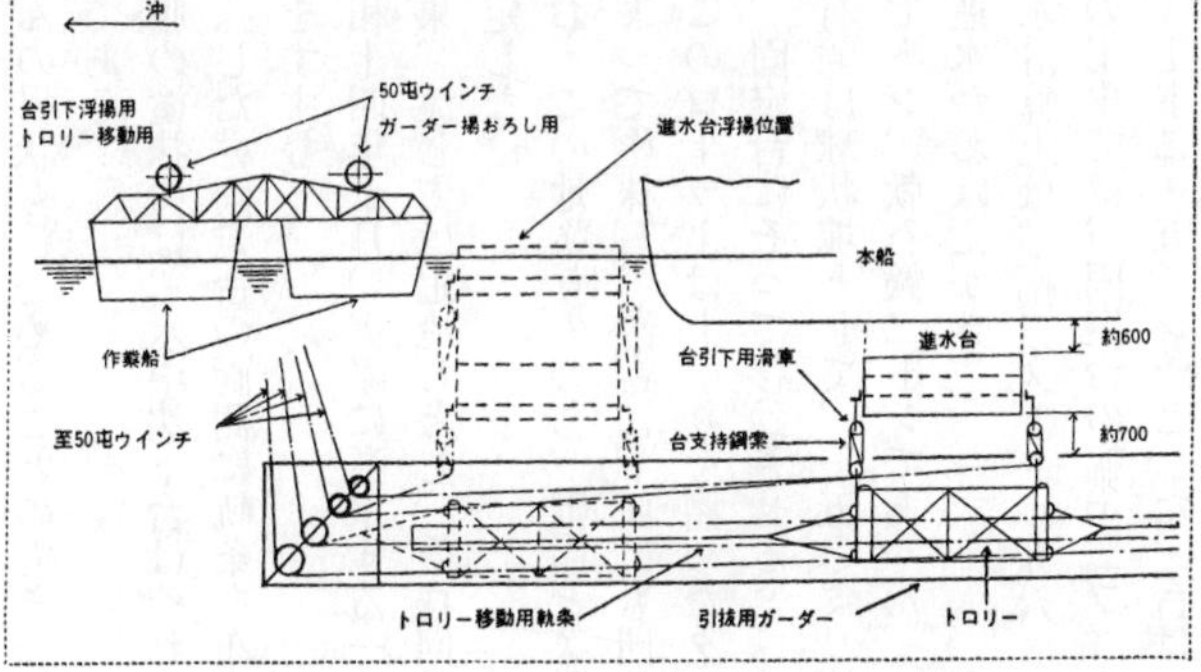

底に天塩松)

武蔵では、さらに重量軽減のため、コルク屑セメントは外板と鞍板とに接着する部分の三百ミリだけの厚さとして、中層部には松材を挿入した。これは実験はおこなわず、可否の検討だけで実行した。

▽獣脂の研究

進水に重要な役割をもつものとして、獣脂のことは、ぜひ記さねばならない。進水計画上、獣脂を正しく扱っているかどうかが重要なカギをにぎっている。

武蔵の進水に必要な性能をもった信頼すべき獣脂を、多量に入手できるかどうかという点は、はやくから問題となっていた。獣脂の製造所としてわれわれが選んだのは、大阪の岡田油脂化学工業株式会社であって、特別措置を講じて進水の重大性を明らかにし、当初からその参加をもとめた。

こうしてわれわれは、進水工事の完全さと両々あいまって、進水後の状況を調査してみても、そこにはなんの異状もみとめることのできない、りっぱな獣脂を武蔵の進水に使用することができたのである。

獣脂の塗抹には、水中沈下台はそれまでの如露《じよろ》流し法を、陸上固定台にはタンクを創造して塗抹した。固定台の両側に軌条を布設して、タンクを左右に移動させながら、架台が軌条の上をすすむ。

昭和十四年十月、実際に進水する一ヵ年前の同じ季節をえらんで、塗抹試験をくりかえした結果、流し方は追流しとし、塗抹回数を七回、厚さ六メートル、温度一一五度から九十度と決定した。

なお、この地塗りののち、獣脂と菜種油とを重量比一対三に混合した上塗りを一回、タンクによって塗抹し、滑台に下面にも同じ上塗りをローラーによって塗抹した。表面がラシャ製のこのローラーは上塗りを溜めたタンクの中央に、なかば浸してある。滑台の下面をなでつつ、固定台にそって移動させる。

軟石鹸は球状塊として、一五〇ミリ間隔をおいた。油脂の使用総量は、獣脂十八トン、菜種油七トン、軟石鹸二トンであった。

▽進水台おぼえがき

進水計算上は、幅三メートル九六二（十三フィート〇インチ）の進水台を採用した。じっさいの工事では、固定台の幅十三フィート一インチ、滑台ではリンドバがついて、その幅十四フィート二・五インチとした。台は十八インチ角の米松を仕上げて十七・五インチとなったもの三本をあわせたもの三条を、径五十五ミリのボルトでしめて組みあげた。

各台の長さは三十四フィート、重量は約十四トン、滑台の全長は六八〇フィート（二十本）、固定台の全長は八七六フィート（二十六本）であり、滑台の製作に使用した米松は六万七千立方フィート、クレードルおよび固定台盤木に使用した米松は十六万三千立方フィートで、進水台工事に使用した木材の合計は二十三万立方フィートとなった。また、進水台工事に要した工数は、三万九千人分であった。

▽艦内支柱について

艦内支柱は、できるかぎり重量の軽減につとめ、その設置した範囲は、計算上で必要とみとめられた個所のみにとどめた。

艦内支柱に使用した米松等は、四万立方フィートで、この工事に要した工数は一万五千人分であった。これを前記の進水台工事とあわせると、使用した木材が二十七万立方フィート（約四六〇〇トン）、総工数五万四千人分となる。

▽進水後の台引きについて

進水後、向島岸壁に繋留した位置で、進水台の引抜きをおこなうために、トロリーつき引抜きガーダー装置（自重約七十トン）をつくった。この引抜き装置は、おそらく世界でも、唯一のものであったことと思われる。

引抜きの要領は、図によってわかると思う。船底下の滑台一台ずつをトロリーに引きつけて、船底からはなし、つぎにトロリーを舷側に曳き出し、しめつけた索をゆるめて台を水面にうかべる。

ガーダー装置を順次、船底の下に移動させて、つぎの台の取りはずしをする。ただ、進水台前端の第一、第二、第三鞍板部は、引抜き装置を用いないで、その位置で落下させることにした。

この装置は、一日平均三台を引き抜くという、おどろくべき速度を発揮した。こうして武蔵の移動のためにこうむるべき工事の遅延を、一方において救ったうえに、前後四十四日をもって進水台引抜き終了という結果をあげて、終わることができたのである。

戦艦「武蔵」ものしり雑学メモ

「丸」編集部

武蔵建造日誌

超弩級戦艦武蔵《むさし》型の決定をみた昭和十二年三月、日本海軍は、極秘裡に同型艦二隻の建造にとりかかった。第一号艦大和《やまと》は昭和十二年十一月四日、呉海軍工廠において、第二号艦武蔵は翌十三年三月二十九日、長崎造船所第二船台において、起工されたのである。

これよりさきの昭和十二年一月、長崎造船所は第二号艦武蔵の建造内命をうけ、わが国はじめての民間造船所における、画期的な工事の幕が切って落とされたわけである。

以後、引渡しまでの建造工事の概要を、三菱長崎造船所に残されている建造日誌でたどってみよう。

本艦起工に先だち、まず第二船台の改良が行なわれた。その結果、船首部が六十メートル延長され、中央部の幅は両側へ一・五〜八・〇メートルほど拡張された。つぎにガントリークレーンも補強され、また延長されて、つぎのような寸法となった。

長さ三三三メートル、幅四五メートル、高さ三六メートル
昭和十三年三月二十九日の午前九時五十五分、第二船台において起工。以後、船殻工事は猛烈な勢いで、しかも細心の注意をもってすすめられた。

昭和十四年　一月二十八日　船殻水圧試験開始
〃　六月　三日　進水台製作工事開始
〃　八月二十三日　罐室大漲水試験施行
〃　十一月　十五日　機械室大漲水試験施行
〃　十月　十三日　第一号罐積込
昭和十五年　一月　十六日　第十二号罐積込終了
〃　二月　二十日　主機積込開始
〃　五月　二日　主機積込終了

この間、武蔵建造の付帯工事として、特務艦樫野《かしの》および曳船翔鳳丸が完成した。
特務艦「樫野」＝昭和十四年七月一日起工、十五年一月二十六日進水、十五年七月十日竣工、一万三六〇排水トン、長さ一三〇メートル、幅一八・八メートル
曳船「翔鳳丸」＝昭和十四年十月二十一日起工、十五年三月二十五日進水、十五年七月三十一日竣工、長さ三七・二メートル、幅九・五メートル、深さ四・九メートル

かくて昭和十五年十一月一日、ときの軍令部総長伏見宮《ふしみのみや》殿下の臨席のもとに、小川所長の支鋼切断により、午前八時五十五分、進水式が挙行された。進水後は、ただちに同島の艤装岸壁に繫留された。

昭和十五年十二月十六日〜二十日　進水台の引抜作業

昭和十六年五月二十六日　甲鈑取付け完了

〃　七月一日　入渠のため佐世保海軍工廠へ曳船。翌二日、第七船渠に入渠のうえ十一日〜二十一日間に主舵を取り付け、推進軸および推進器を取り付け、八月二日、長崎へ帰航した。

昭和十六年十月六日〜十二月六日　主砲積込。主砲積込みを終わったところで太平洋戦争勃発。その後は工事も突貫作業ですすめられた。

昭和十七年五月十九日　午後三時五分出港し、呉へ自力回航の途につく。

五月二十六日　入渠、六月九日午前七時、出渠

六月十八日〜二十六日　伊予沖において運転公試を行なうために出動

七月二十四日〜三十日　伊予沖に出動し、砲熕公試その他の試験を実施

かくて昭和十七年八月五日午前九時、竣工式を挙行、起工後一五八七日目に超弩級戦艦武蔵《むさし》に軍艦旗をへんぽんと翻《ひるがえ》すこととなったのである。

武蔵はいくらで出来たか

戦艦陸奥の引揚げが人びとの話題をにぎわせたばかりでなく、チョットした景気ブームをつくったことがある。死者が生き返ったわけで、とんだ起死回生もあるものだが、廃艦でさえそれほど値打ちのあるものなら、陸奥よりもはるかにデカい武蔵の場合は、どれくらいの血税を使ったものだろうか。よく飛行機一千機分といわれるが、当時の模様、内訳などを『三菱長崎造船所一〇〇年史』からのぞいてみよう。

——昭和十二(一九三七)年、軍備無制限時代に入ると、日本でも新造艦の建造が急がれることになった。この武蔵型戦艦の建造にあたっては秘密が外部に漏れるのを絶対に防がなければならなかった。これは本艦の勢力を対米優位に置くために絶対必要なことであった。したがってこの目的のためには、あらゆる方法がとられたのである。

大蔵省当局との建艦予算要求交渉の折にも、正確な建造費を提示しては、この方面から機密の漏洩することを恐れ、三万五千トン型戦艦建造に要する経費を表面上要求し、不足分は駆逐艦など小型艦艇の建造という名目で偽装した。

また武蔵型戦艦の中心火力たる一八インチ(四六センチ)砲は機密とし、九四式四〇センチ砲と呼称し、陸奥搭載主砲と同じ口径四〇センチの新式砲のごとく見せかけた。

三菱造船所は昭和十二年一月、第二号艦武蔵の建造内命を受け、ここにわが国の民間造船所における画期的な工事の幕は切って落とされたのである。

見　積　書

艦積第五十四号

　　　　　　　　　　昭和十二年十月十六日

　　　　　　　　三菱重工業株式会社

　　　　　　　　　常務取締役　伊藤達三

海軍艦政本部　御中

一金　六二、五三八、五五〇円也

　但し第二号艦壱隻製造請負代価

内　訳

船体部　金　四四、五六一、五二〇円也

機関部　金　一一、五〇三、五三〇円也

兵装部　金　　六、四七三、五〇〇円也

一、引渡期限　昭和十七年十二月二十八日

一、引渡場所　長崎港

　　　　　　　　　　　（抜萃）

なお、追加変更工事を加算した最終額は六四九〇万円であった。――しかしこの数字は防諜上いつわった予算が発表されたもので、実際には約一億一、三千万円の建造費がかかっている。

われ武蔵とともに不帰の人とならん！

昭和十九年十月二十四日、シブヤン海に消えた戦艦「武蔵」最後の艦長・猪口敏平少将の最後の手記を、以下、参考までに掲げる。

十月二十四日

予期のごとく敵機の触接を受く。これよりさき、GKF（南西方面艦隊）より二十四日早朝、ルソン地区空襲の予報ありたるをもって、〇五三〇、配置につき、十分のかまえをなせり。

ついに不徳のため、海軍はもとより、全国民に絶大の期待をかけられたる本艦を失うこと、まことに申し訳なし。ただ本海戦において、他の諸艦に被害ほとんどなかりしことは、まことにうれしく、なんとなく被害担任艦となりえたる感ありて、この点、いくぶん慰めとなる。

本海戦において申し訳なきことは、対空射撃の威力を十分、発揮しえざりしことにして、これは各艦とも下手のごとく感ぜられ、自責の念にたえず。被害大なると、どうしても、やかましくなることはいたしかたないかも知れないが、これも不徳のいたすところにて慚愧にたえず。

大口径砲が最初にその主方位盤を使用不能にされたことは、大打撃なり。主方位盤は、どうも、わずかの衝撃にて故障になりやすいことは、今後の建造に注意を要する点なり。

本日の致命傷は、魚雷命中（五本、確実以上七本の見込み）にありたり。いったん回頭しているとなかなか艦が自由にならぬことは申すまでもなし。最後までがんばり通すつもりなるも、いまのところダメらしい。

一八五五、暗いので思うようにことを書きたいが意にまかせず。最悪の場合の処置として、御真影を奉還すること、軍艦旗をおろすこと、乗員を退去せしむること。これは、わが兵力を維持したきため、生存者は退艦せしむることに、はじめから念願。悪いところは全部、小官が責任負うべきものなることは当然であり、まことに相すまず。

本日も、相当数の戦死者を出しあり。これらの英霊を慰めてやりたし。本艦の損失は、きわめて大なるも、これがために敵撃滅戦にいささかでも消極的になることはないかと気にならぬでもなし。いままでの御恩顧に対して、こころからお礼申す。私ほどめぐまれたものはないと、平素よりつねに感謝に満ちみちいたり。

はじめは相当ざわつきたるも、夜に入りて、みな静かになり、仕事もよく運び出した。いま機械室より、総員、士気旺盛を報告し来れり。一九〇五

武蔵は何発うったか

比島沖海戦において戦艦武蔵は主砲五四発、副砲二〇三発を発射した。ちなみに大和の場合は、主砲約一七〇発、副砲三八三発であった。

天皇陛下「武蔵」行幸記念写真

昭和十八年六月二十四日、武蔵は艦上に昭和天皇を迎えた。当日の記念写真の裏面には、

公表あるまで「極秘」の印が押され、その保管を厳重にすべきむね海軍省副官の名で、以下のように記されていた。

「首題に関し、今回とくに参列員に対し頒布方許しをえたるが、取扱いにかんしては左記により機密保持上、遺憾なきを期せられたし。

一、六月二十四日、行事直接関係者以外には新聞発表あるまでこれを極秘とする。

二、格納は慎重を期して、第三者に見せることを禁ずる。

三、複写数は厳重に限られ、その頒布番号は、海軍省官房に控えがあるので新聞発表以前では海軍大臣官房に返却すること。

以上」

武蔵よもやまばなし

大きさ——武蔵の長さは長門（吃水線長さ）に比べるとかなり長いが、赤城、翔鶴とはあまり違わない。幅はクイーンメリー号の三十六・六メートルをしのぎ、世界で最も広かった。幅に比べて長さが短いのは防御計画上、絶対に必要なことであった。

ついで前檣部は吃水線上四十メートル、艦底からはかると五十メートルをこえ、国会議事堂の高さとほぼ同じ、船底から最上甲板までは高さ約二十メートルの六階だから、ほぼ東京駅ぐらいの巨体が浮かんでいると考えればよい。この上にさらに檣楼があり、その塔だけで十三階もあった。

一八インチの巨砲——武蔵の主砲については、四〇センチ砲九から十二門搭載という案も研究された。しかし、当時アメリカの改装戦艦は、甲板防御甲鉄の厚さを七インチにしているらしい、という情報もあり、四〇センチ砲弾ではとうてい貫通できぬということで、主砲は四六センチ（一八インチ）ときまった。

砲身長は二十一メートル、砲塔の直径は十二メートルをこえ、主砲仰角は四五度である。この角度で一・四六トンの弾丸を発射すると、富士山頂の倍の高さとなり、四十一キロの遠方にとどくことになる。これは東京〜大船間の距離に相当する。

武蔵の副砲塔には最上型巡洋艦の主砲そのものが搭載されたが、主砲にくらべ、じつに小さく見えた。

熔接の利用――武蔵の兵装や機関を除いて、船体だけに要した鋼材量は四万三千トンに近く、その約半量は甲鈑であった。

砲熕兵装の重量は一万一七〇〇トンに近く、陸奥の二倍にあたっている。それにもかかわらず、船殻重量比が他の船とたいして違わないのは、ひとつには縦強度構成材料以外には、徹底的に電気溶接を用いたためであった。資料によれば、熔接線の延長は船体工事関係だけでも三十四万三四二二メートル（東京〜米原の距離）に達した。

進水時の津波――武蔵が長崎港内で進水したときには、海面水位に大きな変化を見せた。すなわち、進水直後の立神船台付近の海面は約三十センチ高くなり、波高最大五十八センチに達した。この波は約三十分間つづいたものである。また船台の反対側の浪の平海岸では、一時に発生した高潮のために、床上まで海水が浸入した民家もあった。

細胞のような防水区画

戦艦の防御をおこなう場合、弾火薬庫、砲塔、罐室、機関室などの重要部分のみを厚い装甲鈑で防御し、残りの部分（通常、艦の前部と後部）はこのような防御をせず、多くの細かい部屋にくぎって各々の部屋の防水式とした。

これを防水区画といい、まんいち艦が損傷したときに浸水を防ぐ。

もし、このようにせずに艦の前端から後端まで全部、厚い防御甲鈑でおおったとすれば、この重量は莫大なものとなり、戦艦の設計は成りたたなくなるわけである。そこで戦艦をうまく設計するには、いかにしてこの重量をとる装甲鈑による防御部を短くし（重要部を短くすれば、敵弾が命中する確率も減ってくる）その重要部を減らすという点が大きな問題となった。

大和型の戦艦では、この部分の長さが艦の全長の約五三・五パーセントであった。これは非常にうまくいった設計で、長門ではこの値は約六三・二パーセントだったことからみてもわかるだろう。

そして大和型戦艦では、残りの、装甲鈑で防御していない部分は、徹底的に防水区画を細かく設けた。防水区画が細かくできれば、その一つに浸水しても浸水量は少なく、艦におよぼす影響も少ない。長門では、この防水区画の数が一〇八九だったのが、大和や武蔵では一一四七個もあり、いかにこの点に注意されて設計されたかよくわかる。

大和や武蔵が、設計とうじ考えられていたより、はるかに猛烈な攻撃をうけたけれども、なかなか沈まなかったのは、たしかに水中爆発防御構造が有効であったことと、防水区画が適切に設計されていたことによる。

そのほかに沈みにくかった原因に、損傷時の復原性能が良好であったこと、応急対策用の諸装置が適切であったことがあげられる。

巨艦の艦内連絡

大和や武蔵に装備された艦内連絡通信設備は、伝声管、艦内電話、空気伝送管であった。

伝声管というのは、船の通信設備としてはもっとも一般的なもので、金属管をとおして肉声を必要なところに送り、命令などを伝えるものである。

船の艦橋にあがってみると、ラッパ状の金属管が天井や艦窓付近に装備されているが、あれが伝声管である。

しかし伝声管は、金属管を直接必要なところへ配管する関係上、大事な防御甲鈑に穴をあけなければならない。

これは防御上、大きなマイナスであり、大和建造当時に毒ガス防御上、好ましくないので、伝声管の設置は極力へらされ、大和型では一四六本の伝声管が装備された。これは長門級戦艦の一九二本に比較すると、かなり少ないものである。

艦内電話は、一般の電話のようにダイヤル式のものでなく、特定の限定された部所だけと通話できる直通電話である。たとえば、艦橋戦闘室から機関室へいくもの、主砲塔指揮所へいくもの、副砲塔指揮所へいくもの、おのおの別系統となっていた。このほか直通電話のみでなく、電話交換室をとおる一般の市内電話のような交換電話もあった。

大和型戦艦には、艦内直通電話は四九一本設置された。長門級戦艦は三八五本である。電話線は二〇〇芯、三〇〇芯という超多芯ケーブルを使用し、多くの回線を太い一本の電話線にまとめて敷設し、防御甲鈑の電話線貫通穴をできるだけ少なくするよう努力した。

空気伝送管は、通信事項をかいた紙片を軽金属製のパイプに入れ、伝送管に入れると圧縮空気の力により、所定の場所に送ることができるもので、これも伝声管とおなじく、特定の限定された場所から場所へ配管された伝送管により連絡されていた。

大和型戦艦につけた空気伝送管は十四本で、長門の二十本に比較すると少なくなっている。少なくなった理由は、伝声管とおなじく、甲鈑は極力穴をあけないという防御上の理由からである。

防御力を倍加させた〝蜂の巣〟甲鈑

どんなによく防御された戦艦でも、一つだけ弱点があった。それは、ボイラーから煙突へ通じる煙路である。この煙路は、装甲鈑に穴があいているのと同じである。

むかしは戦艦同士の戦いでも、戦闘距離はわりあい近いので、敵弾は水平にちかい角度で飛んで来た。そこでこの煙突から、艦の防御された部分に敵弾が飛びこむことはあまりなく、飛びこまないために煙突の穴のまわりに井戸の枠のように装甲鈑をつけるだけであった。これをコーミング・アーマーと呼んだ。

戦闘距離が大和や武蔵の設計のときでは二万〜三万メートルとなったために、敵弾は大きな角度で落ちてくるので、煙突から煙路をとおって防御区画のなかに侵入し、そこで爆発するおそれが出てきた。こんな状態では、コーミング・アーマーでは心細い。

さらに。諸装置や居住設備のために給気孔や排気孔がたくさんあって、これらがみな甲板、装甲鈑に穴をあけ、そこを通っている。そこでこの孔の部分をなんとか防御しなければならない。こうして考え出されたのが日本海軍の新発見による〝蜂の巣甲鈑〟である。

これは甲鈑に多数の孔があいていて、これで煙路などの穴をふさぐことにした。こうすれば、多数の小孔から空気や排気は自由に出入りできるが、砲弾や爆弾はここで爆発してしまい、防御部のなかに入るおそれがなくなる。

しかし耐弾力は、ふつうの甲鈑と比較してみると相当に威力が落ちる。そこで蜂の巣甲鈑は普通の甲鈑の二〇〇ミリに比して、三八〇ミリと増し、耐弾力が低下するのをふせいだ。

また孔があいているため、敵弾が命中したときひびが入ったりして破損しやすくなるので、とくに新発明のねばりのつよい材料を使用して蜂の巣甲鈑をつくった。

この蜂の巣甲鈑を世界ではじめて採用したことによって、わが武蔵と大和の装甲鈑防御は、まことに完璧なものとなったのである。

副砲に化けた重巡の主砲

大和や武蔵の副砲は、一五・五センチ三連装砲塔を四基十二門であり、これを二基六門を中心線上に、のこりの二基六門を各舷に一基ずつ配置した。

この配置は、大和と武蔵の一大特長ともいえるもので、全射線十二門のうち、各舷での同時発射が可能なのは全副砲の四分の三、つまり九門にたっした。副砲十二門のうち各舷に四分の三を発射しうることは大きな威力であり、これを金剛級戦艦と比較すると、金剛級は副砲に一五センチ砲を十四門搭載しているが、いずれも砲塔式でないため、左右各舷には二分の一の七門ずつしか発射できないのである。

大和型戦艦の副砲は、重巡最上級が主砲として搭載していたものを、最上級が無条約時代となり二〇センチ砲に換装した結果、あまってしまったものを転用したのであるが、巡洋艦最上の主砲として威容を誇ったこの砲も、大和型戦艦に搭載してみると、じつに小さく見えることからも、大和と武蔵の巨大さがわかろうというものである。

また、この副砲の最大射程は二万七千メートルであり、かりに東京駅にこの砲をおいて発射したならば、横浜までの砲撃が可能であった。

発射速度は毎分七発のわりで、射距離一万五千メートルにおいて十センチの鋼板をうち砕くことができた。

弾薬庫および弾庫は、砲塔の旋回、俯角の電動室の真下にあり、砲弾および装薬は三基の揚弾筒、三基の揚薬筒によって揚げられた。副砲の弾薬保有数は、発射の機会が多い一番および四番砲に一五〇発、両舷の二番砲、三番砲には一二〇発が搭載されていた。

このように、転用された砲にもかかわらず、きわめて優秀であり、口径は六〇口径という大きなもので、初速は一秒間に九二五メートル、最大仰角七五度で、もちろん対空射撃が可能であった。

配置なき武蔵飛行科搭乗員の証言

砲戦観測機二機、飛行科員たちのレイテ海戦

当時「武蔵」飛行科・海軍中尉　柴田次郎

私が武蔵乗組の命をうけたのは、昭和十九年の七月はじめ、飛行科予備学生の訓練を修了し、少尉に任官した直後、上海航空隊においてであった。

佐世保から戦艦榛名《はるな》に便乗して、シンガポールのセレター水上機基地で訓練中の艦隊搭乗員に合流した。そして約一ヵ月の基地訓練ののち、スマトラ中部東岸沖のリンガ泊地に仮泊中の戦艦武蔵に着任したのは、たしか九月に入ってからであった。

十月十八日、「捷一号」作戦が発動されると同時に、艦隊はひそかにリンガ泊地を出港、東進をはじめた。

二十二日、最後の仮泊地であるボルネオ島の北西岸ブルネイ湾をあとに、武蔵を中央に大和、長門を前後に配した第一戦隊を中軸として、前後および両翼にミッドウェー作戦生きの

柴田次郎中尉

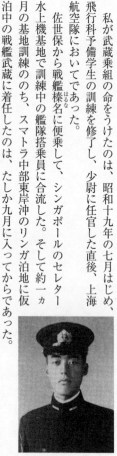

こりの戦艦金剛、榛名をはじめ数十隻の重巡、駆逐艦をしたがえ、堂々の輪形陣をえがいて一路、レイテ島めざして北上をつづけた。

翌二十三日、パラワン島を東に見た艦隊は、いよいよせまる決戦場を目前にして、全速力の進撃をはじめた。

武蔵の艦橋からは、澄みきった朝空をとおす南国の強烈な陽光が目を射た。そして、その艦尾からはまぶしいばかりの、銀色のウェーキの尾をひいて驀進する大和の巨体をはじめ、青い大蛇のうねりにも似た大波のなかに、笹の葉のような艦体を没して疾走する駆逐艦のようすまで、一つ一つが大海にうかび出た巨大な黒魚の一団のごとくながめられた。

飛行服こそ着てはいないが、カーキ色の艦内着に飛行靴をはいて、戦闘準備をととのえた私は、もう一度、飛行機の整備をたしかめるべく、艦橋を降りて露天甲板に出た。

陸に上がった搭載機

日陰のまったくない広い甲板に降り立つと、焼けついた鉄板から反射する強い熱気が、靴の底をとおして足をムッとさせる。それでも舷側のデッキに寄ると、吹きよせる潮風は、汗ばんだからだに一抹の涼味をさそう。

深い藍をたたえた海面は、巨大な戦艦も艦隊をも無視して、いま一国の運命を賭し、数千の生命をかけて戦わんとする目前の大決戦にさえ、まったく無関心に、ただ黙々とウネリつづけている。

前檣楼最上部より煙突後檣ごしに見た武蔵後甲板。三番主砲や飛行機運搬軌条、射出機がある

〝静中動有〟という言葉があるが、この場合、私にはその〝動〟とは、どうしても、わずかにうごめく小さな人間どもがつくりだした、ひとにぎりの波紋としか思えなかった。

すべてを知りつくし、呑みつくしたような雄大な空を見ていると、ふと私は、いま戦場へ刻一刻ちかづきつつあることが、よそごとのように思われ、遠洋航海にでも出ているような奇妙な錯覚におちいった。

それはまた、絶対に沈まないと信じきっている武蔵にたいする私自身の強い信頼感が、そうさせていたのかもしれない。

全長二八〇メートルもある露天甲板は、長門や榛名のように上甲板のうえに、さらに最上甲板があって艦首から艦尾にゆくのに、何度もラッタルをのぼり降りする必要はなかった。

廊下のように厚い鋼板が張りつめられた甲板は、なだらかなカーブをえがいて、艦首から艦尾へつづいており、マストや砲塔、煙突も甲板から直接、わずか後方に傾斜ぎみに、すっきりと出ていて、遠くから見るとスマートな巡洋艦のようにさえ見えた。

私は、その巨大な主砲が三門、虚空《こくう》をついている後部砲塔をまわって後甲板に出た。

そこには最後部両舷にそなえられたカタパルトに通じる飛行機誘導レールが縦横に走っており、カタパルトにはさまれた艦尾寄りの中央には、飛行機が一機出し入れできるくらいの穴があり、ここからリフトで露天甲板下にある格納庫へ飛行機をおさめるようになっている。

もともと武蔵は航空戦艦ともいえるほどで、二十機ぐらいは楽《らく》に搭載できうる設備を持っていた。それが常時、搭載機は砲戦観測機二機にすぎなかった。

戦闘の場合、格納庫のない長門の一機を収容しても三機であり、そのうえ航空戦に役に立たない機種であった。しかし、将来は〝瑞雲〟という最新型の二座水爆が搭載予定ということを整備員からきいて、多少の希望を抱いていた。

この点だけは、飛行科士官として着任いらい、私は期待はずれであり、また理解に苦しむところであった。

また新参の下級士官たる私には、作戦などという大局的なことは、雲のうえの出来事で知るわけもなかったが、この大艦隊に空母一隻はおろか、巡洋艦の水偵まで陸上基地群への攻撃参加ということで、陸上《おか》がりしてしまったときいては、すくなからず不満に似た不安を感じた。

いつか、ガンルームで雑談のとき、砲術科士官が、

「サイパン海戦のときには、大和の主砲一発で、敵編隊が一瞬のうちに吹ッ飛んで以来、大和には敵さん、一機もよりつかなかったよ……」

「本艦が撃ちまくりゃ、やつらは壁につきあたるトンボみたいなものさ」などと豪語するのを聞いて、海戦、空戦というものをまったく知らぬ私にとって、戦艦の巨砲と対空砲火の威力とはそんなものかと、マジメに満足していた。

一瞬にして旗艦は海底に

後甲板誘導レールの末端にならべられた飛行機の横で、北村上飛曹が羅針儀の故障修理をやっているのを、掌飛行長の寺本少尉と見ていると、突然、ドド、ドーンとにぶい音響とともに、たった今まで、何の変哲もなかった左舷前方の青海原に、水柱がつづけざまに三本あがった。後甲板に居合わせた古参の下士官が、

「愛宕がやられた!」と叫んだ。

「なにッ、愛宕?」と、おおむがえしに叫んで立ち上がった私の足もとが、グラグラとゆれた。武蔵が魚雷回避の急回頭をはじめたのである。

水柱がおりたあとの愛宕の艦体は、艦尾の方から急角度にかたむいて、たちまち海中に没した。あまりの瞬間的な出来事に、私も寺本少尉も、そして羅針儀をかかえたままの北村上飛曹も、ただあっ気にとられて呆然とながめるだけだった。

（なるほど、これがきいていた轟沈《ごうちん》というやつだな）と私は妙なところに感心して、思いついたように、「撃沈だ！」とつぶやいた。

敵潜水艦の魚雷攻撃である。

たちまち二隻の駆逐艦が、マストまでもとどく水煙をあげて、ものすごいスピードで輪形陣の外郭からやってきて爆雷投下をはじめると、これに呼応するかのように各艦が、いっせいに左右へ魚雷攻撃回避の急旋回をはじめた。

一瞬にして異様な緊張が、全員の顔にみなぎった。ふたたびドドン、ドーンという地響きのような音と同時に、同じ左舷海面に水柱が上がった。と、みると、ちょうど映画の移動撮影シーンそっくりに、武蔵の艦尾の方向へグルリと海面ごとまわりながら、真ッ二つに折れて、波間にひきずりこまれた黒い艦影を見た。

重巡摩耶がやられたのだ。

駆逐艦が飛び魚のごとく疾走し、爆雷を投下した海面には、パッと白い泡沫の円ができたと思うと、にぶく重い音響とともに、低い水柱があがる。

すでに海戦の火ぶたは切られた。しかし、突如としてあらわれた潜水艦が、ふたたびどこかへ消え去ったあとの海は、スコールの通過したあとのようにまた、もとの静けさと単調さにかえった。だが私は、なにか不吉な悪夢をみたあとのごとく、しばし呆然と海を見つめていた。なんとなれば、巡洋艦愛宕こそ、じつは真の艦隊の旗艦であったからだ。

二隻の巡洋艦が沈没した後は、二度と敵襲もなく、その日は静かに暮れた。

みごと巨弾をはねかえす！

明くる二十四日の午前十時、スピーカーを通じて〝対空戦闘〟のラッパが鳴りひびいた。時をうつさず方々で、ハッチをしめる音があわただしく聞こえる。

ちょうど、ガンルームにいた摩耶からの救助者である同期生の二人の少尉に、自分の朝食用の缶詰のあまりなどを出して話しこんでいた私は、閉められては一大事と甲板から艦橋へと、いっきに駆けあがった。

第二艦橋、これが私、同期生河手少尉および田代飛曹長にきめられた、命令待機の場所であった。艦長のいる第一艦橋の真下にあたり、鉄壁でとざされた回り廊下《ろうか》のような第二艦橋には、副長をはじめ航海科士官、連絡の下士官兵など、それに救助された摩耶の副長までまじって、ぎっしりと立てこんでいる。

見張り窓から外を見ていると、前方上空はるかに、銀色の機体を太陽にきらめかせやってくる敵編隊が、はっきりと認められる。その数およそ二十機。やがて前衛の駆逐艦の高角砲が火を噴きはじめたのを皮切りに、全艦から一斉に対空砲火の火ぶたがきられた。

青空には時ならぬ白バラが咲いたように、転々とつぎからつぎへと弾幕がひろがっていった。弾幕の間から一機、二機、キラキラと銀翼をかがやかせて編隊をといた敵機が、艦隊めがけて突進してくる。武蔵の高角砲、機銃がいっせいに火を噴いた。

艦は急角度に回頭するたびに、右に左に大きく傾き、外は立ちこめる砲煙で見通しもつきにくくなり、左右から金属性のうなりを立てて敵機が突っこんでくるごとに、彼我の機銃がいり乱れて、砲声はいちだんと激しくなる。

突然、ガーンというものすごい炸裂音に、パッと電光をともなった爆風が、私のからだをうしろの鉄壁にどしんとぶちあてた。砲塔の真上に一発、爆弾が命中したのだ。

だが、その直撃弾の被害は、わずかにそのきわめて厚いアーマーを五センチほどくぼめたにすぎなかった。この報告を知った私は、眼のあたりに見る武蔵の偉大さに、ますます意を強くした。

武蔵一隻に集中した攻撃

最初の瞬間的な空襲がおわって、敵機が遠ざかると、私は艦橋後方の鉄梯子《はしご》をつたわって甲板に降りた。艦はいぜん全速で走っている。

後甲板にいった私は、分隊員の全員無事なのを見て安心した。また、前もって格納庫におさめられていた飛行機にも異状はなかった。しばらくの間、艦尾機銃員の銃の手入れを見ていたら、ふたたび敵機が来襲してきた。

マストまでもとどくような爆弾による水柱が、艦の左右にひっきりなしに立つ。私があらかじめ聞かされてあなどっていた敵機は、予想を裏切って二千メートルほどの高度から、むしろ武蔵をあなどるかのごとく勇猛に突っ込んでくる。てっきり急降下爆撃かと思うと、三、四百メートルのところで反跳《はんちょう》爆撃をやって盛んに空中魚雷を投下する。

武蔵艦上の零式観測機。後甲板左舷からの撮影。左端の飛行機揚収用クレーン脇のドーム状のものは25ミリ機銃。その下が内火艇格納庫。右下にスダレ状の弾片防御用網、その奥が飛行機格納庫

魚雷が命中すると、艦はズシーンとにぶい音をたてて揺れる。

と、突然、最後部舷側よりの内火艇格納庫の入口に、兵隊たちとともにいた私の頭上を、金属性のうなりとともに煙を吹いて通過した敵機が、そのまま、一直線に海中につっこんだ。

武蔵のスピードもやや減じたように感じられた。二回目の来襲機が去ると、艦尾甲板下におさめられていた飛行機搭載用の爆弾、爆雷などの海中投棄が命じられた。それは誘爆防止の処置として、きわめて当然のことである。

敵攻撃機の来襲にさいして、観測機が何の役にも立ちえぬことは、私自身、百も承知していた。にもかかわらず、ただ搭乗員として、矢つぎばやの敵機の襲撃を傍観《ぼうかん》するのみで、手も足も出せない自

分が、はがゆくも、またいらだたしくも思われた。

さらに直衛の戦闘機一機すらあたえず、貴重な艦隊を敵地にむけるおえら方が、いつまで大艦巨砲主義にこだわっているのかと、その作戦方法が腹だたしくなる。

空襲がとだえたのを幸いに、後甲板で缶詰を菜に、乾パンとサイダーで昼食をとった私は、あるいは最後の飛行機射出命令が出るやもという期待をもって、ふたたび艦橋にもどった。

午後に入っての空襲は、来襲機の増加とともにますます熾烈《しれつ》をきわめ、武蔵が集中攻撃をうけた。せまい艦橋の窓からは、砲煙と至近弾の水柱で、艦はものすごい雷雨のなかをすすんでいるかのように見え、戦況はまったくわからない。

ただひっきりなしにとどろく対空射撃と、炸裂する爆弾の音響が、鉄壁にこだまして、私の頭はガンガンと、何かで殴られているようだ。ズシーンと魚雷があたるたびに、艦の動揺はますます大きくなる。

外部の様子を見るべく、河手少尉、田代飛曹長とともに、私は艦橋から煙突側の機銃員待機所を通って外側にでた。対空戦闘の真っ最中である。

大和の、銃身だけが突き出ているだんご型の機銃陣地にひきかえ、厚い防弾アーマーが出港にまにあわなかったとかで、ぜんぜん取りつけられていない武蔵の対空砲火陣地では、わずかにまわりに積んだ爆風よけの土嚢《どのう》のみで（しかもすでにほとんどが、爆風や至近弾の水柱で、ぶちこわされていたが）、機銃員はまったく無防備に敵弾下に全身をさらして、たちこめる煙と、敵の至近弾による水柱がふらす豪雨の中で、必死の射撃をつづけている。

また、この防弾アーマーがないために、武蔵においては主砲の一斉射撃のつど、上甲板員は甲板下に待避しなければならなかった。なんとなれば、そのあまりにも巨大な主砲の発射による爆風は、みずからの露天甲板上の人員にも危険をおよぼすからである。

このことは、敵編隊にたいしても主砲砲撃のつど機銃員は戦闘の中絶を余儀なくされ、速度のはやい飛行機群を相手の戦いには、きわめて不利であった。

一艦橋全滅の悲報

ふたたび三人が右舷側の艦橋にもどるとほとんど同時に、ガーンと耳もとで鉄を打ったような音響とともに、ウウーンという人の唸《うな》り声がした。艦首正面の壁をつらぬいた弾片に、左舷寄りの数人が将棋《しょうぎ》倒しにやられたのだ。

艦はしだいにスピードが落ち、隊列をまったく離れてとり残されてしまった。二次、三次、四次の攻撃と、回を重ねるごとに敵機の数もふえ、武蔵一艦をねらって連続集中攻撃をあびせる。艦も人も死にもの狂いである。

艦の高角砲、機銃の音が、だんだん間遠くなるのに反して、敵機の仮借《かしやく》なく投下する爆弾は、前後左右に炸裂する。そのつど、はげしい振動で私の体は右に左によろめく。

集中する爆弾、魚雷の被害が重なるにつれて、武蔵は、血まみれに傷ついた大魚がのたうちまわるように、右に左にゆれる。役にたたない搭乗員として、みずから攻撃すべき一丁の武器も部処もなく、ただ艦橋の片隅にまったく射撃のマトの中にとじこめられたにひとしい私の硬直した全身には、いつ粉微塵《こなみじん》になるかもしれないという死への戦慄《せんりつ》が、奔流《ほんりゅう》のようにみなぎっていた。額《ひたい》には脂《あぶら》汗がじっとりとにじみ出る。

頭上で、ドガーンと爆裂音がした。と同時に血なまぐさい爆煙が、うしろのハッチから吹きこんできた。敵弾は猪口艦長のいる一艦橋を左舷側へつらぬいて炸裂したらしい。

「一艦橋全滅」

と悲壮な報告が副長につたえられた（あとで艦長は肩を負傷と判明）。

夕刻までの数回にわたる大編隊の攻撃に、武蔵の対空陣地は無惨に破壊され、ほとんど沈黙してしまった。夕暮れになって空襲はとだえ、砲声も聞こえず、忘れたような静けさにかえった。

死の静寂である。

艦隊からとり残された武蔵は、夕空のシブヤン海に、前方に傾斜してほとんど停止の状態になった。せまい艦橋にもうもうと立ちこめる煙で、息苦しくなった私は、呆然と立ちすくむ河手少尉、田代飛曹長に後甲板に降りるようにうながした。

無人と化したぶきみな砲塔

艦橋後部の機銃員待機所へ通ずる通路の固くとざされたハッチを押しあけた私は、愕然《がくぜん》と立ちすくんだ。待機所は、あとかたもなく崩れおち、煙突との間には、グロテスクにへしまがった鉄片が重なりあっているだけである。

ひきかえした三人は、艦橋内部中央のラッタルを降りようと試みた。ラッタルの降り口までくると、ここも下部罐室から煙がもうもうとのぼり、その煙はすでになれきった焦《こ》げくさい火薬のにおいとは別な、一種形容しがたい、なまぐさい血の香りをただよわせていた。

真ッ暗である。

鼻をつく異様なにおいと、煙にまかれた息苦しさをしのんで、用心ぶかく手すりをたよりに、一段一段とラセン状のラッタルを降りてゆくと、突如、煙の底からわき出るごとくオーオーと、かすかにあえぐ、異様なうめきを耳にした。

思わず足をとめて、弾片にやぶれた鉄壁の一部からもれるうす明かりをたよりにのぞきこむと、むくむくと立ちのぼる煙の中で、何者かがうごめいている。

静かに近寄ると、あおむけに倒れた兵隊が口からだらりと血をながし、片手でへしまがった手すりを握りしめ、うつろな瞳で虚空を見すえている。腰下は、爆撃でつきやぶられて刃物のようにとがった鉄壁の一部に、ざっくりと喰いこんでいる。

その下には、切れぎれの肉塊と化した死屍が、ぶち壊れた鉄片のあちこちにぶらさがっており、ただ硝煙のみが悲痛な人間のうめきをこめて、血だらけの屍の間をぬって、生きもののようにむくむくと動いている。

私は背すじに冷水を浴びせられたように、おもわずハッと立ちすくんだ。

手すりを握った手のひらに、脂汗がじっとりとにじむ。ラッタルを下りられなくなった。

三人はふたたび艦橋にひきかえすと、左舷側の艦橋外部をつたって甲板へ降りようとして、後部艦橋の外側をまわりかけた。

するとちょうど、マストのトップからさがっていた信号旗用のロープを見つけたので、これにぶらさがって甲板に降りた。甲板には吹きとばされた鉄片や木屑が散乱し、前方にかたむいた艦は、中央部近くまで海水にひたされている。

ついさっきまで、頼もしい偉大な生き物のようにさえ思われていた砲塔は、その巨大な六門の砲身を重苦しく夕空にもたげて、うつろな怪物の屍のごとく動こうともせず、打ち寄せる波に洗われており、ただ舷側をうつ波の音のみが不気味に響いている。

血ぬられた巨艦の甲板

搭乗員の頼みの綱たる飛行機も、格納庫の中で横倒しとなり、いまは配置のなくなった分隊員を集合させ人員点呼をすると、後部甲板にいた整備員は全員無事であった。しかし、肝心の掌飛行長、同じく艦橋にいたはずの北村上飛曹、および写真室に行ったといわれる整備の下士官が見えない。

私は兵隊一名をつれて、戦死したであろうこれらの人びとの確認に出かけた。右舷側の後部中甲板にある写真室の中は真っ暗で、懐中電灯で照らしても、人影ひとつも見出しえない。やむなく引きかえし、艦橋へのぼった。

艦橋は、ラッタルの上り口からすでに眼をおおう惨状であった。掌飛行長寺本《てらもと》少尉は重傷である。右手の指はちぎれ、両足は足首の半ばから裂けて、やぶれた飛行靴とともにパックリと赤い口をあけ、背はななめに弾片かなにかにかすめられたのであろう、熊手《くまで》で肉をかすり取られたように、やぶれた上着とともに裂けて、真っ赤な血がべったりと流れている。

さっそく兵隊たち数名の手によって、後甲板に運ばれた。

左舷寄りの一艦橋から上部旗艦橋《はたかんきょう》にわたる一帯は、血と肉の修羅場と化していた。戦闘中、ほんの自分のまわりしかわからない狭い区画のなかにいた私は、すぐ真上がかくのごとしとは、ただただ唖然《あぜん》として立ちすくむばかりだった。

日本海軍の牙城消ゆ

二人が後甲板にもどるとまもなく、武蔵は全員の、最後の必死の努力もむなしく、全身傷だらけの大魚がついに力尽きはて、がっくりと頭を垂れたごとく、さらに前方へかたむきはじめた。

いよいよ最期のときが来た。

暗い海上には、もはや友軍の艦影ひとつ見えず、ただ武蔵の巨体に打ちくだける波の音だけが、死の海底へさそう重苦しい挽歌《ばんか》のごとく、にぶく無気味にひびいている。

各分隊ごとに集合した兵隊を前に、分隊士たる若い士官たちが、ゆきづまったみずからの心に鞭打《むちう》つかのように……『靖国の聖霊は我頭上にあり』『神州は不滅である』『天佑神助は我にあり』と絶叫している。

しかし、もはやほどこすすべもない現状は、彼ら自身が痛烈に感じているところであり、波の音とともに消え去るその言葉は、また何の反響をも呼びおこさない。ただ残るものは、死への恐怖と生への執着のみである。後甲板には足のふみ場もなく、運ばれてきた重傷者が生臭い血の香りをただよわせ、肉体の苦痛から臓腑《ぞうふ》をしぼるうめき声をあげている。

掌飛行長が倒れ、飛行科先任士官となった私の前には、搭乗員、整備員をふくめて二十余名の生き残り分隊員が整列している。

私は、後部搭乗員室から拳銃をとって来させ、肩からかけた。私も河手少尉も、そして分隊員も無言である。棒立ちになった全員の額からは、汗がじっとりとにじみ出ている。

どこかで〝大日本帝国海軍万歳〟と叫ぶ声がする。つぎの瞬間〝ガーン〟と銃声がとどろいた。私を凝視した四十の瞳は、おそろしい緊迫感をみなぎらせて、微動だにしようとしない。

その視線は、私の全身を鉄鎖《てつさ》のごとくしばりつけて、眼前に白刃をつきつけられたように、私の全身は硬直して身動きがとれなくなる。

頭のなかでは、わけもなく追いつめられた自責感と、つぎにいかに処すべきかの決断から、額《ひたい》に生汗《なまあせ》が、また拳銃をにぎりしめた右手に、脂汗がぬるぬると流れる。

と、突然、

「天命を待て、天命を！」

胸の奥底からはいあがった何者かが私に、そう告げさせていた。と、同時に頭のなかで三つドモエに回転していたなにかが、潮が引くように消え去った。考えてみれば、単純ないいのがれかもしれなかった。

だが、たしかにこの場合、その言葉は、隊員の瞳がうったえる魂の叫びのように私には思えた。そのとき、砲塔の下から、

「総員退去！」

とつたえる叫び声が、ひときわ高くつたわってきたのである。

任務は被害局限「武蔵」防御指揮官の戦い

当時「武蔵」内務長・海軍大佐　工藤　計

昭和十八年二月十一日、連合艦隊の旗艦が戦艦大和から武蔵にうつされるというので、てんてこまいの手入れが行なわれた。それが終わると、トラック泊地の武蔵は見ちがえるようにきれいになった。甲板を歩いていても、乗員の着衣や靴裏が気にかかるほどであった。

やがて、その武蔵も戦局のうつりかわりとともに、西へ西へと転戦、リンガ泊地をへてブルネイ泊地に移動していった。この泊地で、船体も乗員も最後の決戦態勢をととのえることになった。

工藤計大佐

その身仕度《みじたく》の一つに、「艦内塗具剥脱」、すなわち〝化粧おとし〟があった。むかし、斎藤実盛は出陣にさいし化粧をしたといわれるが、武蔵はそれの逆《ぎゃく》を行なったのである。

司令長官室、艦長室をはじめ、通路も居住区も寝室も、便所にいたるまでなにもかも、艦内の塗装された部分は戦闘準備のために剥《は》ぎおとされて、長崎の造船所で建造中そのままの、荒々しい鋼鉄をむきだしていった。

せっかく塗った塗料をこうまでして剥ぎとるのはなぜか。それはいうまでもなく戦闘中の艦内火災の防止のためである。

さらに可燃物はほとんどすべて、水線下に格納してしまい、そして短時間で水線下にうつせる最小限の毛布、その他の日常品を残した。九機あった搭載機もすでに大方おろしてしまった。

またソファーや机をはじめ、カーテンさえも取りはらわれるので、公室や私室も、乗員居住区はまるでガランとした殺風景なものとなった。

すでに艦内には燃えるものは一つもなくなった。残っているのは乗員の着衣と頭の毛ぐらいであった。ベッドが取りはらわれたので、寝るのはみなデッキだ。そして食事はテーブルなしの、冷たいデッキに尻をつけ、膝をくんでの戦闘食だ。

こうして武蔵は、ちゃくちゃくと決戦の準備をすすめていった。

艦内に流れる緊張の一瞬

やがて昭和十九年十月二十二日、艦隊は威風堂々とブルネイを出撃した。いよいよ、レイテ突入の斬り込み作戦が開始された。レイテ方面の戦況も敵情も、そのつど艦内放送で知らされ、一兵にいたるまでよくわかっていた。

10月21日のブルネイ泊地。左に扶桑、中央に最上、武蔵と山城、右に鳥海と大和、摩耶が停泊中

厳重な警戒航行の進撃だ。

先端艦がかすかに見えている。大和、武蔵、長門を中心に、みごとな輪形陣をつくっていた。二十三日の未明、武蔵の眼前で重巡摩耶が敵潜の雷撃をうけて沈没した。武蔵は摩耶の生存者を収容して、戦場へまっしぐらに突きすすんだ。

明くる十月二十四日の朝まだき、シブヤン海（ルソン島の南）に進入、さらに東進した。この日は晴天のおだやかな朝であったが、早朝から敵のB24が、わが艦隊につきまとっていた。翼なき艦隊はやむなく、手をこまねいて悔やしがるほかなかった。時刻は午前七時半をさしている。

ちょうどその時だった。突然、「配置につけ！」を下令された。私は艦橋を下りて、朝食を半分ばかりすませた頃だった。

もう飯どころではない。いそいで配置にかけこんだ。私の任務は、防御指揮官として戦闘中にうりたすべての被害を最小限にくいとめることである。配下には応急部、電気部、工作部、注排水部等があった。またたくまに各部からは「配置よし！」と怒鳴ってきた。これを防御総指揮官の副長に報告する。この間、約二分かかった。

艦内はシーンとしずまりかえり、つぎにくる拡声器の声をまった。

敵機の情況は、刻々と艦内に通報された。時はいつのまにかたって、はや午前九時ごろとなっていた。このとき武蔵のレーダーは、敵の大編隊をキャッチした。距離は約一五〇キロと通報された。艦内はいちだんと緊張をまし、防御砲火陣はかたずをのんで待機する。

やがて十時すぎ、右の方向から敵機の大群が殺到してきた。すでに武蔵艦上の全砲火は、うなりを上げて猛反撃を開始していた。

だが敵も強い。息つくまもなく四、五十機の雷撃をうけ、武蔵は海底からゆり上げられ、突き落とされるような激しい震動をつづけた。

「星少尉戦死」の第一報のあとを追って、「右後部に魚雷」の報告がきた。武蔵は続出する死傷者をかかえて、約三十分ものあいだ死闘をくりひろげた。

命とりとなった第四波

その後、各部の被害処理に忙殺されていた私の耳に、第二波の来襲が通報されてきた。正午ちかくであった。第一波の時もそうであったが、武蔵のレーダーは水平線のかなた約一五〇キロ遠方の敵機群を、的確にとらえていた。

戦艦武蔵の最後の一葉。10月24日、シブヤン海で敵機の集中攻撃をうけ、19時半すぎ沈没した

刻々とちかづいた敵機は、みな高々度からの雷撃を敢行してきた。そして、さらには低空にまいおりた戦闘機の銃撃もくわわって、第一波をしのぐ激戦となった。

右舷中央部に命中した雷魚の一発は、ちょうど防御指揮所の真横下にすさまじい爆発音をあげて炸裂し、私をツンのめらせた。

この戦闘で武蔵は命中魚雷三本、二五〇キロ爆弾多数によって、そうとうの被害をだしていた。左舷の機銃台は命中弾をうけて、みじんに吹きとび、二番主砲塔上の天蓋は、わずかに一平方メートルの装甲を皿形にはぎとられたにすぎなかったが、弾片、爆炎、爆風は、前檣楼ふきん一帯の人員、兵器等をなぎたおしていた。

しかし、大損傷をこうむりながらも武蔵は、傾斜復原もまず安定した状態をたもち、速力も依然おとろえなかった。

午後一時ごろ、またもや第三波が来襲した。残存するわが対空砲火は上下左右から襲いかかる敵機めがけてさかんに反撃をしたが、弾幕をくぐりぬけて侵入した敵機の雷爆撃に、またもや命中弾が続出。第一、第二波にくわえて、さらに被害は甚大となった。

ともあれ、船体を傾斜させてはならない。傾斜復原のための注排水に私は、全力をかけてとりくんだ。午後二時をすぎるころ、ついに第四波が、苦悶する武蔵の巨体をおしつつんだ。わが砲火も、はじめは半数ちかくが活気ある反撃をこころみたが、時間の経過とともに被害をまし、銃砲声はしだいにほそっていった。

この戦闘における武蔵の被害は、これまでの攻撃のうちでも最大で、魚雷は右舷に左舷に連続して一時に炸裂した。爆弾もまた甲板に舷側に、雷爆いずれの区別もつかぬほどだった。とくにこの爆弾による被害は大きく、上甲板戦闘員のほとんどを兵器とともに飛散させ、数百名の戦死者を出した。

私の防御指揮所も、この攻撃で通信系統をやられ、不通となっていた。そこで急遽、第二指揮所にうつったが、その途中の足もとには戦死者の頭やはらわたがまといついて、地獄絵図もとおく及ぶものではなかった。

敵機退散後の午後四時ごろには、武蔵は左に約一度、艦首方向へ約一度半の傾斜をみせたが、乗員にはそれほどの不安感はみられなかった。午後四時すぎごろから、時の経過とともに、ジリジリと艦内への浸水がまし、五時すぎに生き残りの司令部員を駆逐艦にうつすころには、左へ三~四度の傾斜、艦首もかなりの沈下をみせはじめた。

涙でかすむ武蔵の艦影

「各科長は艦橋に集まれ！」の令が、午後六時すぎに伝えられてきた。

死屍るいるいたるあいだを、心中に合掌をしながら戦闘艦橋にのぼろうとしたが、すでに鉄の階段は吹っ飛んでなくなっている。

やむなく、そばに長い応急の綱梯子《つなはしご》が目にはいったので、それをつかい、ようやくのことで艦橋についてみると、副長と砲術長が先着しており、内務長（戦闘中は防御指揮官）の私につづいて、機関長、通信長らがつめかけてきた。

はて航海長はとフトみれば、艦橋第一の守神《まもりがみ》ともいうべき羅針儀をかかえ、上からおおいかぶさるようにして息絶えていた。

われわれを迎えた艦長は、さすが顔色、表情ともいつもとかわらず、落ちついたやわらかな声で口をひらいた。

「副長をはじめ、みなよくやってくれた。有難う。日本はいま、一人でも多くの人的資源を要求しているときだ。けっして死んではならない。本艦の生存者をつれて、日本のため再挙をはかってもらいたい」

低い声ではあったが、毅然たる態度でいわれた。一同は、食いしばっている口の奥で、なんども涙をのみこんでいた。無言のまま、ただ涙がおちるばかりであった。

武蔵のあげた最後の叫び

午後七時二十五分。すでに、日没後一時間をへている。船体の傾斜は左へ二十五度ほど、前甲板の最低部は海水が洗いはじめているが、まだ艦首の御紋章はかなりの高さにある。艦内は寂として声はない。

武蔵は、風も波もない日没時の薄明のなかに、急テンポでジリジリと傾斜をまして行った。「総員退去！」が下令された。副長が軍艦旗を降下する。甲板の移動物がゴロゴロ、ガタガタと左舷へすべりおちはじめた。乗員もつぎつぎと海中に身を投じていく。私も後部左舷より、もんどりうって海中にたたきつけられた。

すでに傾斜は、左へ三十五度をこえ、急テンポで傾斜をまして、あと数秒で転覆のようすをみせている。そのとき海上に漂う将兵の口から一斉に、「ワーッ」「ばんざーい」等々、感きわまった叫び声がわきおこった。

巨艦はすさまじい、うなるような轟音をのこして、渦巻く波間に姿を消していった。こうして武蔵はシブヤン海八〇〇メートルの海底に、その終焉の姿をはこんだのである。昭和十九年十月二十四日の午後七時三十七分であった。

海に投げだされた乗員の行方

武蔵を失ったツワモノたちは、一切がっさい海上に放り出された。このとき渦にまきこまれ、ついに艦と運命を共にした者も大勢あった。

やっと渦から泳ぎぬけた者だけが、重油のなかに顔も身も真っ黒にして浮かんでいた。やがて、そこここに二人寄り三人集まり、五人、七人とグループをつくって泳ぎはじめた。そして泳ぎながら「集まれ」という号令が、波間から口ぐちに叫んでいるのがわかった。

午後八時すぎぐらいであったろうか、やがて時ならぬ軍歌が油の海面を流れはじめた。私も力いっぱい歌った。

歌いながら、ゆっくりと手足を動かしていた。そしてフト空を見上げたとき、きれいな月が出ているのに気づいた。西の中天、約三十度ぐらいにかかった上弦の月をみて、急にあたりが明るくなってきたように思えた。

海上は風もなく、波もなかった。上空にはまったく雲もなかった。ただ月光の下、軍歌だけが人間のいることをしめしていた。一つが終わると、また新しい軍歌がはじまり、歌声は果てしなくつづいた。

泳ぐといっても、けっして力泳ではなく、なるべく疲れないように浮くことが、私たちには必要だったのだ。それは潮に流されているぐらいにしか見えぬ、ゆっくりとした泳ぎっぷりだった。

ともすると疲れたのか、歌がカスレがちになる。すると近くの者が、「コラッ、どうした。眠っちゃダメだぞ」とコヅキあげた。軍歌がとだえるということは、死を意味するのだ。

午後十時ごろだったろうか、救助の駆逐艦らしい黒い艦影がみえた。にわかに元気づいて全員は、その黒い小さな影にむかって懸命に力泳していった。軍歌は一段とたかまり、私も力いっぱいに怒鳴った。

「もう大丈夫だ。急ぐとつかれて参ってしまうぞ！」

かくて助けあいつつ、ようやく救助艦にたどりついた。その艦は駆逐艦浜風であった。舷側につりさげられた数条の縄梯子をよじのぼり、甲板にかかえあげられた。

甲板上には水のかわりに石油が用意され、眼や顔にベットリとこびりついた重油をふきとる乗員たちで、ゴッタがえした。

やっと一息をついたところで、朝からの空腹をみたすために重湯《おもゆ》がくばられ、それを腹に入れながらシブヤン海から、マニラの近くコレヒドール島に向かったのである。

巨艦「武蔵」を朱に染めて

座談会／シブヤン海から生還した乗員たちの証言

当時「武蔵」信号員・海軍二等兵曹　細谷　四郎
当時「武蔵」防空員・海軍一等水兵　霜崎源次郎
当時「武蔵」機銃員・海軍一等兵曹　佐藤　太郎
当時「武蔵」見張員・海軍一等水兵　吉田　利雄

本誌（「丸」編集部）　お忙しいところをお集まりいただきまして、有難うございます。今日は皆さんに、いまは亡き戦艦武蔵をしのんで、当時の思い出をいろいろとお話し願いたいと思います。まず、敵の攻撃状況などからいかがでしょう。たしかあれは、第五次まであったようですが……。

細谷　そう、しかし第一次、第二次はたいしたことはなかったんですね。第三次あたりから魚雷のお見舞を頂戴するということになったわけですが、最初は右舷から攻撃をうけたと思います。右舷のちょうど一番砲塔の……。

霜崎　だから、ちょうど真ん中あたりじゃないですか。

細谷　敵は急所を狙ってきたんでしょうけれども、砲へ三本が一ぺんに当たったんですね。

本誌　魚雷が？

佐藤　ええ、航空魚雷ですな。右舷後部にはあんまり当たらなかったんだが、中部前に当たったんですよ。そうすると右舷に傾きますね。それで応急班の注水でもって、船の安定を保つために、逆に左舷に注水するわけです。注水をして平均を保ったあたりを見はからって、今度は逆に左舷から攻撃してきた。

そんな具合に、繰り返してきたわけですね。それでだんだん浸水が甚《はなは》だしくなった。

細谷　しかしともかく、第三次頃まではどうやら保ってきたんですけれども、四次あたりになってきて、もうそうとう参っているところへ、思うがままに魚雷を離してきた。大分かわしてはおったんですが、もう当時、速力は十六ノットぐらいしか出なかったんです。しかもスピード出せば、出すほど浸水が激しいわけです。それで航海長も艦長も、もう艦《ふね》は前進できない、停止するより以外にない、そして排水作業するよりほかにしようがないと、いろいろ協議しているうちに、第五次がやってきたというような具合です。

悲惨な艦橋の光景

本誌　すると第五次がきたときには、停止していたんですか？

吉田　停止はしていない、惰力《だりょく》がついてますから。

佐藤　もうグルグル回っているだけなんだな。

霜崎　舵もほとんどきかなくなっていましたね。それに急降下爆撃と両方併用された攻撃になったわけですよ。私はたしか爆弾が二発、艦橋に当たったように覚えてますが、遠くから見ていて、電探の下で爆発したようでしたね。

佐藤　あれは僕の本（『武蔵の死闘』）に書いてあるけれども、二機突っ込んできたんですよね。それで大体一機が、爆弾を二つ持っているんですが、最初の一番機が落としたやつは、頭の上を通り越して左舷に落ちたんですよ。二番機が落としたのが、一発が艦橋に当たって、一発が艦橋のすぐ後ろのカマヤへ当たったんですよ。

細谷　あの機銃員のかりの宿直員室。

佐藤　そうそう、探照灯員と機銃員とが待機していたんですよ。そこへ当たったわけなんですわね。

本誌　そのときは、まだ艦長は健在なんですか？

佐藤　艦長は艦の最後まで健在なんですよ。

細谷　そのときは、爆風と爆発によって艦橋のほとんど全員が一ぺんにやられた。三十何名ですか、それは悲惨な光景でした。それから退艦するときの人員点呼がございましたですね。

佐藤　そう、後部でね。

細谷　私はあのとき初めて艦橋を降りまして、下の上甲板へ行ったのですが、その辺の死体はほとんど裸になっていましてね。

本誌　裸になるというのは、けっきょく爆風で？
細谷　そうです。爆風で着ているものはないんです。ベロベロになっちゃう。それに皮がむけちゃって、桃色みたいになっちゃう。
本誌　霜崎さんのお怪我はいつ？
霜崎　時間にして三時頃だから、何回目かな。
吉田　最後だろう。

細谷四郎兵曹

霜崎源次郎一水

霜崎　いや最後じゃない。俺は最後のときは、もう下へ運ばれていたんだから。
佐藤　三時頃というと第四次か。
霜崎　終わりの方に近かったですね。私がやられて下へ降りたときは、もう一艦橋なんか物凄かったですよ。とにかくラッタルがなくて降りられず、綱みたいなので降ろされたんですよ。やられたときは人事不省になりました。それで、同年兵が下へ運んでくれたんです。
本誌　それで、退艦するときは担架で運ばれて？
霜崎　いや、退艦するときは自分で海へ飛び込んだんです。傷ついたときはすぐ下へ運ばれて、飛行機の格納庫へ入れられた。やられたものはみんなあそこへ寝かされたん

佐藤太郎兵曹

吉田利雄一水

ですが、動けないものは、最後にはみんな艦と一緒にいっちゃったわけですよ。私はいい按配《あんばい》に口だけで、動くには支障がなかったですからね。口へ三角巾を巻いたまま、海へ飛び込んだんです。

本誌　それで揚げられたのは、何に揚げられたんですか。

霜崎　浜風です。三時間ぐらい泳いだんですがね。だから揚げられたとき、「お前、この傷でよく泳げたなア」といわれた。とにかく、片方の唇はとれてぶらさがっていたんですからね。ところが浜風に助けられてマニラへ行くまでに、腐っちゃったんですよ。で、私は揚げられてまた人事不省になったんですが、航海科の菅野兵長という人に助けられて、部屋へ運ばれたんです。

意外な高空から落とす魚雷

本誌　佐藤さん、対空戦闘やってまして、あの頃になると、もう敵の雷撃機も非常に巧妙になっていましたか？

佐藤　ええ、それは巧妙になっているんですな。だいたい航空魚雷といえば、僕らの観念からいうと、海面をはってきて落とすのが通念だったんですな。

霜崎　ところが高度が高いんですね。

佐藤　高いところで落としますからね、魚雷がグルグル回るんですよ。それが落っこちて飛んでくるんですからね。

霜崎　私たちも実際に習ったのは、やはり雷撃機というのは海面スレスレにくるということだった。ところがそうじゃないですね。

細谷　魚雷には見えなかったですね。爆弾でも落としているんじゃないかというくらい、高いところから落としていたんですよ。

本誌　それは日本の海軍では、やっていないわけですね。

佐藤　そうそう、全然やってないですね。

本誌　それで魚雷が走るんですか？

佐藤　ええ、走りますね。

細谷　だから無線操縦みたいになっていたんじゃないかな。

本誌　対空戦闘では、向こうの飛行機はどのくらい落としているんですか？

佐藤　けっきょく、戦闘詳報じゃ四十五機落としたということになっているんですよ。ところが、戦闘詳報というものは、大勢の人が見れば、たとえば一機落ちたって三人で見れば、三機になっちゃうですからね。実際はそんなに落としてないですね。

細谷　たしかに魚雷でもそうなんですね。何本落として何本当たったかということになると、責任のもてる答えはできないわけですよ。だけど航海科としての取りまとめは、大体三十二本当たったんだという報告は出しているわけなんです。
佐藤　佐藤さんの方はどのくらい出てましたかね。
佐藤　当たったのは二十四本で、二本が不発だということになったんですがね。実際はそれ以上当たっているかもしれないですね。
細谷　おそらく潜水艦の魚雷もあったんじゃないかと思いますね。
佐藤　そういうことを言ってましたですね。
吉田　潜水艦のやつは後部に当たっている。私が見ただけで、左舷の後部へ二発、当たっていますよ。
霜崎　とにかく上と下にいたことはいたですよ。
本誌　細谷さんがいらっしゃったところは真ん中ですか、後部ですか？
細谷　私は二艦橋の副長付だったものですから、二艦橋というのはちょうど真ん中ですね。
本誌　佐藤さんも真ん中ですか。
佐藤　ぼくは前へ行ったり後ろへ行ったり、機銃の面倒をみる世話なんですな。
本誌　霜崎さんは後ろの方でしょう？
霜崎　私は後ろで、防空の七番ですね。
本誌　吉田さんも後ろの方ですか？
吉田　ええ、後ろの方です。
本誌　後ろの方でおもにやっていたということは？

吉田　潜水艦見張りです。二人で外へ出ているんですよ。それと、私は副艦橋の方への連絡係もしてたんです。で、第一回目が終わったときに、外へ出たんですよ。そうしたら、あのとき機銃掃射がありましてね。上の高射砲員がやられて、足を取られたり、すごかったな。あのとき初めて見たけれども。

細谷　だれも言葉にも尽くせないし、その光景を全部あらわすというのは困難でしょうね。

吉田　第五次が終わってからは、もう全然連絡がとれなかったですね。

護衛に残った艦は？

本誌　第五次攻撃が終わったときの、武蔵の吃水線というのはどのくらいまでになっていたんですか？

吉田　私が艦橋に上る前に下のアカゴモを取りに行ったんです。秘密書類ですね。あれを艦の割れ目から降りて五回ぐらい取りに行って、それをカマヤへ持って行って燃やしたんですが、そのときにはもう左舷が水についていたんですよ。

本誌　それじゃ傾斜角度はどのくらいですか？

細谷　第五次攻撃の終わった瞬間の傾斜は、大体十五度ぐらいですね。浸水の状況は前甲板がスレスレぐらいに水がきておりましたですね。それで十五度ぐらいでまだたいしたことはなかったし、これなら、救えるんじゃないかというので……。

本誌　それは注水で水平に戻して排水するんですか？

佐藤　そうそう。けっきょく、舳《とも》（艦尾）の方へ水を入れて先を浮かすわけですよね。
本誌　それで空襲がはじまったのは午前九時頃で、第五次が終わったのが四時頃でしょう？
細谷　そうですね、大体その頃ですね。
本誌　一回に五十機ぐらい？
細谷　いや、五十機じゃきかないんじゃないですか。とにかくまるで蜂が密集してくるようでしたよ。
佐藤　戦闘詳報では九百機といったけれども、アメリカの資料じゃ一九〇機になっているね。私は一九〇機ぐらいじゃなかったかと思ったけれどもね。
霜崎　そんなもんじゃないですよ。一九〇機なら一回に三十何機ぐらいしかこなかったわけでしょう。
細谷　しかもほかの艦には攻撃しないで、武蔵ばかりにきたんですね。
本誌　重巡利根が、一隻ついておりましたね。
細谷　いや、ついていないです。
吉田　その前に利根かなんかが一回横付けしたでしょう。
霜崎　そうだ、曳航するみたいなようすで一回横付けしたんじゃないかな。
吉田　一回付いたけれども、乗りもしなかったし、そのまま離れて行ったんですね。
佐藤　あのとき横付けしたかな。

細谷　しないですよ。したのは島風だけです。
佐藤　島風が左舷のところにね。
細谷　ええ、それで摩耶の兵隊を全部移乗させたんです。
本誌　それじゃ、武蔵の最後までくっついていたのは島風？
細谷　浜風と清霜です。
これが警戒艦として命令を受けたわけです。そこで、艦長の命令で、すぐさま負傷者を収容してくれという意味で清霜に横付けを信号したんです。ところが諒解はしておるんですが、いっこうに横付けしてくれない。
本誌　最後まで横付けしなかったんですか？
細谷　ええ、しなかったんです。けっきょく武蔵みたいな大きい艦に横付けしたら、万一のとき自分が危ない、ということだったようです。
右舷の後甲板から海中へ
本誌　そうしますと、生き残った方はみんな海へ飛び込んだわけですね？
佐藤　そうそう、そういうことですね。
細谷　それで沈む十分ぐらい前ですかね、退艦命令じゃなくて……。
吉田　総員集合がかかった。
本誌　後甲板へ集合したわけですね。

吉田　後甲板から右舷の方があいていたですからね。
細谷　左へ傾いていたから、右舷の後甲板へ集まったわけです。
本誌　そのとき、佐藤さんなんかも後甲板の右舷に集まったわけですか？
佐藤　そうそう。あのとき機銃員だけは、うちの分隊長が「退避命令は出ないけれども、とにかく沈むことは間違いない。あとの責任は俺がとるからみんな飛び込め」といって早く飛び込ませたんですよ。
霜崎　私もやられたお蔭で早かった。退避命令がかからないうちに飛び込んだ。
吉田　そうね。総員集合がかからない前に泳いでいるのが随分いたからね。艦長と従兵が御真影しょって歩いたときに、もう泳いでいたんだから。
細谷　あのとき、総員集合と同時に御真影は高橋兵曹と横森兵曹に、軍艦旗は小早川水兵長に護衛させて、それから人員点呼、つづいて「自由行動に移れ」の命令となったのでした。それで飛び込んだんですが、しかし護衛の三人は、いずれもついに上がってはこなかった。その当時だったな、見張長が「艦長を引き戻してくるんだ」といって出かけたんですよ。これも、とうとう帰ってきませんでしたが。
本誌　その人の名前はわからないわけですね？
細谷　ええ、忘れちゃったんですが、とにかく元気のいい、誠に忠実な人だったですね。
本誌　で、けっきょく艦長は艦と一緒に沈まれたわけですね？
細谷　ええ、司令室に入ったまま出てこなかったんです。

本誌　佐藤さんは、お怪我なさらなかったんですか？

佐藤　ぼくは艦橋をやられたときの爆風で右頬全体をやられて、大体一週間ぐらい眼が見えなかったですな。

本誌　細谷さんは？

細谷　私は足です。

自由行動に移ることになり、坂田兵曹というのが「俺のあとにつづけ」といって、右舷の、ちょうど整列している反対側へ飛び込んだんです。ところが、艦はすでに三十度ぐらい傾いでおりまして、船の横腹が半分出ていたんですが、もう薄暗かったから、魚雷の炸裂した穴まで見えなかったんですね。そこへ彼は飛びこんだものですから、もろに吸いこまれちゃって。そのあと十人ほどもつづきましたね。みんな魚雷の穴へ……。

それで今度、私が飛び込もうと思ったら、そこへポッコリ黒い穴が出ていて、物凄い勢いで海水が流れ込んでいるのに気が付いたんですよ。これはいけないというので「そこは魚雷の穴だから俺のあとへつづけ」といって、私は前甲板の方へ走って行った。そして中頃まで行ったとき、艦はすでに横になりまして、第一砲塔よりちょっと前に出ましたか――武蔵は普通の艦と違って、下になってまたふくれているんですね。

その傾斜へ行ってすべってころんで、この足から何から、すりむいちゃいましてね。足の裏から何から血だらけだったんです。それは清霜へ行ってから痛いのに気づいたんですが、それまでは全然夢中でしたからね。

吉田　じゃ裸になったわけですか？

細谷　いや、裸にはならないけれども、もうズボンなんか破けちゃって……。それから、私はちょうど菊の御紋章のところから飛び込んだんですわ。そのときはもう真っ逆さまだったんですね。

本誌　真っ逆さまというのは、どういうことですか？

細谷　逆さまというのは、船尾が下になっちゃって、そして艦首の方が上になっちゃったんです。それで三十メートルぐらい泳いで、ちょっと、振り向いたときには、すでに艦首は水の中へはいってしまいまして、後部のスクリューから何から上がっちゃって、今度は、お尻の方が上になって、艦首が突っ込んじゃっているんです。

それで私、泳いでいるとき、スクリューの上に乗っている者を見ましたもの。ずいぶん高いところへ乗っかったなァと。（笑声）乗っかったんじゃなくて、持ち上がっちゃったんですね。今度は降りるにも降りられなくなった。それから何か爆発しましたね。

佐藤　そう、爆発したんですな。

細谷　そのときに私は水中に巻き込まれまして、何だかわからないんですね。グルグル回って……。

吉田　足だか手だかぶっつかるものがあるんですよ。ともかく渦巻いていて、そのとき爆発したんですよ。

細谷　ですから、飛び込んでからというものは無我夢中でして、あとは爆発と同時に、三十メートルぐらい飛ばされたかね。
とにかく高く巻き上げられてね、火というか、武蔵の赤いかたまりが下に見えたですから
ね。あれが重油に引火しなかったんで、みんな助かったわけなんです。
それからというものは、一生懸命もがいて出てきた。私が一番先に助かったんだなぁと思
ったら、あっちからポカン、こっちからもポカンと出てきたんです。そして重油は浮いて
くるし、顔は拭っても拭ってもヌルヌル真っ黒で。（笑声）厚さがすごくて、三十センチぐ
らいあったんじゃないですか。

本誌 三十センチというのは重油の厚さですか。

細谷 ええ。参考のために申し上げますと、重油は武蔵、大和は満載しますと一万六千ト
ン積むんです。その重油が流れたとしたら、当然そのくらいにはなるわけですね。

駆逐艦に救助されるまで

霜崎 だけど重油が流れて、いくらか波が静かになったんじゃないですか。

細谷 そうですね。

霜崎 それまでは波が荒くて、私たちが泳いだ頃は、頭の上へザブッとかぶっちゃってき
たですからね。

吉田 私も上がったときは、やはり重油の中へとび出したんです。だから一番遅かった方
ですね。ともかく水を飲むだけ飲んじゃって、息を吐くだけ吐いて、それでどうしようもな

くなったんです。それでもって最後にホッと身体が楽になったと思ったら、何か身体が浮いて行くような気がするんですね。それから一生懸命、手足を動かして、ヒョイと出たら、なんだか顔がドロドロとするんですよ。(笑声)

それで上を見たら、ピカッと光った。ああ、これは助かったなァと思っていると、歌声が聞こえるんですよ。あのとき、みんな軍歌を唄ってましたがね。最後にはみんないろんな歌を唄いはじめちゃってね。

細谷　軍艦マーチからはじまって流行歌まで、いろいろ唄ったけれども、二時間、三時間になってきますと、歌もなくなっちゃって。(笑声)

佐藤　歌がなくなったというより、唄う元気がなくなったんですな。

霜崎　とにかく三時間から泳いでいるから、元気がなくなってきたですよ。

細谷　最初は浮遊物につかまっておったんですが、警戒艦の浜風、清霜がおるにもかかわらず、一向に助けてくれないんですね。それでかたまって歌唄って元気出していたわけです。そのうち三時間ぐらいかかったんじゃないでしょうか。

霜崎　ぼくら四時間ぐらいかかったんですね。

細谷　そうでしょう。私は六時間かかったんですから。

佐藤　そう、僕ら清霜だったからね。あんたら浜風？

細谷　いや、私も清霜です。

佐藤　じゃ、僕もそのくらいかかったのかな。

細谷　ところが探照灯がパッとついたのは、二時間か二時間半ぐらいたってからですね。清霜ではわれわれが探照灯の中に入ったので、これは生きているというので救助艇を下ろし、それからカッターを下ろしてきたわけですね。それまでは一向に、助けてくれる気配もなかった。泳いでいる方から見ると船がデカイですから、駆逐艦の方は見えるわけなんです。一生懸命、泳いで行くんですけれども、いつしかまたいなくなるんですよ。そういう具合で、ひっきりなし追っかけっこしているうちに疲れがくる。そのうちに探照灯と同時にカッターをおろして救助してもらったわけなんですね。私は追っかけて歩いた方が多いもんですから、一番ラストになっちゃって、カッターで救助されたんじゃなくて、舷梯まで泳いで行って、それで救助されたんです。

吉田　私も艦まで泳いだんですからね。

霜崎　俺あたりも遅い方だね。縄梯子おろしてもらって上がったんだから。一回おっこっちゃって、それからまた二度目に上がったんです。そして上がってからバラバラのやつを、カッターでいくらか探して歩いたわけですね。

本誌　それじゃ武蔵の沈んだとき、一番近くにいたのは——大体みなさんそうですか？

吉田　私なんか、横倒しになった舷《ふなばた》を歩いたですよ。歩いて少し行って魚雷の穴へ手をかけたと同時にひっくりかえったですよ。だから艦橋の脇でしょう。一番悪いところだったですね。

本誌　それで、よく助かりましたね。

吉田　全部着たままだったですよ。
細谷　とにかく退艦命令が出てから時間がないんですよ。
佐藤さん、時間でいったら五分ぐらい？
佐藤　そんなもんじゃなかったでしょうかね。
僕は君らに聞くたびいつも思うんだが、艦が傾いているとき、舷《ふなばた》でみんなが君が代を合唱したでしょう。相撲の千秋楽のときも、終わると君が代をやりましょう。あれをテレビなんかで見ていて、いつもそのことを思い出すんだ。
吉田　涙が出るでしょう。
佐藤　そう。
細谷　私はいまだにそれを記憶しているんですが、案外平静だったですね。もう最後という土壇場に見せるような顔じゃなかったと思うんです。まあ、諦めもあったでしょうけれども。
佐藤　あれは音頭をとったのは、看護長の兵曹がおったでしょう、たしかあの人が音頭とったんだよ。しかし、不沈戦艦といわれたのが、ここで沈むんだなァと思ってね。
本誌　それでけっきょく、生き残った人は何人いたんですか？
佐藤　大体コレヒドールに上がったのは千三百人ぐらいだったよね。
細谷　そうですね、大体半分ぐらい助かってましたですね。

どたん場のエゴイズム

佐藤　それが今度はサントス丸（十一月下旬、コレヒドールから内地帰還のため一部乗員が乗船したが、バシー海峡で敵潜に撃沈された）に乗ったんだが、サントス丸に五百人ぐらい乗ったかな？

吉田　ええ、五百人ぐらい乗ったですね。

本誌　みなさん、サントス丸に乗ったわけですか？

佐藤　そうそう。

霜崎　私はやられたおかげで、マニラから病院船に乗ったんです。

細谷　佐藤さん、サントス丸がやられてから、どのくらい泳ぎました？　私は十九時間ほど泳いだですよ。

佐藤　ぼくは五時間ぐらい。

本誌　サントス丸で、また泳いだわけですね。（笑声）

細谷　それが私はくやしいんだけれども、森川兵曹という要領のいいのが、ブリッジ勤務でおりましてね。そいつは船がやられた瞬間に、短艇索を水面につくと同時に切って、もうカッターに乗っかかっているんですよ。で、初めから泳がない。

本誌　ちゃっかりしてますね。

細谷　そうなんです。とっても要領のいいやつ。

吉田　私は飛び込んで最後まで水につかって……。

細谷　それで、私が一生懸命に泳いで行ってカッターにつかまったら、「つかまったら危ない！」というんですよね。（笑声）普通だったら助けてくれるのがあたり前なんだけれども、「つかまったらカッターも沈んでしまうから、君たちは向こうへ行け、向こうへ行け」なんていってね。（笑声）全くこいつ一回文句いってやろうと思うんだけれども、こないんですよ。（爆笑）生きているはずなんです。志願兵なんですが、こういう要領のいいのもいるわけなんです。（笑声）

吉田　それで喧嘩したね。カッターでみんなつかまったでしょう。つかまったら動かないから、手を離せというわけなんですね。そうしたら、筏がきたわけですよ。で「紐でつないでやるから、みんな筏へ行け」というんです。それで半分ぐらい行ったですよね。私は危ないから行かないといって舷へつかまっていた。そうしたらいくらもたたないうちに、最初引っ張っていた筏をプツッと切って離しちゃった。（笑声）

本誌　いまだから笑い話ですみますけれどもね。（笑声）その筏はどうなったですか？

細谷　私は最後まで丸太につかまっていたんですが、最初は五、六本組んであったんじゃないですか。こんな太いタル綱でゆわえてあったんですね。それが五時間、六時間たってくるうちに、もつれてきて切れちゃったですよ。

それで最初は離れちゃいけない、またがっていろというんで、みんながまたがって筏をおっつけていたんですが、だんだん疲れはてちゃって、一本ずつになったんですね。もう十九時間頃になったら丸太も大分さけてきました。

佐藤　あのときボートに乗っていた指揮官が小川兵曹だったんだが、あれがやったんだよ。

武蔵沈没で思ったこと

本誌　ところで、最期の瞬間に一番強烈に感じられたことというと、どんなことでしょう?

佐藤　実は変な話なんですけれども、泳いでいて駆逐艦はちっとも助けてくれないし、泳ぎ疲れて、手を挙げて浮いていたわけです。けっきょく、なかば諦めてね。それでふと空を仰ぐと、よく晴れたきれいな星空だったんです。それをじっと眺めてますとね、やっぱり第一番に女房の顔、そして子供の顔なんか浮かんできましたな。そしたら、ふいにこれじゃいけない、生きよう、生きようって気になって、また、泳ぎだしたわけですよ。実際おかしなもので、兵隊死ぬときは「お母さん万歳」とか「天皇陛下万歳」とかいって死んで行ったというけれどもね、僕はそんなもの何だと思っていたんだが、やっぱり肉身の面影だけは浮かんできますよ。

吉田　私もそうだったな。

細谷　それが自然の姿じゃないかしらね。まあ、田舎を想い、父を想い母を想い、そういうことが自然に浮かんでくるんですね。

霜崎　まったく、あの空を見ていると故郷を想い出すね。

本誌　ところで、武蔵の最期を海の中で見ておられて、特に武蔵に対して感じられたことは？

細谷　私はね、かのプリンス・オブ・ウェールズという、イギリスが不沈艦といって誇った大艦が沈んでしまった、いままたそれに匹敵する武蔵がやられた、やはり不沈艦はあり得ないんだ、そんなこと思いましたね。同時に時代はかわってきたんだというようなこともね。

佐藤　ぼくは本艦が沈むときは、日本は負けるときだということを、武蔵の艤装員当時からいったり聞いたりしているわけだ。だから巻き込まれて、重油の中から首を出したときには、これは負けるのかなァと思ったですね。もう影も形もなかったんだから。

本誌　武蔵そのものに対する愛惜、というんですか……。

佐藤　それもあるけど、とにかく絶対不沈艦で、これに乗っていれば生きのびるという気があったんですよ。

吉田　たしかにそうですね。絶対の安心感。

佐藤　あの当時〝何がなんでも勝ち抜くぞ〟という言葉がはやったでしょう。これはほかの分隊はどうか知らんが、ぼくの機銃分隊では〝何がなんでも生き抜くぞ〟という言葉も、はやっていたですよ。ところが武蔵が沈んでしまったでしょう。だから本当に、これは負けるかなァと思いましたね。

細谷　私が武蔵に一番先に乗ったときの印象は、これだけの艦に乗せてもらうんだから安心だ。これで沈むときには、自分も終わりなんだ、終わっても恥ずるところはないし、また悔いるところはない、というような、気持だったですね。

ですから、いまこうやって生きて残念に思うのは、遺留品というか、要するに昔の小僧時代からの写真ブックですね。それを沈めてしまったことなんです。これだけの艦だったら、沈むことはないだろうというので、ほとんど持ち込んであったんですからね。だから現在、生い立ちからのものはいま全然ないんです。

本誌　それじゃ半生記は武蔵とともに沈んだわけですね。（笑声）

細谷　ええ、そうなんですよ。

極限体験のもたらした影響

本誌　吉田さんは当時おいくつだったんですか？

吉田　二十三かな。

本誌　満で？

佐藤　数えだよ、あのときは満はなかったからね。

本誌　じゃ二十二ぐらいですね。

霜崎　あれは沈んだのは昭和十九年だろう。

本誌　何年生まれですか？

吉田　十一年の一月です。

霜崎　私が大正十年十月二十八日。

本誌　細谷さんは？

細谷　私は大正八年です。
本誌　そうすると、二十四、五。
佐藤　僕は四年ですから二十八かな。
細谷　ですから、やれやれこれからようやく恋愛もできる（笑声）という頃に兵隊に行っちゃって、思う存分しぼられちゃって、いいことなかったですね。
本誌　いわば、花なら匂う頃……そういうときに、そうした異常な体験をなさって、今日ふりかえってごらんになると、やはり何かご自分の現在に及ぼしているものがありますか？
吉田　ありますね。
霜崎　まあ、ある程度プラスになってますね。
佐藤　それはプラスですよ。
霜崎　けっきょく、軍隊へ行ってきたものの方がネバリ強いということはありますね。
細谷　これはだれが考えても同じでしょうが、私にしても兵隊にいかなかったら、今日のネバリはなかったろうし、まあ、成功といっちゃなんですが、食べられるようになったのも、そのネバリのおかげだということは言えるんじゃないかな。
細谷　ああ、くじけません。
吉田　やっぱり最後になると、ネバリが出ますよ。
吉田　もっとも、あそこで一回死んでいるつもりですからね。

本誌　あとの人生はおつり……（笑声）というのもへんな話ですが、その埋め合わせという意味でも、これからの御多幸をお祈りしてやみません。
それでは、今日は、どうも有難うございました。

武蔵に生命をあたえた歴代艦長列伝

戦史研究家　伊達　久

昭和十七年八月五日の午前九時、武蔵の竣工引渡式が呉において挙行された。初代艦長有馬《ありま》馨大佐が指揮する武蔵の艦尾に、はじめて軍艦旗がひるがえった。

このとき、総員を前甲板に集合させた有馬艦長は、

「本艦は、絶対に沈むことのない不沈艦である。こうした優秀な艦に乗艦できたことは、海軍軍人としてまことに光栄であると思わなければならない。（中略）十分な訓練を行なって、この艦の力を十二分に発揮してもらいたい」と訓辞している。

初代艦長・有馬馨大佐

さらに、乗員に安心感をあたえるために、毎月の指定日には艦内神社のまえで、各分隊の先任下士官を集合させて、艦長みずからこの祝詞《のりと》を奉読するのがつねであったが、またこれが名文で、艦の安泰を祈るその内容は、聞いている者にふしぎと安心感をもたせる、気持の

よいものであったという。このしきたりは、二代目艦長の古村大佐もつづけたといわれる。

まもなく「強力なる戦力は、強力なる体力によってのみ存し得る」という、有馬艦長の信念のもとに、猛烈な海軍体操が昼休みに行なわれることになった。このはげしい体操には、艦長も太鼓腹を波打たせながら真っ先にたって参加した。

昭和十八年二月十一日、紀元の佳節の日、連合艦隊の旗艦は大和より武蔵に代わり、トラックにいた武蔵の艦長以下総員は上甲板に整列して、山本五十六連合艦隊司令長官をむかえたのである。この山本長官も、その後まもなくソロモン方面視察のため長官艇に乗って武蔵をはなれ、ふたたび帰らぬ人となった。

その後、武蔵はこの長官の遺骨を乗せて、悲しみのうちに内地にむかい、五月二十二日に木更津沖に投錨したのである。

ようやく米軍の反攻がはげしくなった昭和十八年六月九日、二代目艦長として古村《こむら》啓蔵大佐が扶桑艦長より補せられ、着任してきた。そこで乗組員たちから慈父のようにしたわれた有馬艦長は、その月の二十一日まで事務の引きつぎを行なったのち、海軍兵学校教頭に赴任していった。

その後の有馬少将は南西方面艦隊参謀長となり、その職名のまま復員することになったのだが、戦時中の疲労がわざわいしたのか、昭和三十一年一月に死去された。

天皇の行幸をうけた旗艦武蔵

二代目艦長・
古村啓蔵大佐

三代目艦長・
朝倉豊次大佐

四代目艦長・
猪口敏平大佐

さて古村艦長の着任そうそう、横須賀にて天皇行幸がおこなわれることになり、六月二十四日、天皇御一行を艦内にむかえたのである。

行幸行事をぶじに終わった武蔵は、修理補給ののち七月三十一日、連合艦隊旗艦として全作戦支援のためトラックに進出した。

このトラック島の泊地では、それこそ血のでるような訓練をかさねたのであったが、そのさいブイに繋留するために何回も入港作業をくりかえしたのはもちろんで、そのときにも古村艦長は一度も失敗したことはなく、また入港のときも他艦よりはいつも真っ先に整備旗をひらいて、古賀峯一長官からお賞めの言葉をいただいたという。

十一月一日、古村艦長は少将に進級した。そして十二月六日、第三艦隊参謀長としてトラックにいた空母翔鶴に赴任していった。

その古村艦長は戦後、東京都目黒区に住み、大和で戦死した兵学校同期の有賀幸作艦長をしのぶ記念碑を完成させるため、建設委員長として活躍された。ちなみに古村氏は大和の沈没時に、第二水雷戦隊司令官として同艦に同行していた。

部下には心からの信頼を

やがて昭和十八年の暮れもちかく、三代艦長朝倉《あさくら》豊次大佐が、重巡高雄の艦長から武蔵に着任した。武蔵は相変わらずトラック島にて訓練をかさねていた。

昭和十九年二月九日、敵哨戒機の偵察があり、空襲必至と見て武蔵は横須賀への回航を命ぜられたが、まもなく今度はパラオに進出していった。ところがパラオがまたもや空襲のおそれがあるというので、急遽、外洋に避退を命ぜられた。

西水道を通過してまもなく、敵潜水艦の雷撃をうけ、その一本が命中したが、武蔵はいささかの傾斜もなく、また速力の減退もなく、ぶじ呉に入港することができた。そして五月十一日には損傷部分の修理も終わり、内海を発して五日後にはボルネオ北東岸沖のタウイタウイ泊地で、大和などに合同した。

やがて六月十五日、敵のサイパン来攻とともに発動されたあ号作戦において、艦隊が友軍機をあやまって発砲したとき、武蔵の見張員はいちはやく友軍と断定し、艦長に進言した。

朝倉艦長はただちに艦隊に、

「友軍機を射撃すは遺憾なり」と報じた。部下を信頼して、だんこたる態度に出たことは、人柄を端的にあらわしたもので、乗組員全員の敬服するところであった。しかし、その朝倉艦長も八月十五日、第一南遣艦隊参謀長として退艦していった。

朝倉艦長は昭和四十一年一月に死去された。その葬儀のさい、弔辞がなんと二時間半にもおよび、このことによってもその人となりが偲ばれるというものである。

待望の砲術家ついに来艦

四代艦長の猪口敏平大佐が横須賀砲術学校教頭からリンガ泊地の武蔵に着任したのは、昭和十九年の盛夏のころであった。この猪口艦長はこれで五たび朝倉艦長の後任となった。

猪口艦長の着任は、武蔵のみでなく全艦隊に時宜をえた人事として歓迎された。猪口艦長は日本海軍屈指の射砲理論の権威で、全軍がその手腕に期待していたのである。

しかしながらその武蔵も十月二十四日、ルソン島南方シブヤン海において、たびかさなる敵空母機の集中攻撃を一身にうけ、命中弾は魚雷二十五本、爆弾二十五発以上をあび、九時間もの死闘をつづけるうち、三十度の大傾斜をしてついに大爆発とともに沈没してしまった。

このさい猪口艦長は、第一艦橋の作戦室に命中した爆弾によって右肩に重傷を負いながらも、応急治療後ふたたび総指揮をとって奮戦したのだったが、しだいに艦は左舷へ傾斜をまして、機関室にも海水が流れこんで、ついには機関まで止まってしまったので、そこでやむなく「総員上甲板」を副長に命じた。

そして猪口艦長は「ついに不徳のため、海軍はもとより全国民に絶大の期待をかけられたる本艦を失うこと誠に申し訳なし……」という悲壮な遺書を副長に手わたすと、またも艦長室にもどって、行き沈みゆく艦と運命を共にした。

この日本海軍きっての射砲理論の権威だった猪口艦長が、武蔵の巨砲を敵艦にむかってただの一発も打つ機会もなく、戦死したのは悲劇というほかはない。

ただひとり静かに巨艦武蔵は沈んだ

青い眼の見た不沈艦の最期

米軍情報士官　C・V・ウッドワード

戦闘機十九、爆撃機十二および雷撃機十三機で編成された、ボーガン提督の第二機動群の攻撃隊は、シブヤン海にむかうため、ミンドロ島の東方にさしかかった栗田艦隊をみとめた。一九四四年十月二十四日の午前十時二十分ごろである。この地区の上空気象は雲もなく申し分なかった。

戦艦群を中心に巡洋艦部隊や、駆逐艦の警戒幕を配した二つの部隊は、緊縮隊形のまま、堂々と白波をけって進んできた。そこには流光をともなったピンク色の煙のかたまり、白色の曳光弾をつけた紫色の爆煙、おびただしい多量の白燐や、銀色の片鋼弾をバラまく新式弾が、中空にいり乱れた。二機のアヴェンジャーが命中弾をうけて不時着水し、戦闘機一機は炎上して、落ちていった。

肉迫したアヴェンジャーの二本の魚雷は、はやくも大和型（武蔵）に命中、重巡一隻（妙高）にも一本命中をみとめた。爆撃機は金剛級戦艦に爆弾二発を、大和型にもたしかに一発を命中させたと思った。猛烈な対空砲火のために、この第一次攻撃の戦果確認は困難であった。回避運動も活発でなかった。

第一次空襲後、日本艦隊は艦脚《ふなあし》をはやめ、午後零時四十五分ごろにはタブラス海峡を横ぎって、シブヤン海にさしかかっていた。それは約八キロの間隔をとった二群にわかれていたが、北方群は大和、武蔵、長門の戦艦三隻、巡洋艦二および七隻の駆逐艦よりなっていた。他の一群は戦艦二、重巡五、軽巡一および駆逐艦五隻よりなり、全部で二十五隻にのぼっていた。

三十五機の編隊をつくったイントレピッドの第二次攻撃隊は、目標に北方群をえらび五千メートルから突っこんだ。今度は日本軍は回避運動をやり、船体をねじまげ、主砲もふくめた猛烈な対空砲火の弾幕を打ちあげた。

もっとも東方にいた武蔵にたいする雷撃で、アヴェンジャーは三本を命中させたが、それは写真によってハッキリ確認されたようだ。爆撃隊の方は、武蔵に二発、それから長門に一発を命中させたと報告した。一方、戦闘機隊は、各艦掃射に三千発以上をお見舞いした。

この攻撃で、雷撃機一機が打ち落とされた。第二次攻撃隊が引き揚げのため集合している間に、集中攻撃をうけた武蔵の中部に大爆発が起きているのがみとめられた。

その後、約一時間は主力部隊は攻撃をうけなかったが、これはわき出した厚い雲が、上空一帯にひろがって、攻撃隊の発進をはばんだからである。

その日の最大の機数である六十八機よりなるシャーマン提督の第三機動群からの第三次攻

撃隊は、途中で十機がはぐれて引き返した。そのうえ、爆弾は小型のものしか積んでいなかった。

苦労してさがしまわった戦闘機隊が、やっと栗田部隊をつきとめたとき、武蔵は前回とほぼ同じ地点——マリンズケ島の南東にとり残されていた。同艦は重油のあとを黒々とひきながらただ一隻、北西寄りの針路を進みつつあった。

ハルゼーにとどいた誇張された報告

栗田部隊の本隊は武蔵の南東三十二キロと四十キロに、二群となって依然としてサンベルナルジノ海峡めざして突進中であり、いまやシブヤン海を半分ほど横切っていた。

おそるべき対空砲火の弾幕と満天の雲にさえぎられて、目標や戦果の判定は不確実だったが、帰投したパイロットの推定では、つぎのようなものだった。すなわち武蔵に魚雷三本と爆弾数発（九発）の命中、金剛級戦艦一隻に二本の魚雷命中、長門に四発、愛宕級に二本と一発、重巡に二本の命中を得たというものだった。

パイロットの報告によれば、武蔵は海上に横たわったまま、艦首は水に洗われており、数隻が致命的な損害をうけていた。

一方、ハルゼー提督は小沢北方部隊をつかむことによって、彼の戦闘図面上に自艦隊の全部を集めたのである。それというのは、二十四日の夕方までに、彼はスルー海からルソンの北端沖までの、九六〇キロの広さに分散した日本部隊の大体の位置と兵力を知ったのである。

左に傾斜、艦首をほとんど海中に没して前甲板を波に洗われる武蔵。約1時間半後に沈没した

日本の三つの任務部隊の目標は、ほとんど疑う余地がなかった。すなわち、それはレイテ湾のアメリカ船団を全滅させることだった。

さて、北方部隊をつかまえたという接触報告とほとんど同時に、第三次攻撃の結果は、ハルゼー提督の手もとに入りつつあったが、まもなく第四次攻撃隊が発進した。

この攻撃は、デビソン提督の第四機動群によって行なわれたものであるが、当日の攻撃のうちで、もっともめざましい成績をおさめたが、その意気ごみも大変なものだった。彼らは武蔵に八本の命中魚雷と、十一発の命中爆弾をあたえたことを強く主張し、武蔵と駆逐艦は、てっきり撃沈されたと信じこんでいた。

機動群指揮官は、そこでハルゼー提督にたいし、武蔵は雷爆撃に叩きのめされ、火災につつまれて艦首から沈みつつあったこと、金剛級戦艦が黒煙をだして大破したように見えたこと、他の戦艦も雷爆撃をうけたこと、および軽巡一隻が転覆しつつあったと報告した。

この報告は、ハルゼー提督の耳にはいる前に、その主張をかなり割引きされはしたが、まだ、誇張されていたようだ。攻撃された目標が、はたして転覆したかどうかは〝艦首を下げていた〟とか〝海上に横たわっていた〟というだけでハッキリしない。また、〝巡洋艦が転覆した〟と報告されても正確かどうかは、老練な参謀将校にして初めてよく査定できるところである。

ムサシはすでに満身創痍のはずだ

栗田部隊を攻撃した最後の攻撃隊は、ボーガン提督の第二機動群から出された。そのイントレピッドとキャボットにとっては、その日の三回目の出撃だったが、パイロットたちはくたくたになっていて、攻撃はほとんど効果がなかった。しかし、観測の結果として、金剛級戦艦が大破して他の艦から離れて、操艦も思うにまかせず旋回中であったこと、他の一隻の戦艦は火災を起こして、傾いていたことを報告した。

戦艦四隻だけはいたが、第一群からは、その朝までたしかにいた重巡一と駆逐艦二が見当たらなかった。第一部隊には戦艦二、重巡三、軽巡一および、駆逐艦五隻がいた。第二部隊には損傷した戦艦二、重巡三、軽巡一および、駆逐艦六隻で、全部で二十三隻がみとめられたと届けられた。

ハルゼー提督は以上の報告をうけたが、戦艦に将旗をかかげていたので、直接に攻撃隊員に質問はできなかった。パイロットの見たままの報告は、当然修正と査定をうけるべきであった。

ニミッツ提督およびマッカーサー将軍宛の至急電のなかで、ハルゼー提督はつぎのように述べたが、それは攻撃隊員の報告を鵜呑みにしたものであるが、そうであってはならないことは明白である。

「大和級戦艦（武蔵）は火炎につつまれて艦首より沈下しつつあり、金剛級戦艦は大破して黒煙を吐いていた。他の二隻の戦艦も乱打されてあえいでおり、軽巡一隻は転覆し、二隻の重巡は魚雷をくらい、第三の重巡も一発以上の爆弾をうけている。かくて、主力部隊はもはや非常に大きな脅威の可能性を失ったものと信ぜざるをえない」

おりから灯火を一つも出さず、艦影はくろずんで行くばかりのたそがれが、サンベルナルジノ海峡沖に忍びよるころ、その海上戦におけるもっとも重大な戦術的決心が、戦艦ニュージャージー艦上の旗艦作戦室においてきめられつつあった。

それは、まったくハルゼー提督の一存であったが、物事の性質上、当然そうあるべきであった。ところが、それは不完全で、まちがった情報にもとづいて到達されたものだった。しかしそうかといって、それ以上の情報を待ちうける時間もなければ、必要な手段もとれず、徹底的な報告や、写真の検討の余裕もなかった。

主力部隊の相手は、明らかにハルゼー第三艦隊の仕事であった。しかし、この部隊は終日、空母航空部隊の猛攻にさらされていた。最終の攻撃のさいは、大和型一隻（武蔵）は視界内にいなかった様子だし、第二の戦艦も、おそるべき攻撃に沈みつつあったと報告された。

航空攻撃の結果報告たるや、それはハルゼー提督には、主力部隊はいまや、その戦艦の全部および重巡の大部分が、戦闘力を散々に打ちくだかれ、満身創痍になっていることは、一点の疑いの余地がないように映じた。

一方、空母および戦闘群よりなる日本北方部隊は、まだ攻撃をうけていなかった。そのくわしい編成はわからなかったが、推定された最高の兵力は約二十四隻であり、それはハルゼー提督の確信するところでは、新しいもっとも強大な脅威と見なされた。この強力な北方部隊に対して、できるだけ早く攻撃を加えることこそ、日本の計画をバラバラに打ちくだき、わが方の主導権を確立するために最重要なことである、という決定が行なわれた。

空中攻撃だけで沈んだ初の戦艦

ハルゼー提督は無論のことであるが、艦隊の士官のなかで誰一人としてそのときまで、日本の主力部隊が一晩中、平均二十ノット以上という速力をだして、航海上のすばらしい腕前を見せて、サンベルナルジノ海峡を通過中であることを、思いえがいた者はいなかった。

その理由はいたって簡単なものであるが、しかし、どうしてそうなったかということは、戦後、米海軍調査団が、東京でその事実をつかむまでは不明のままだった。真相というのは十月二十四日に空母機からあたえられた栗田艦隊の損害が、非常に過大に評価されていたという事実によるものだったのだ。

栗田主力部隊が、アメリカ軍の空襲の結果失ったものは、実際にはわずかに一隻にすぎなかった。その艦こそは、世界中の最大艦であることはもとより、あらゆる点でもっとも強力な二隻の軍艦の一隻である武蔵であり、大和の姉妹艦の超大戦艦であった。

日本の公式報告によれば、武蔵は多数の命中爆弾のほかに、全部で二十一本の魚雷を打ち込まれたということになっている。（注、武蔵副長加藤憲吉大佐の証言によれば魚雷十九本、爆弾十七発、また松本喜太郎技術大佐の研究ではそれぞれ二十本、十七発となっている）

しかしながら、生存者にたいする慎重な尋問および、アメリカ士官の諸報告を研究して見ると、命中魚雷は十四本（確実なもの十本、不確実なもの四本）、命中爆弾は十六発であったという結論に達するのである。

命中爆弾は、武蔵の上甲板以上を修羅場と化したが、同艦を結局沈没させ、大浸水を引き起こしたのは、両舷側にほぼ平均にうちこまれた命中魚雷であった。武蔵の死の苦悶は、最後の攻撃から四時間もつづいた。午後七時三十五分に、この不運な超大戦艦は、左舷に急に大きく傾斜し、転覆して水中に消えていった。

二四〇〇名の乗組将兵の半数以上が、艦と運命を共にしたと発表された。武蔵はアメリカ海軍によって沈められた第三番目の戦艦であった。そして当時までに、まったく空中攻撃だけで沈められた最初の戦艦でもあった。

被害担任艦「武蔵」四代目艦長の最期

最後の艦長猪口敏平少将と死に装束の不沈艦

元軍令部五課米国班長・海軍大佐　実松　譲

米軍は中部太平洋方面から、ひたおしに西進した。それはフィリピンの領有（一八九八年）以来、米海軍の対日戦略における伝統的な進撃路である。昭和十八年十一月、まずギルバート諸島に、ついで翌年二月、マーシャル諸島に来攻した。そして日本の基地航空部隊の力が予想外に弱いことが判明するや、さっそく作戦をスピードアップし、マリアナ諸島の攻略を四ヵ月ほどくり上げた。

実松譲大佐

さらに昭和十九年六月、米軍はマリアナ諸島のサイパンに侵攻する。これを知った小沢、栗田の両艦隊は、おっとり刀で戦場にかけつけた。こうして、中部太平洋の要衝である〝絶対国防圏〟の攻防をめぐり、六月十九日、二十日の両日、マリアナ諸島の西方海面で洋上決戦がくりひろげられた。この海戦は、日米両艦隊がその主力を投入して雌雄を決した太平洋戦争における最大の決戦である。

戦いわれに利あらず、わが艦隊は退いて広島湾の柱島《はしらじま》泊地に敗退の錨をおろした。時に六月二十四日の夜暗ようやくせまる午後八時半ごろだった。ここ柱島泊地は、日本艦隊にとってゆかりの地であり、きわめて重要な根拠地でもあった。

太平洋戦争の劈頭《へきとう》、真珠湾攻撃の第一報を待ちうけていた連合艦隊司令長官山本《やまもと》五十六が、作戦室の奥の大机の前の折り椅子にどっかと腰をおろして、大きく目をひらき、口をへの字に結び、『トラトラトラ』(ワレ奇襲ニ成功セリ)の歴史的報告に黙ってうなずいたとき、旗艦長門はこの地に停泊していた。

明くる昭和十七年五月二十七日、南雲忠一中将のひきいる第一航空艦隊は、ミッドウェー作戦で米艦隊を一挙にほふるべく、威風堂々とこの泊地を出撃した。だが、惜しくも一敗地にまみれ、太平洋戦争の潮流を逆転するにいたった。また十八年六月八日、旗艦ブイに繋留中の戦艦陸奥《むつ》が、ナゾの爆沈をしたのも、この地である。

ひさしぶりにながめる柱島泊地に、武蔵副長加藤《かとう》憲吉大佐らの思い出はつきなかった。ひとしお胸が痛んだのは、陸奥の沈没位置をしめす赤浮標であった。しかし、こうした瞑想にふけり、長く祖国の山河に憩うことはゆるされない。

「もはや内地では燃料もないので、油の豊富なリンガ泊地でしっかり訓練をやってもらいたい。いずれ作戦の方針がきまりしだい知らせる」という軍令部の指示により、内地に帰りすむこと二週間、武蔵は大和とともに、あたかも追い立てらるように七月八日、呉軍港を出発してリンガ泊地にむかうこととなった。

出発前日の七月七日、この日は七夕《たなばた》であり、支那事変、ひいては大東亜戦争にまで発展した盧溝橋事件の八周年にもあたる。さらにこの日、サイパン島のわが守備隊は全滅した。

〝思わずも来りて長逗留となった〟呉軍港に別れるため、乗組員にも上陸が許された。

夢なかばの午前一時、呉鎮守府は警戒警報を、ついで一時三十分に空襲警報を発令した。済州島方面より敵機来襲の警電があり、九州と中国地方は警戒の必要があったからだ。武蔵は十六ノット即時待機（下令後ただちに十六ノットで航行できる準備）、上陸員の収容など夜半の作業にいそがしかった。

この日の午前八時四十五分、武蔵は大和につづいて呉を出港する。そして、赤い太陽が九州の連山に没しようとするころ、大分県臼杵《うすき》湾に祖国における最後の錨をおろした。

最後の武蔵艦長・猪口敏平少将

明くる日の未明、錨をあげた艦隊は豊後水道を南下する。靄《もや》のなかにうすれゆく祖国の山々、点在する島々、なつかしの故国の姿！　すでに二年前のミッドウェー海戦のさい、巻紙に墨で遺書をしたためていた武蔵内務長の工藤計《けい》大佐は、これがいよいよ最後の見おさめになるかもしれないと瞳《ひとみ》をこらし、思いを家郷にはせるのであった。千慮万感が胸中を去来したのは、ひとり工藤大佐だけではなかったろう。

艦は南コースで航海をつづけ、七月十六日、リンガ泊地に入港する。この泊地は、シンガポールの南方、スマトラ本島のほぼ中央部の東岸沖に点在する無人島にかこまれている。赤道直下にまたがり、風のそよぎもなくひどく暑い。

こうした炎熱のなかで、昼夜の別なく猛訓練がはじまった。さいわい、一五〇カイリほどはなれたパレンバン油田からくるタンカーによって、各艦は燃料を心配せずに十分の訓練をおこなうことができた。

八月十五日、朝倉豊次少将にかわって、猪口敏平《としひら》大佐（十月十五日少将に進級）が武蔵の第四代艦長として着任した。猪口大佐はそれまで砲術学校教頭であり、日本海軍屈指の射砲理論の権威である。すでに機動部隊による飛行機の掩護を望めない洋上決戦には、猪口艦長の手腕に期待するものが少なくなかった。こうした士官たちの期待は下士官兵にも反映し、武蔵乗員の士気は大いにあがった。

訓練は、いよいよはげしさを増した。標的に数百のスズ箔——幅が二十五センチ、長さ約六十センチをつるし、呉軍港在泊中に檣頭にとりつけたレーダーでこれを探知して水上艦艇にたいする射撃訓練をおこなったり、水上機に標的をひかせて高角砲や機銃の実射がくりかえされた。暗くなると、実践さながらの夜間訓練が大規模におこなわれる。

とくに武蔵では、艦のカッターを三番砲塔ちかくのデッキにはこび、これを武蔵になぞらえて、そのなかに艦長、航海長、高射長、高角砲分隊長などが乗りこみ、敵飛行機の爆弾と魚雷を回避し、または敵機を射撃するカンを理論的にやしなう訓練を、連日のようにくりかえした。この訓練方式は、すべてを理論的にやる猪口艦長の発意によるものであった。

勝算なき戦場へ

昭和十九年十月十七日の午前七時、レイテ湾口スルアン島の海軍見張所は、「敵戦艦二、特空母二、駆逐艦六、近接しつつあり」と報じ、ついで午前八時、「敵はスルアン島に上陸を開始せり」と報告したのち、消息をたった。

豊田副武連合艦隊司令長官は、ただちに「捷一号作戦警戒」を発令し、栗田健男中将のひきいる第一遊撃部隊にたいして、「すみやかにブルネイ湾に進出すべし」と下令した。

この命令をうけたとき、参謀長小柳《こやなぎ》冨次少将は、〝いよいよ来るべきものが来たな〟と感じ、敵の機動部隊が健在であるのに、あえて海上部隊だけで出撃せねばならぬことに、なにか楠木正成の湊川出陣のときの心境のようなものをおぼえるのであった。

十八日、空母機の掩護のもと、敵攻略部隊はレイテ島の東岸タクロバン付近に上陸準備作戦を開始したので、連合艦隊司令長官は「捷一号作戦発動」を令した。

この作戦要領のあらましは、つぎの通りであった。

一、基地航空部隊は約七百カイリまで索敵し、敵に攻撃をくわえ、敵が近接するや陸軍機と協同してこれを水ぎわに撃滅する。

二、栗田部隊はブルネイ湾に集結待機し、状況に応じて出撃、敵の護衛艦隊と船団を洋上に捕捉して撃滅する。

三、栗田部隊は、その進撃が万一おくれて敵の上陸開始後となるときは、全軍が港湾内に突入してこれを撃滅する。

四、小沢中将の航空戦隊は瀬戸内海から出撃南下して敵機動部隊を北方に誘致し、栗田部隊を掩護する。

栗田中将は作戦計画どおり、出港準備を全艦に指令した。旗艦は重巡愛宕。第一戦隊は戦艦大和、武蔵、長門。第三戦隊は戦艦金剛、榛名。第四戦隊は重巡愛宕、高雄、摩耶、鳥海。第五戦隊は重巡妙高、羽黒。第七戦隊は重巡熊野、鈴谷、利根、筑摩。水雷戦隊として軽巡能代、矢矧のほか、駆逐艦十九隻、それに第二戦隊の戦艦扶桑、山城、重巡最上の計三十九隻の堂々たる陣容である。

十月十八日午前一時、栗田部隊は行動をおこし、夜暗のなかを朝夕見なれたリンガ泊地から出港する。艦隊は速力十八ノットでグレートナット群島の西方を通過し、ボルネオ北西岸のブルネイにむかう。

ブルネイを出港して間もなく、どこからともなく一羽の鷹が飛んできて、武蔵のすぐ前方をすすむ大和のマストにとまった。出撃にさいし鷹がマストにとまるのは瑞《ずい》兆、勝ちいくさに間違いなしと皆がよろこんだ。鷹の故事は、第一は神武天皇が東征のとき、その弓の先にとまった金の鷹。第二は日露戦争のさい樺太《からふと》攻略にむかった軍艦浅間の大檣頭。そして第三は戦艦大和のマストである。

ある下士官がすぐこの鷹を捕えて、艦橋に持ってきた。第一戦隊司令官宇垣《うがき》纏中将も艦橋にいあわせ、たいへん喜んだ。「檣上に鷹とまりけり勝いくさ」と、鉛筆で走り書きした即吟の紙片を、副長能村次郎大佐に渡した。

死に装束の不沈艦

ブルネイでの主な作業は、燃料の補給など最後の決戦態勢をととのえることだった。その身じたくの一つに、艦内の塗具の剥奪《はくだつ》、つまり〝化粧おとし〟の仕上げがあった。『源平盛衰記』によれば、斎藤実盛《さねもり》は白髪を黒く染めて出陣したといわれるが、武蔵はその逆をいったのである。長官室や艦長室をはじめ通路も居住区も、便所にいたるまで艦内の塗装された部分は戦闘準備のためにはぎおとされ、長崎の造船所で建造されたままの荒々しい鋼鉄をむき出しにしてしまった。

だが、これとは全く対照的なことが、リンガ泊地に停泊中の武蔵で行なわれた。十月中旬のある朝、乗組員は突然の艦内スピーカーの命令に驚いた。

「両舷直、外舷塗り方」彼らは、あまりに意外な命令なので、たがいに顔を見合わせながら自分の耳を疑った。

「今ごろ、どういうわけだろう?」「外舷を塗ったって、丈夫になりゃしないよ。おかしな

10月22日、単縦陣でブルネイを出撃する栗田艦隊の艨艟たち。右より、長門、武蔵、大和、4戦隊、5戦隊の重巡

ことだ……」

一同は、なんとなく割り切れない気持で、懸命に外舷を塗りはじめたが、しばらくして、また驚いた。

「なんだ、外舷を塗っているのは、本艦だけだぞ！」

たしかに、僚艦の大和もペンキ塗りをしていなかった。

その前日のことである。大和をおとずれた武蔵艦長の猪口敏平少将は、舷梯の近くに立っていた大和副長の能村次郎大佐に言った。

「いよいよ、海戦がはじまりそうだね。出撃の前に、外舷を塗りかえておこうじゃないか」

「いや、戦闘をやったら、どうせハゲだらけによごれてしまうから、内地へ帰ってからゆっくり塗りかえますよ」

こうして武蔵だけが外舷を塗りかえることになる。そして夕日の沈むころまでには、見るもあざやかな銀ねずみ色に仕上がった。猪口艦長としては、平安末期の武将斎藤実盛が平維盛《これもり》にしたがって源義仲を討つさい、その髭《ひげ》や髪を黒く染めて奮戦したという故事にならったわけでもあるまいが、こうした塗粧は戦場へのぞむ武人のたしなみであると考えたからであろう。

だが、〝燕雀《えんじやく》いずくんぞ鴻鵠《こうこく》の志を知らんや〟というか、艦長の真意を忖度《そんたく》できなかった水兵たちのあいだには、「艦長が四代目、副長が二代目で、これは四二《しに》（死に）装束だよ」という荒田照次水兵曹のシャレが、パッとひろまった。

それはともかく、せっかく塗った艦内のペンキをなぜ剥ぎとったのか？

いうまでもなく、戦闘中の艦内火災を防止するためである。さらに、可燃物のほとんどを水線下におさめ、短時間に水線下にうつせる最小限の毛布、その他の日用品だけをのこした。九機あった飛行機も、すでに大方おろされていた。またソファー、机、カーテンさえも取りはらわれたので、公室や私室をはじめ居住区は、まるでがらんとした殺風景なものになった。すでに艦内には、燃えるものはなく、残っているのは乗組員の被服と、頭髪ぐらいだった。ベッドは取りはらわれたので、みなデッキに寝た。そして食事は冷たいデッキに尻をつけ、あぐらをかいてドンブリ飯を食べた。

牙をむく海の狼

十月二十二日午前五時、栗田部隊の燃料補給はようやく終わった。やがて午前八時、旗艦愛宕に出港をつげる信号旗がひるがえり、各艦の「出港用意」のラッパがブルネイ湾のくもり空にひびいた。第一部隊（第一、第四、第五戦隊、第二水雷戦隊）、第二部隊（第三、第七戦隊、第十戦隊）の順に出撃し、パラワン島の西側からミンドロ島南端をかすめ、サンベルナルジノ海峡を抜けて、サマール島東岸ぞいにレイテ湾に向かった。航程は約一二〇〇カイリ。

外洋に出ると、各艦はただちに対潜水艦警戒航行序列をつくる。武蔵は大和の後につづき、速力十八ノットで敵潜水艦の不意打ちを避けるため、ジグザグ運動をつづけながら北上する。この日の午後零時五分、豊田連合艦隊司令長官は、

「将兵は茲《ここ》に死所を逸せざるの覚悟を新たにし、殊死奮戦以て驕敵《きょうてき》を殲滅《せんめつ》して皇恩に報ずべし……」と訓示し、捷号決戦部隊の壮途を激励した。

午後にはいってからときどき、能代と高雄は「敵潜望鏡見ゆ」と報告した。が、その多くは流木であった。

その日は何事もなく日が暮れた。そして日没とともにジグザグ運動をやめ、速力を十六ノットにおとしてパラワン水道にはいった。南北に細長いパラワン島の西方一帯は、海底が隆起して危険堆《たい》をつくっている。その危険堆とパラワン島の間の三十～五十カイリ、長さ三百カイリがパラワン水道である。この水道は深いので、艦隊が通ることができる。だが、幅が狭いから敵の潜水艦にとっては、待ち伏せに理想的なところとなる。

栗田艦隊は、パラワン水道が敵潜水艦の待ち伏せに絶好の場所であるので、厳重に警戒していた。旗艦愛宕は、夜になってからしばしば敵潜水艦の無線を傍受していた。そこで、夜明け（日の出は六時五十六分）前の午前五時二十分、全部隊にたいし、

「作戦緊急電発信中の敵潜水艦の感度きわめて大なり」と警告するとともに、同三十分には速力を十八ノットにあげ、ジグザグ運動を再開した。

六時半ごろ、その日の訓練もようやく終わりに近い。武蔵の乗組員が、「けさも無事だったな」と、ふと思った瞬間、突如として「警戒」のラッパ、つづいて「左戦闘」の号令がくだされた。さては敵潜水艦！と思うまもなく、グワーンと重い響き。左舷前方の第四戦隊の方向に、天に冲する水柱。つづいて二本、三本、奔騰《ほんとう》した水柱が、たちまちもうたる黒煙とからみあって、一瞬、艦影をおおってしまった。

「愛宕がやられた！」という叫び声が起こり、武蔵の艦上にも動揺がみられた。そのとき愛宕の後ろにつづく艦のあたりに水柱が舞いあがり、爆発音が断続してひびいてくる。

「高雄だ！」乗組員たちの顔がこわばる。付近の海面を走りまわる、わが駆逐艦の投下する爆雷の重々しい炸裂音がひびく。

命中音は米潜水艦ダーターの艦内につたわり、潜水艦の乗組員は一発ごとに、「当たった！」「当たった！」とこおどりして喜んだ。デースにも爆発音が聞こえた。だがクラギット艦長には、ダーターの幸運を祝っているひまはなかった。目の前に大型艦がせまっている。クラギットは、これを金剛型戦艦と判定した。クラギット艦長が戦艦と思ったのは、重巡摩耶だった。最初に魚雷六本を、二分後さらに四本を発射する。そのうちの四本が命中した。

ちょうどそのとき——六時五十三分、愛宕はマストに中将旗をかかげたまま沈んだ。ついで摩耶は船体が中央部からあっけなく切断され、六時五十六分、炎の海にその姿を消していった。これらはわずか三十分たらずの出来事である。

捷号作戦のしょっぱなに、一発の弾丸、一本の魚雷さえ射たずに、むざむざ敵の血祭りにあげられ、あっけなく旗艦愛宕ほか二隻を失う不祥事をまねいた。縁起をかつぐ者にとってはたえがたい打撃であり、一般の士気にも、いくらかの影響はまぬがれなかったであろう。少なくとも目的地にいたる海上が、きわめて多難である一事だけは、全員の胸にひびいたにちがいない。

大和の檣頭には、栗田中将の将旗がかかげられた。そして艦隊は、陣容を立てなおして北進をつづけた。午後十一時二十分、針路を九〇度(東)にかえてミンドロ海峡にむかう。

二十三日の未明、潜水艦ダーターの日本艦隊発見の電報がハルゼー提督にとどいたとき、第三八任務部隊のうち、マッケーン中将の指揮する第三八・一任務群はウルシーにむかっていた。ヤップ空襲をかねて休養をとるためである。

ハルゼーは直接、機動部隊の指揮をとることとし、シャーマン少将の第三八・三任務群をルソン島の東方、ボーガン少将の第三八・二任務群をサンベルナルジノ海峡の沖合、デビソン少将の第三八・四任務群をレイテ沖と、南北一二五マイルの線に配備した。

ハルゼーは旗艦ニュージャージーに乗って、第三八・二任務群と行動をともにし、第三八任務部隊の指揮官ミッチャー中将は、空母レキシントンに将旗をかかげてシャーマン隊にくわわった。これらの兵力は一様ではないが、だいたい二十三隻――正規空母二、軽空母二、新式戦艦二、巡洋艦三、駆逐艦十四で編成されていた。

翼なき艦隊の苦悶

十月二十四日の朝がきた。空には雲が点々とうかび、朝の潮風が乗員の肌をすがすがしくなでる。未明、武蔵はミンドロ島の南端をすぎ、針路三五度でシブヤン海にむかう。栗田艦隊は輪形陣ですすんだ。武蔵は中心にある旗艦大和の右後方に位置していた。午前五時三十分、戦闘配置について警戒を厳重にする。六時三十分、「総員配置につけ」の艦内スピーカーが鳴りわたった。レーダーが敵飛行機をとらえたからである。

武蔵の上部艦橋見張指揮所に配置された高橋新三郎兵曹長の指揮する見張員は、遠くかすむ水平線のかなたに、ケシ粒のようないくつかの斑点を発見した。これらの黒点は、刻々と大きくなる。それはまさしく敵機にちがいない。数機の敵飛行機が、薄雲の間を見えかくれしている。

栗田艦隊の上空には、掩護戦闘機は一機もいない。敵の飛行機は、艦隊の動きをアメリカ機動部隊に連絡しているのだろう。敵の機影を遠く見つめながら、乗員はいら立つように唇をかみしめるのであった。

午前十時、武蔵のレーダーは東方から近接する敵機の大編隊をとらえた。第二艦橋にいた副長加藤憲吉大佐は、じっと東の空を見つめ、敵機を阻止する味方飛行機が一機もないことを悔やんでいた。敵機はおそらく、大和や武蔵を攻撃目標に選ぶだろう。なかでも警戒の手うすな外翼にいる武蔵に集中してくるだろう。副長は、ぎりっと歯ぎしりした。

「艦載機、右九〇度、水平線！」信号員の細谷四郎二等兵曹が、海できたえた図太い、しかもよく通る声をはりあげた。

「主砲、発射用意！」「発射ッ！」

時に十時二十五分、九門の四六センチ主砲が一斉に火をふいた。むろん、その砲弾は重さが二トンもある対艦船用ではなく、三式弾といって、散弾のように、炸裂すると小さな弾が無数に散らばって飛行機を落とすようになっている弾丸である。

船体は一瞬はげしく震動し、乗員の体がよろめいた。距離が近くなり、主砲が射撃をやめると、一五・五センチ副砲六門、一二・七センチ高角砲二十四門が連続的に発射し、ついで二五ミリ機銃一一三梃、一三ミリ機銃八梃もいっせいに火をふき出した。

数百数千の曳痕が、赤い火を吐いて武蔵を飛び出した。他艦から射ちだす曳痕と空中で交錯する、それはまさしく天にむかって吹く赤いスコールでもある。たちまち、艦隊の上空は弾幕のカサでおおわれた。そのなかを、敵機がすさまじい速度で入り乱れる。淡い炎の尾をひきながら海中に突っこんでいく機体、瞬間的に空中分解するものもある。敵機の攻撃は、主として大和と武蔵に集中されているらしく、大和の近くの海面にも水柱が舞いあがった。

敵機は、武蔵の周囲にもしきりと接近する。右舷艦首方向と右舷艦尾方向より同時に、十七機がするどい金属音をあげて突っこんできた。午前十時二十五分に、機銃は火をふいたが至近弾三があり、艦首の水線下に浸水した。また、一番主砲に六〇キロていどの爆弾一個が命中したが、ペンキがはげただけで被害はなかった。

その直後（十時二十七分）、雷撃機三機が右舷より魚雷を発射した。二本は艦底を通過したが、一本が艦の中央部に命中、右へ五度ほど傾斜した。工藤計大佐の統轄する注排水指揮所は、ただちに左舷に注水して傾斜を右一度まで復原した。

敵の戦闘機は、マストすれすれに降下して機銃掃射をくわえる。第一機銃群指揮官の星周蔵少尉は、胸に一弾をうけた。そばで照準に夢中だった内山兵曹は、的針盤にたれてきた血をみて、はじめて星少尉の重傷に気づいた。

「星少尉、しっかりして下さい！」だが、手当する余裕はない。ただ、声で励ますだけだった。

「内山、あとを頼むぞ」乱戦の騒音のなかに、苦しそうに少尉の声が聞こえた。

「天皇陛下のために、俺は死ぬ！　達者で暮らせよ……」

血にそまる照準器をにぎりしめる内山兵曹は、がくっと頭を伏せる少尉の気配を感じた。敵機の姿が視界から消え、射撃がやんだのは、それからまもなくであった。

キバをもがれた巨人

第一次の攻撃で武蔵は右舷中部に魚雷を一発くった。だが武蔵にとっては、それはかすり傷ていどのものでしかない。乗組員は一発や二発くっても、それは〝蚊が刺したくらいのもんだ〟と思っていた。

しかし、魚雷が命中したときの震動で、主砲方位盤が旋回不能になったため、主砲の一斉射撃ができなくなった。これは、非常に痛かった。対空戦闘では、主砲による三式弾の射撃がもっとも有効だったので、その効果が半減されたようなものである。

敵機がふたたび来襲することは必至であろう。主計兵は戦闘食の握り飯を、各部署にくばって歩いた。十一時三十分、武蔵のレーダーはふたたび敵機群をとらえた。「対空戦闘」のブザーが鳴る。

十一時三十八分から四十五分までに、十六機が来襲した。爆撃機は艦首と艦尾方向より、急角度で突っこんで爆弾を投下する。六機の雷撃機は迂回して左舷正横一千メートル付近より急降下し、約四百メートルで魚雷を発射した。

「左、雷跡六本!」見張員の叫び声と同時に武蔵は面舵一杯をとり、その巨体を右に向ける。一本は艦首前方に、二本は艦尾後方にかわしたが、中央の三本が、ほとんど同時に左舷に命中した。大轟音とともに、水柱が高くまいあがった。たちまち第二水圧機室に浸水、艦は左舷へ約五度かたむいた。

さらに、弾幕をくぐって急降下した六機の爆撃機の投下した二五〇キロ爆弾のうち、二個が左舷に命中し、その一弾は前部の兵員厠(便所)を破壊した。他の一弾は四番高角砲の前部に命中、爆弾は最上甲板と上甲板をつき抜け、中甲板の第一兵員室で炸裂した。弾薬供給室の全員が戦死し、近くにいた兵員の体は爆風でおしつぶされた。

だが、武蔵はまだビクともしなかった。このくらいな被弾で沈むような、そんなチャチな戦艦ではない。適切な注排水操作によって、左舷への傾斜はわずか一度にまで回復した。そして速力もおとろえず、いぜんとして艦隊とともにシブヤン海を進撃しつづけた。しかし、武蔵の甲板や艦内には、戦死者の肉片が散乱している。遺体はそのまま放置され、負傷者はぞくぞくと戦時治療所に運びこまれていた。

そのころ、旗艦大和の司令部では、攻撃督促の意味もこめて小沢機動部隊と南西方面艦隊にたいし、

「敵艦上機、ワレニ電爆撃ヲ反復シツツアリ。貴隊、接触ナラビニ攻撃状況ノ速報ヲ得タシ」

と、電報を打った。作戦計画では航空兵力の全力をあげて作戦に参加することとなっていたが、栗田艦隊の上空には、一機の掩護戦闘機もない。空襲の激化は必至であり、艦隊司令部の焦慮はいよいよつのるのであった。

血みどろの大戦艦

第三次空襲は、第二次空襲の三十二分後にはじまった。デビソン隊の六十五機である。十三機が武蔵に来襲し、二千メートルほどの高度から投下された航空魚雷が、青白い航跡をひいて、いっせいに武蔵めざして走ってくる。武蔵は、右へ右へと巧みに体をかわした。が、そのなかの一本が前部に命中、測深儀室を破壊する。前部戦時治療所には、火薬の炸裂によって生じた一酸化炭素ガスが充満し、収容されていた負傷者があいついで倒れた。

そして、たてつづけに、第三次空襲からわずか六分後、二十機が武蔵に襲いかかった。航海長の仮屋実中佐は、

「面舵いっぱい、急げ」「もどせー、取舵いっぱい、急げ」

と、走ってくる魚雷を懸命にかわした。しかし、左舷に三本、右舷に一本が命中する。艦は、そのたびに激しく震動した。さらに数発の至近弾による水柱が艦をおおい、海水が甲板上の血を洗い、ちぎれた肉片を容赦なく海上にはこび去った。

「出シ得ル速力二四ノット」午後零時三十五分、武蔵から旗艦大和に信号が送られた。それでも武蔵は艦首をはげしくふりながら、他の艦とともに進撃をつづける。

「出シ得ル速力二二ノット」零時四十五分、武蔵の速力はわずかにおちたが、回避運動をつづけながら輪形陣の一角をしめて進んでいた。

しかし、武蔵にたいする敵の集中攻撃は執拗をきわめた。武蔵の砲火も、はじめのうちは半数ちかくが必死に反撃していたが、時の経過とともに被害をまし次第にほそってきた。

零時五十三分、前部の左右両舷に同時に一本ずつ、ついで中部の右舷に二本の魚雷が命中、海水が奔流のように艦内に流れこんできた。また、爆弾四個が命中し、前部の応急員のほとんど全部が戦死した。第一砲塔内でも三式弾の自然爆発が起こり、砲員の姿が消えた。

魚雷の命中した個所は、すべて艦の中央部より前であった。そのため艦首はさらに沈み、四メートルほどの傾斜となる。防御指揮官工藤《くどう》大佐は、部下を督励して必死の浸水遮防につとめた。だが、工藤大佐の防御指揮所も、通信系統が破壊されたので、連絡がとれない。そ

こで、工藤大佐は第二指揮所に移った。その途中、足もとには戦死者の頭や、はらわたがまといつき、その惨状は地獄絵図も遠くおよぶものではなかった。

戦時治療所にも、重傷者がつぎつぎにはこびこまれる。病室は一杯になり、通路にもあふれた。とうとう最後には、軍医官と衛生兵は負傷者を上甲板にならべて応急手当にかけまわった。だが、直撃弾をうけ爆煙が消えたあと、そこに集まっていた負傷者の姿は、どこにも見えなかった。

午後一時十五分、二十機が艦隊に近接したが、武蔵には来襲しなかった。

艦隊は二十二ノットですすんだが、巨大な武蔵にもようやく衰えが見えはじめ、艦隊におくれ気味となった。やがて武蔵は、前部の浸水がまして、艦首は水面ちかくまで沈み、速力は十六ノットにおちてしまった。時間がたつにつれて、僚艦の姿が前方遠くなりはじめた。

それでも武蔵は懸命に艦隊の後を追うように進みつづけた。

しかし、武蔵は〝不沈艦〟である。この自信が乗員たちの頭にしかときざみこまれていた。だが〝絶対に沈まぬ〟との確信も、しだいにぐらついているようだった。二時四十五分、またブザーが鳴った。「対空戦用意」である。

二時五十分、レーダーは東方に敵機の大群をとらえる。ついで三時、武蔵は「リレ舵故障……」と、旗艦大和に信号を送った。これにたいし、栗田長官の命令が二キロ信号灯で伝えられた。

「武蔵は駆逐艦清霜《きよしも》、島風を護衛艦として、コロン湾（ミンドロ海峡のブスアンガ島）に回航せよ」

栗田艦隊参謀長の小柳少将が旗艦大和の艦橋から双眼鏡で見つめたとき、いまや力つき、孤影悄然たる世界最大の戦艦武蔵の哀れな姿が、しだいに視界から遠ざかっていった。まだ陽は高い。おそらく日没まで、まだ敵の空襲はつづくだろう。

暗闇にせまる死の影

栗田長官が武蔵に退避命令を出してから、ものの十五分もたたない午後三時十五分、敵の第五波が来襲する、その数、じつに七十五機。まるでマルハナバチの大群のように武蔵に襲いかかった。

運動力を失い、回避運動のできない武蔵の巨体には、たちまち十一本の魚雷と十個の爆弾が命中し、六個の至近弾をかぞえた。林立する水柱は天に冲し、もうもうたる爆煙は全艦をおおった。

防空指揮所に命中した爆弾は第一艦橋で炸裂、防空指揮所は崩壊するビルディングのような轟音をあげてくずれ落ちた。第一艦橋と作戦室を大破した爆弾は、航海長仮屋《かりや》実大佐、高射長広瀬《ひろせ》栄助少佐など九名の生命をうばい、艦長猪口敏平少将は右肩部に重傷を負った。第二艦橋にいた加藤副長は、はげしいショックに、足もとがふらつくのをおぼえた。

そのほか数基の機銃、中央高射員待機所、第五兵員室、中甲板病室、士官室、司令部庶務室などが破壊され、武蔵はついに満身創痍となった。魚雷の命中により艦首が大きく沈下したので、至近弾による水柱は檣頭最上甲板に落下する。

左舷十度の傾斜は、注排水装置によって六度まで回復したが、艦首への傾斜は四メートルから一挙に八メートル以上となり、一番主砲左舷の最上甲板の一部は、海水に洗われた。そして速力も六ノットにおちたが、武蔵の機銃はまだ弾丸を発射しつづけていた。

重傷の猪口艦長が応急手当をするあいだ、第二艦橋にいた副長の加藤憲吉大佐が艦の指揮をひきついだ。加藤副長は、もはや海上の廃墟も同然の武蔵の姿に無念の涙をおさえながら、すでに魚雷と爆弾のすべてを投下しおわって、まるで見下ろすように武蔵の上空を旋回している敵機を、カッとにらみつけた。

応急手当をおえた艦長は、負傷した右肩の痛みをおさえながら、第二艦橋におりてふたたび艦の指揮をとった。頭部と右肩を包帯でまき、右腕は包帯で首からつるしている。

艦長は命令されたコロン湾への回航も、大損傷をうけた武蔵には無理と判断し、やむなくシブヤン海の北岸に艦を座礁させることを考え、艦首をその方向にむけて進ませた。だが、機関室へも海水が流れこみ、ついに機関も止まってしまった。同時に、艦内を薄暗くともしていた予備の第二次電灯も消え、艦内はくら闇になった。

「各科長は第二艦橋に集まれ」午後六時すぎ、艦長の命令がつたえられた。

内務長（戦闘中は防御指揮官）の工藤計大佐は、死屍るいるいたる間を心のなかで合掌しながら通り抜けて、艦橋にのぼろうとしたが、すでに鉄の階段は爆風に吹き飛んでなくなっていた。さいわい、そばに応急用の長い綱バシゴが見つかったので、それにつたわり、ようやくのことで艦橋にのぼった。加藤副長と砲術長越野《こしの》公威大佐は先着しており、工藤大佐につづいて機関長中村《なかむら》泉三大佐、通信長三浦《みうら》徳四郎中佐などが集まった。

ふと、航海長はとみれば、艦橋の守護神ともいうべきコンパスをかかえ、上からおおいかぶさるようにして息絶えている。

副長と各科長は、艦内の状況を艦長に報告した。ついで武蔵の今後の行動について協議した。その結果、まず第一に傾斜を復原し、艦を沈没させぬため、あらゆる手段をとることとなった。副長は、「総員上甲板」と、艦長の命令をつたえる。

油と汗でよごれた兵隊が、よろめくようにハッチから上甲板に顔を出した。かれらは、艦上の惨状に一瞬立ちすくんだ。加藤副長は「総員集合」を命じ、三番砲塔の上にのぼり、艦長の指示をつたえ全員の奮起を要望した。

「本艦は不沈艦である。いまから艦の傾斜を復原するため、注排水を行なうとともに、左舷の重量物のうち移動できるものはすべて右舷にうつす。艦首の沈下を少なくするため主錨を投棄する。みな全力をつくせ」

「かかれ!」全員が最後の力をふりしぼって、この命令を実行した。

注水により、一時は艦の操舵もできるようになった。また、武蔵を浮き砲台にするため、左舷艦尾を駆逐艦で曳航する準備もした。しかし、曳航をこころみたが、巨大な武蔵はビクともしなかった。その間、乗員の懸命な努力もむなしく、艦の傾斜は刻々と増すばかりであ